图书在版编目（CIP）数据

夏日上上签 / 吃柚子不吐皮吖著. -- 南京：江苏凤凰文艺出版社, 2024.6
ISBN 978-7-5594-8631-8

Ⅰ.①夏… Ⅱ.①吃… Ⅲ.①长篇小说－中国－当代 Ⅳ.① I247.5

中国国家版本馆 CIP 数据核字 (2024) 第 088196 号

夏日上上签

吃柚子不吐皮吖 著

责任编辑	王昕宁
特约编辑	刘丽波
装帧设计	光学单位
责任印制	杨　丹
特约监制	杨　琴
出版发行	江苏凤凰文艺出版社
	南京市中央路 165 号，邮编：210009
网　　址	http://www.jswenyi.com
印　　刷	三河市兴博印务有限公司
开　　本	880 毫米 ×1230 毫米　1/32
印　　张	8
字　　数	228 千字
版　　次	2024 年 6 月第 1 版
印　　次	2024 年 6 月第 1 次印刷
书　　号	ISBN 978-7-5594-8631-8
定　　价	49.80 元

江苏凤凰文艺版图书凡印刷、装订错误，可向出版社调换，联系电话 025-83280257

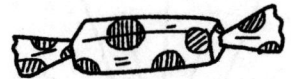

目录

001　第一章

　　　初来乍到，请多指教

029　第二章

　　　三颗大白兔奶糖

055　第三章

　　　长夜既白，舟辞云间

082　第四章

　　　我同桌最棒了

118　第五章

　　　我想挑选喜欢的食物

140　第六章

　　　把好运分给你

目录

CONTENTS

165 第七章

九百九十九颗星星

186 第八章

有关于你的上上签

207 第九章

神奇海螺说,温既白有家了

234 番外一

大学时光

239 番外二

新婚快乐

243 番外三

人间烟火

第一章

初来乍到，请多指教

温既白活了十七年，她第一次知道自己的泪腺是选择性流泪的。

小时候跌倒会哭，知道自己没有爸爸会哭，吃到不喜欢的东西会哭，和别人打架打赢了还是要哭一哭。

妈妈说，温既白是水龙头做的，动不动就哭，一点儿道理都不讲。

偏偏妈妈去世的时候，这个"小水龙头"一滴眼泪都流不出来。

窗外乌压压的雨幕笼罩着街角的楼层，整座城市都浸泡在雨中，"噼里啪啦"地砸在屋檐上。

气温骤降，温既白不禁打了个喷嚏。

葬礼是在老家办的。老家都是小平房，外面阴雨连绵，唢呐声震天，整个葬礼总共也没多少人参加，连大门都没关。

温既白披麻戴孝，耷拉着脑袋，眼睛里满是疲惫和迷茫。

她哭不出来，时而看着窗外的雨幕，时而用手指沾一点水，在地板上写自己的名字。在刚写完"既"这个字时，旁边的阿姨突然发力，号啕大哭。温既白被吓得打了一个激灵，地上的字瞬间被手指蹭糊了。

温既白愣愣地偏头瞥了一眼那位阿姨，她并不认识对方。

那位阿姨都哭抽了，一抽一抽地，每次哭的时候都要再号出来，还挺有节奏的。用来擦眼泪的纸巾，也被扔了一地。多亏了有她，才营造出这哭天喊地的葬礼气氛。

温既白并没有多说什么。

阿姨好像是哭累了,又抽了一张纸,擦了擦鼻涕。

门被风吹得"嘎吱"作响,"嘭"的一声,又砸到后面的墙上。冷气也顺势直往屋子里灌。

温既白被风吹得打了个哆嗦,又觉得,这风声混合着哭声,已经不像是葬礼了,更像是一出《聊斋》。

她垂眸瞥了一眼那位阿姨手边用完的纸巾,又贴心地撕开了一盒抽纸,悄悄地移到了女人的面前。

她的妈妈温越女士平时独来独往惯了,嘴又毒得不行,温既白还以为妈妈没什么朋友,现在看来——这不是有感情真挚的好朋友吗?

温既白格外关心阿姨的状况,便出言安慰道:"阿姨,节哀。"

那位阿姨都快哭成泪人了,面色惨白,听着温既白的安慰,只是摆摆手,非常坚强地说:"没事,不用安慰阿姨……"

温既白在心里由衷地感慨,这叫什么事儿啊?

她的妈妈去世了,还要去安慰一个不知道从哪里冒出来的阿姨。

温既白扯了扯膝盖下面的垫子,换了个姿势坐了下来。她揉了揉微微泛红的膝盖,把衣角抚平,看了一眼窗外的瓢泼大雨,默默地叹了口气,便又偏头看向阿姨。

此时,阿姨又换了一种哭法,已经不再抽泣了,就是号的声音有点大,估计方圆十里都能听见。

温既白贴心地问:"阿姨,要喝水吗?"

阿姨的脸上又滚落下来一行泪来,倒吸着凉气,艰难地摇了摇头。

温既白忍不住发问:"阿姨……您是我妈妈的朋友?"

阿姨的眼睛都哭肿了,抬手抓了一下餐巾纸。第一下还因为意识恍惚抓了个空,第二下才碰到纸边,一连扯出来两张。她随便抹了两下鼻涕,突然顿住了,说:"爷爷他……英年早逝啊……他才一百零一岁啊!怎么就没了呢……"

听到这儿,温既白松了口气。

哦!哭错人了啊。

那好说。

温既白刚刚还在脑补,老妈是个隐形富豪,死了之后突然冒出来很多所谓的亲戚准备跟她争家产……

她目视前方,缓缓地站起身来,又轻轻跳了两下。刚刚腿都跪麻了,现在终于觉得腿又是自己的了。温既白诚挚地对女人说:"阿姨,您家的葬礼应该是在隔壁,您哭错地儿了……"

阿姨的脸色顿时就变黑了,然后愣了足足五秒钟,才接受了现实。她向温既白道了歉,僵硬地往隔壁走去。

温既白则是回复了一个礼貌的微笑,表示自己都能理解。

原来,唢呐声也不是她家的。

凌晨三点,雨终于停了。世界彻底安静下来。

妈妈温越一直把自己标榜成理性的单身独立女性。估计是小时候看家庭伦理剧看多了,就怕遇到一个恶婆婆,或是不靠谱的老公,所以她很小就坚定了自己的原则——不谈恋爱、不结婚、不生小孩。然后,温越从福利院里领养了一个小女孩,取名温既白。

为此,温越女士和家里人闹得很不愉快。后来即便是卧病在床,姥姥和姥爷都没来看她几次,就算来了也会指着温既白的鼻子骂:"你图什么?就为了这么个小女孩一直不结婚?"

一般遇到这种情况,温既白就会非常懂事地垂下脑袋——她看电视剧里的好孩子都是这么做的,然后一只手拿着荧光笔,另一只手翻着童话书,一下又一下地在上面涂涂画画。

什么难听的话仿佛都能招呼到她的身上,但她只看得见童话书里美丽且充满幻想的世界。

妈妈的葬礼是在老家办的,姥姥、姥爷也没有给她们好脸色,准确地说，是没给温既白好脸色才对。

毕竟温越女士也看不到了。

温既白从来没有在姥姥和姥爷眼中捕捉到一点因为她的存在而欣慰的情绪。

十几年前她是个孤儿，十几年后她还是个孤儿，出走半生，归来仍是孤儿。或者换个说法，她成了一个累赘。

姥姥和姥爷本来就对她有意见，和自家又没有血缘关系，自然是没有意向要养她。

舅舅说自己还有一堆债务。而小姨听到温既白去向问题时一直在哭，说她小小年纪就成了孤儿，该多可怜、多无助……但一提让小姨负责任的话，她顿时哑火了，一言不发。

温既白就蹲在门口，沉默地听着。

老家潮湿的天气，让墙皮有些脱落，一抹就是一片白粉。无聊的她用指甲一点一点地在白墙上刻字，打发着时间，顺带观赏一出闹剧。她的指甲修得圆润漂亮，以前温越女士在家时，时常唠叨她要注意卫生，别刚摸过脏东西不洗手又往嘴里塞。如今她走了，温既白就像是释放了天性，没人再来管她了……她可算是知道了，为什么温越女士会对家庭伦理剧有心理阴影。

确实可怕。

最后，还是温越女士的大学同学给予了温既白一份难得的安慰和帮助。

在温越女士病入膏肓的那段时间里，早就料到了家中会是这番景象。她担心自己离世后女儿的处境，便把这些担忧和疑虑都告诉徐清了。徐女士很心疼温既白，又担心小姑娘真的会因为妈妈去世而想不开，所以便想让她照顾到高中毕业。

可是温既白不愿意。

她最怕寄人篱下的感觉，也不想整日应付那些没用的社交。然而，她最终还是拗不过徐清女士的热情，便同意在徐家先借住几天，住到开学。等开学后，她可以自己住校了。

好在温越女士给她留下的钱也足够让她完成学业。

在葬礼结束后没几天，徐清专门去给温既白办了转学手续。她希望以后能在一座城市里生活，能稍微照应一下温既白，毕竟实在不放心一个小女孩独自生活。待一切都办妥后，徐清才去接她。

徐清对温既白的叛逆早有耳闻。不过，这都源于温越之前总是对她说，自家女儿如何叛逆，如何不听话，如何顽皮，还和男生打过架，简直是个不良少女……

徐清当时听完后震惊不已："一个小女孩，你让她跟男生打架？"

温越不以为意："对啊！我也很生气！医药费回回都是我们家赔！我的钱是大风刮来的啊？"

徐清心想：敢情您家孩子才是打人的那个啊。

所以，徐清来接温既白之前可谓是做足了功课，找了许多相关书籍去看，什么《如何让叛逆期的孩子改邪归正》《如何让孩子喜欢》《如何和孩子友好沟通》……

在出发去接温既白的路上，徐清还在抓紧时间阅读某个教育公众号发布的文章。

到达后，她先是对着镜子，露出了代表友好的八颗牙齿，笑容自然和蔼。她退出了公众号文章的页面，自信满满地下车。

然而，她想象中的打耳洞、染头发、身着奇装异服的叛逆少女没看到，只看到一个乖巧的小女孩，抱着书包，踩着滑板，在路口满脸迷茫地站着，长得像个小兔子。

小姑娘长得很漂亮。一眼看过去，就很惊艳的长相，眸色很浅，眉眼比平常人却深邃许多，不笑的时候显得有些阴郁。她的个子不算高，身材比例却很好，这两天天气热，小姑娘只穿着白色圆领短袖和短裤，脚下配了一双帆布鞋。总之，不太像是那种动不动就打架斗殴的叛逆少女。

徐清在心里默默地骂了一句：刻板印象真害人。

瞧瞧，多可爱、多乖巧的小姑娘。

徐清一直想要一个女儿，刚结婚的时候就幻想过，自己以后要是生了女儿，一定把她宠成小公主，给她买各种各样漂亮的衣服。可惜现实是骨感的，徐清没有乖巧的女儿，只有一个烦人精儿子。

她喜欢打扮人，在儿子特别小的时候，她也是给儿子穿小裙子、扎小辫子。

儿子什么都不懂的时候很配合，等他开始有了性别意识之后，自然不愿意再配合。为了儿子的心理健康，徐清喜欢打扮别人的爱好就再也无法得到满足了。

虽然温既白不会在她们家住很长时间，但她也想对小姑娘再好一点。

徐清叹了口气，又在心里感慨了一番：小姑娘真是命运多舛，先是被亲生父母抛去，再是养母去世……

于是，待温既白上车后，徐清就让司机小吴驱车前往一家金店。

刚到地方，温既白就被震惊了。

那家金店在一条热闹的大街上，门口挂着一个大牌子，上面龙飞凤舞的草书还镶着金边，露出满满的贵气。

再对比相邻的店铺，都是很普通的小摊子，卖衣服的、卖早点的，应有尽有。这暴发户气质的大金店，仿佛与这里的市井气息格格不入。

温既白眨了眨眼睛，蒙了片刻，仰起脑袋问："阿姨，这是？"

徐清非常大手笔地说："买。"

温既白感觉自己一秒变身霸道总裁小说里的灰姑娘女主角。

"我跟你说，女孩子心情不好的时候就来买首饰，心情会好很多。去吧。"徐清把她往店里面一推。

非亲非故的，她也只是借住几天，温既白实在不好意思花别人的钱。于是，她犹豫地回头看了一眼徐清，而徐清则是冲着她笑了一下，脸上仿佛写着"去吧，多少钱我都付得起"。

温既白叹了口气，象征性地去店里转了两圈。她并没有挑选任何一件首饰，更多的时候是在数项链、镯子的价签上有几个零……

她转了一圈，发现这里的东西都很贵，的确配得上这里华贵的装潢。

徐清生怕温既白挑选东西太拘谨，特意没有跟去，让她自己进去挑选，自己则坐在车里等着。大约只过了十五分钟，温既白就已经站在车外，轻轻敲了敲车窗。

徐清赶忙下车笑着问："选好了？"

温既白点了点头。

然后，她领着徐清走到了大金店旁边的小摊上，一脸认真地指着小摊上的一双袜子，说："我看上了这双袜子。"

徐清叹了口气，心里默默地想着，这哪里是问题少女啊，简直是标准的懂事女孩。

徐清就住在安白一中旁边的一个高档小区里。

原本，安白一中的实力在本市内并不算是顶级的中学，但去年一下子出了两个省状元，文理全包，升学率也往上蹿了不少。于是，家长们又开始相信安白一中的教学水平了，削尖脑袋想把自家孩子往里面送。

徐清的儿子叫陈舟辞，就是安白一中高三文科班的学生。只要提到陈舟辞，徐清免不了要唉声叹气的，直言小孩正在叛逆期，一点儿也不听话。

听着徐清唠唠叨叨的叙述，温既白对陈舟辞的印象就在……叛逆青少年和安白一中的帅气学霸之间反复横跳。

但是她到家后并没见到陈舟辞，听徐清说，他这几天在姥姥家，过几天才会回来。

那样也好，温既白向来不喜社交。

她的新班级也是安白一中文科，和陈舟辞是同一个班。徐清便把她先拉进了班级 QQ 群。

班级群的名字叫"魔仙堡"。

班里的情况大概是这样的。

一中沈佳宜：怎么突然要补课？谁写了数学试卷啊，作业帮咋搜不到答案呢！救命！江湖救急！

备战一模：试试小猿？

数学是我的最爱：谁有数学试卷的答案啊，搜不到答案，救命！

空木痴树：陈舟辞在不在？他肯定写了啊！去轰炸他微信，兄弟们！

数学课代表龙王：这种好事居然不带上我，我给你们打掩护！给我一份答案！

…………

温既白就这么刷了一会儿，突然想到徐清刚才还在介绍："咱们安白一中，可是整个安白市最好的学校！学术气息浓厚，都是热爱学习的好孩子！"

温既白不死心地又看了一眼班级群里跳出来的各种消息。

学术气息相当浓厚？

温既白刚想按灭手机时，群里突然冒出来一条消息。

降温水汽凝结核：听说咱们班来了个新生？

降温水汽凝结核：好像是个女生。

降温水汽凝结核：长得还挺漂亮的。

然后群里一阵沉默。

空木痴树：她作业写了吗？

空木痴树：好说，来了咱们班都是一家人，肯定不会见死不救！

温既白看了看群里的内容，只觉得对这群人很无语。她收拾好了东西，随手抓拍了一张夜景，想发朋友圈，本来也想给那双袜子拍一张，奈何下不去手。毕竟谁闲得没事在朋友圈晒袜子呢？于是，她随手填了一个文案：晚安。

刚发出去，她的发小就给她发了一条消息。

宋雨涵：兔子，你到新家了？

温既白：嗯。

宋雨涵：我问你个问题。

温既白打了个哈欠，奔波了一天，她现在是真的有点困，于是飞快打字：累了，困了。晚安。

温既白在文字后面还发了一个微笑的表情包。

宋雨涵：你先别睡！

宋雨涵：你是不是受那家少爷的气了？

温既白：什么玩意儿？你从哪儿看出来的？

宋雨涵：你看看你发的时间！刚好是二十四点整，一天中最后的时刻，不也正映射着你的心情跌入了低谷？再看看你的文案！简简单单的"晚安"二字，又十分隐秘地影射了刺客的心情！你甚至痛苦得连标点符号都没加！

温既白翻了个白眼，心想：真想把她拉黑。

晚上睡觉，或许是换了新环境，温既白总是睡不安稳，仿佛一直能听到妈妈跟她说话。

"温既白！你这个小没良心的，你妈走了，竟然一滴眼泪都没流啊。

"养你还不如养条狗呢，我对狗好，狗还知道冲我摇尾巴呢。

"都几点了还在睡？

"作业写完了吗？"

温既白在床上翻了个身，把脑袋深深地埋进枕头里。毫无用处，温越女士熟悉的唠叨还萦绕在耳边，仿佛下一秒就要揪着她耳朵，质问她："你听没听我说话啊？"

温既白烦躁地揉了揉头发，坐起身来，烦恼地嘟囔着："写完了，写完了！都到这种时候了，您居然还能管我写作业的事儿啊……"

意识渐渐回笼，她突然意识到，刚刚的一切只是一场梦。

眼前是陌生的场景。

卧室的窗帘没拉,月光穿透玻璃窗,整个房间被照得一片清明。

温既白胡乱理了一下乱糟糟的头发,伸了个懒腰。此时,她觉得自己脑袋发蒙,嘴也有点干,便迷迷糊糊地下楼,想出去接杯水喝。

徐清也回房间休息了,客厅一片黑暗。

温既白迷迷糊糊地,随手拿了一个纸杯,接了杯水喝,润了润嗓子。她现在觉得,自己的灵魂肯定留在床上,又抿了一口水,准备往回走,去找灵魂继续睡觉。没想到,迎面竟然撞进了一个人怀里。

她整个人都清醒了,就像是灵魂瞬间归位了一样,连忙往后退了几步。

结果温既白还没说话,对面那个人就开口了,声音很冷,丢出来一句:"你是谁?"

温既白心道:我现在也想问同样的问题,谢谢。

借着窗外透过来的光,面前的少年像是被勾了一层轮廓。

应该是那位叛逆男孩回来了。温既白歪了歪脑袋,她该怎么回答呢?我是来你家借住的?我是未来要和你住在一个屋檐下的同班同学?

感觉怎么回答都有点怪怪的。

沉默了半晌,温既白才缓缓地开口:"一个半夜起来喝水的陌生人。"

冷场了片刻。

少年微微扬眉,语气没了刚刚的冷淡,倒是多了点捉弄的意味:"陌生人?"

温既白慢吞吞地点了点头。她突然觉得,这个叛逆男孩有点可怕。

果然,寄人篱下最麻烦了。

就在这时,客厅的灯突然被人打开了,温既白也终于看清了叛逆男孩的容貌。

他懒散地靠在厨房门口,身形清瘦,长得很好看,黑发黑眸,五官线条流畅,鼻梁很高,狭长的眼尾微微上挑,睫毛又卷又翘,身上带着青少年独有的傲气。

徐清站在楼上，睡眼惺忪地看着下面的情景，不禁问道："你怎么回来了？大半夜地回来也不说一声？"

陈舟辞没多说什么，也从厨房的饮水机里接了杯水，边喝边说："不回来干什么？围观大型家暴现场？"

徐清忙问："怎么，你表弟又挨打了？"

"嗯，期末考试考砸了。"陈舟辞坐到沙发上，懒洋洋地靠着靠垫，喝了一口水才继续说，"喜提混合双打。"

徐清笑得不行："你也不拦着点啊。"

"哼，我要不回来就是三打了。他好歹叫我一声哥，我可不会做落井下石的事儿。"陈舟辞说，"顶多就是给我舅递了两个衣服架子。"

温既白心想：你还真是好哥哥。

徐清突然看到了温既白，这才想起来家里新来了一个人，便笑眯眯地介绍道："既白呀，给你介绍一下，他就是我儿子舟辞，比你大一岁。以后，你们也是同班同学，一起参加高考。"

温既白的思绪还停留在徐清说"他比你大一岁"，于是嘴比脑子快，当即脆生生地喊了一声："哥哥。"

喊完之后，一阵沉默。

陈舟辞明显还没搞清楚状况，看温既白的眼神变得更复杂了，仿佛在说：我什么时候多了一个妹妹？

温既白在心里颇为懊恼：我怎么就管不住自己的嘴呢。

徐清被逗得笑了半天："那么客气啊，叫什么哥哥？"

温既白不好意思地干笑了一声，算是卖了个乖。她不打算多作停留，只想跑回自己的房间睡觉。在经过沙发时，陈舟辞突然开口，语气比刚才要温和了许多，略显温柔："晚安！"

温既白愣了一下，没想到陈舟辞会对自己道晚安，不禁偏头看他。但总归是要客气一下的，于是，她乖巧地回道："谢谢。"

"也不用谢。"陈舟辞漫不经心地说，"来自一位热心的陌生人的祝福。"

等温既白走了之后，陈舟辞才朝着徐清的方向扬了扬下巴："徐女士，不解释一下？"

徐清其实觉得这事儿有些复杂，还没想好怎么和儿子解释，只是含糊地说："这是个意外。"

沉默片刻，陈舟辞的那句"她该不是我亲妹"卡在喉咙中，不知道当讲不当讲。

可能是做了一番思想斗争，陈舟辞才面色复杂地问："我爸知道吗？"

"那肯定知道啊。"徐清还是没理解陈舟辞的意思。

陈舟辞眨了一下眼睛，忍不住说："那我爸心还挺大……"

整个客厅瞬间安静下来，诡异的沉默。

"陈舟辞，你想挨打是不是？你这脑子里天天都在想什么？"徐清这才反应过来，气得想拿棍子打他。

陈舟辞表示自己非常无辜，眼看着徐清到处翻抱枕想砸他，他连忙解释："别，我错了还不行吗？您大人有大量。"

"既白只是来咱们家借住几天，开学就去住校。不过，她之前的学校教学质量不行，我就帮她转到了一中，照顾起来也方便些。"

陈舟辞还是不解，问："照顾？"

徐清点了点头，讲明了事情的原委："小姑娘挺可怜的，她妈妈跟我是大学同学，关系很好，前几天因病走了……"

陈舟辞起身的动作一顿，扫了一眼温既白离开的方向，顿了一会儿才说："嗯，我会多注意一下的。"

回到房间，温既白的第一件事是给宋雨涵发了个消息：*我刚刚好像撞见陈舟辞了。*

宋雨涵几乎是秒回：*怎么样？*

温既白回想了一下刚刚陈舟辞和妈妈犟嘴的模样，好像也就是……正常沟通？然后，他也很"友好"地送给自己一句"晚安"。

于是，温既白打字：他很有个性。

宋雨涵：看来不是很不好相处啊……

宋雨涵：不过，他要是敢欺负你，我就去揍他！

温既白无语：不好吧，你把他打坏了怎么办？

宋雨涵：那换个和平的方式，他帅吗？如果帅的话，我也能跟他称兄道弟来替你分担痛苦！

温既白心想：跟不上你的思路。

"这谁能忍！"

陈舟辞把手机拿得远了些，忍不住笑："你有完没完，骂了半小时了，来来回回的，就这么几句词。"

电话那头的刘城西继续吼："那群小子气死我了，我要是不教训教训他们，我就不姓刘！"

陈舟辞捞过了一瓶酸奶，喝了两口，缓缓起身，懒洋洋地靠在椅子上笑道："加油，痴树同学，要是打不过三班的那几个人，哥哥会对你很失望的。"

刘城西是一班的体委，因为比较迷恋动漫二次元，就给自己起了"空木痴树"这个名字，就为了彰显文艺青年的气质。

不过，当年因为这个名字，他可闹了不少笑话。有一次历史老师批改作业时，在寂静无声的晚自习突然开口问："咱们班怎么还有个外国人？"

全班发出一阵雷霆般的爆笑，从此，"空木痴树"这个名字传遍整个学校，延续至今。

"少贫嘴，你到底来不来啊？你忍心让我们几个人面对那群小子？"刘城西被三班那群人气着了，显得异常激动。

"去啊，为什么不去？"陈舟辞喝完了酸奶，扔向门口的垃圾桶，酸奶盒子在空中划过一条完美的弧线，准确无误地落入其中，然后他缓缓起身，笑着说，"我还真没见过你挨打的样子，得去欣赏一下，不然以后没机会了。"

刘城西怒吼："陈舟辞，你还是人吗？"

温既白坐在房间里，一个下午都没出去。她总觉得有些尴尬，也想不出该如何和那位叛逆男孩和谐地友好相处。

于是，就这么看了一场大戏。

班级群里基本都在说三班的同学。

故事好像是这样的：三班在学校小花园种的花被人给薅了，有目击证人称，看到了"作案人员"穿着一班的班服，便一口咬定是一班的同学干的。一班同学被冤枉了，感觉马上都能六月飞雪。

眼下已经放暑假了，但是安白一中为了让学生在假期时别落下学习，给学生发了很多试卷。于是，学生统一来学校领新的作业。这才发生了这场闹剧。

温既白看着微信群里不停滚动的消息，就当打发时间了。她一边看一边咬着面包，有些干，想拿水喝，却发现水杯空了，便起身去厨房接水。刚下楼，就看到了客厅里正在系鞋带的陈舟辞。

温既白觉得，他们俩这么尴尬下去也不是个事，不如说两句话缓和一下，毕竟她要在这个家住上一段时间。她站在原地斟酌了半天用词，想着既然是卖乖，还是先端正一下态度吧。于是，她缓缓地开口道："哥哥。"

陈舟辞系鞋带的手一顿，似乎是看出了温既白的别扭劲儿，想了片刻才说："下次叫名字就行。"

温既白已经从饮水机里接了一杯水，抿了一口，乖巧地点了点头："好的，哥哥。"

陈舟辞扬了一下眉。

"好的……"温既白也不知道自己在别扭什么，"好的，陈舟辞。"

陈舟辞没忍住，笑了一下。

温既白又问："你要出去吗？"

"嗯。"陈舟辞站了起来，单肩背上书包，糊弄道，"有个同学摔坏了脑子，我去看看。你想吃什么？我给你带回来。"他又礼貌性地问了一句。

温既白下意识地说："带上我吧。"说完，只觉得自己是在家里闷傻了，才会问出这种让人为难的话。

"行啊。"陈舟辞懒洋洋地靠在门边，语气悠闲，"让我想想看，给你找个什么人设好呢？这样吧，我今天就当一回热心市民吧。"

温既白还没反应过来陈舟辞是什么意思，一个声音便从她的背后传了过来："小兔崽子，又想跑哪儿去？你的作业写完了吗？"

温既白回头看了一眼，是徐清。

徐清看到温既白回头看自己，态度马上一百八十度转变，轻声细语地亲切道："既白要出去散心呀，路上小心点，注意车。"

这态度，一时间竟然不知道谁是亲生的。

陈舟辞自然地说："既白妹妹刚刚把脚给崴了。她昨天叫我一声哥哥，我当然要履行哥哥的职责。你说是不是啊，既白妹妹？"

温既白看着他，心想：我可真是谢谢您了。她可算知道是领教了，多么自然的演技，张口说瞎话的本领有多高。

徐清的眼中掠过一丝惊讶，赶忙上前，关心地问："受伤了？严重吗？需要我带你去医院吗？"

温既白非常上道地接下陈舟辞的剧本，一瘸一拐地往陈舟辞那边走了两步，可怜巴巴地摇了摇头："不……不用了。"

她知道自己的演技不好，偏偏陈舟辞就那么干巴巴地站着看她，也不帮忙。于是，她编不出来台词了，只好伸手扯了扯始作俑者的袖子。

陈舟辞觉察到了袖子上的拉扯力，微微低头，扫了一眼女孩拉着他袖子的手指。女孩的指尖白皙，只拽了他袖子的一角。

他自然地扶了她一下，心领神会地笑着说："交给我吧，我照顾她。"

温既白抬眼看他,心里忽然冒出一种莫名的感觉。

她猜测,陈舟辞应该是想带自己去医院。

陈舟辞昨天晚上听到徐清那么介绍了新来的女孩的身世,回到卧室后总是睡不安稳。他试着代入温既白的视角,心里多少生出了恐慌和不安。

唯一的亲人刚刚去世,到了一个陌生的环境借住,昨天他的语气好像也……不太好。

所以,陈舟辞的心里多少都有些过意不去,今天在家转悠了一天,坐在沙发上看海绵宝宝,就是不见温既白从卧室里出来。

她倒是能沉得住气。

后来,他看到班级群里的事,分了心,便没再继续想着温既白。陈舟辞在家待着无聊,本想出去转转,结果就撞见女孩一声不吭地拿着水杯,站在厨房门口看着自己,就像是小兔子耳朵耷拉下来了,可怜巴巴地服软。

他顿时知道小兔子想做什么了。

陈舟辞把温既白带到了学校,一路上,温既白就跟在他的后面,看到学校时还非常配合地疑惑了一会儿,问:"不去医院啊。"

陈舟辞偏过头来,垂眸看了一眼她的脚,扬了扬眉,问:"你真的崴脚了?"

温既白认真地说:"你刚刚不是说,有个同学摔坏了脑子吗?"

陈舟辞笑着说:"我刚刚还说你崴脚了呢,你觉得是真的吗?"

你是怎么做到理不直气也壮的?诓人都能做得那么心安理得……

男孩见她不说话了,问:"怎么了?"

温既白明白了,便轻轻地叹了口气,露出一副被欺骗的委屈模样,然后才扬起脑袋,学着偶像剧里女主角那样:"哥哥,你骗得妹妹好苦啊……"

陈舟辞"扑哧"一笑,没忍住,说:"你还挺可爱。"

温既白心想:花言巧语。

一班同学和三班同学是在小花园旁边"对峙"起来的。

小花园就在教学楼的旁边,还挺多,初步估计是每个班都有属于自己班级的小花园。温既白突然觉得,这个学校很人性化啊,跟带幼儿园小朋友似的。

三班的小花园的确被摧残得挺狠,最中间的几朵花都被摘走了,特别明显。该怎么形容呢?就好比是一个小仙女一张嘴却是豁牙,看着跟整体气质格格不入,难怪三班的同学会这么生气了。

两个人赶到的时候,恰好是"放狠话"的环节。

三班同学:"你们一班的,考不过我们,就拿可怜的小花撒气啊!小花何罪之有?它们只是个孩子啊!"

一班同学:"放屁!你们哪只眼睛看到是我们班的人去薅你们班的花了?"

两个班聚集的人不多,加起来都不到十个人。温既白想不明白,这么几个人就能代表一个班级了?但是听着他们的对话,又觉得还挺有道理。

两边放了五分钟的狠话,估计是喊累了,但谁都不退。刘城西这才注意到站在最后面的陈舟辞和温既白,他的目光在温既白身上停留了片刻,就跑到陈舟辞身边,显得特别气愤:"这群人真的快气死我了!"

"换个词吧,树儿,我都能背下来了。"陈舟辞笑着说。

温既白觉得,陈舟辞不是来劝架的,倒像是来点火的。

陈舟辞走到小花园面前观赏了一下。

离奇的是,对面那几个三班的人见陈舟辞来了,当真不说话了,就这么看着他。

陈舟辞观赏了片刻,问:"你说我们班的同学摘了你们班种的花?"

三班打头的那个同学点了点头,又强调道:"还不止薅了一朵。"

陈舟辞想了一下,指着另一只花,问:"这不是还有一朵吗?"

那位同学说:"能一样吗?我们只要那一朵!"

"不是。"陈舟辞纠正道,"怎么摘的,再来一遍,我没看到。"

温既白觉得,陈舟辞有时候说话特别欠,也特别拽。一朵花还没薅够,还想让人家再薅一朵?

果不其然,此言一出,两边的人又吵了起来。

而且,三班同学还纷纷指责一班同学"罪加一等"。

"侮辱!这是赤裸裸的侮辱!我们班痛失'班花'!你居然还想对我们班其他的花下手!好狠毒的心啊!"

温既白站在人群最后边,听着他们放狠话,很难想象这居然是一群高三的学生。

安白市正值盛夏,傍晚的热风也吹不散空中的燥热。天边滚烫的火烧云罩在城市上方,像是一个无形的蒸笼,令人烦躁不已。

两个班级的同学面对面站着,针锋相对,谁也不让谁。眼看着争执不下,刘城西提出:"来吧,咱们用成年人的方式解决问题!"

温既白打了个哈欠,这是要打架吗?

说实话,很无聊。

可是陈少爷看得津津有味,温既白也不好扫了他的兴致。

温既白突然发现,这个人挺有意思,做事说话都给人一种很洒脱、很无所谓的感觉,好像没什么事会放在心上,是个很随性的一个人。

三班的同学还在叫嚷着,刘城西却忽然把目光投在了温既白的身上,开口问:"妹妹,你行吗?"

温既白疑惑地看着他。

她行什么?怎么,那么多男生打架,还得靠她一个女孩吗?

温既白刚想开口,陈舟辞就微微侧过身,挡在了她的身前,说:"不行。"

刘城西顿时觉得自己有点冤枉。因为这一出,在场的人把目光都转移到了陈舟辞的身上。

陈舟辞又补充一句:"也别打我的主意,我也不会打架。"

刘城西忍不了了,喊道:"谁跟你说要打架了!咱们是知识分子!打架多俗气啊!我们是要比赛背历史大事年表!"

温既白这才恍然大悟,原来那个男孩刚刚是问她能不能背历史大事年表啊……

刘城西见温既白不说话,心道:这还是个高冷的妹子。又觉得找外援实在是丢脸,就问陈舟辞:"陈舟辞,你行不行啊?上次历史考试,你不是考九十多分吗?"

背是能背,就是……在这个场合背大事年表,多少显得有点"降智"吧……

陈舟辞已经后悔来这里掺和了。正想找个什么借口糊弄过去时,温既白突然用指尖点了点他的手背。

温既白的指腹有些凉,陈舟辞偏头看她,问:"怎么,无聊了?那我带你回家吧。"

"不是。"温既白指了指教学楼的楼顶,问,"那边是不是有人想跳楼啊?"

陈舟辞顺着小姑娘的指尖往上看。天色昏暗,当真看到一个人影站在楼顶,长长的头发披在肩上,看着像是个女生,不知道站在那儿多长时间了。

学校的教学楼只有六层,不是很高,但因为天色太暗,看不真切。

什么?不可能吧!怎么会有跳楼?但他不敢大意,马上招呼大家往上看,并让一名同学火速去找老师。

于是,两边针锋相对的中二少年把背历史大事年的比赛抛到了脑后,纷纷扯着嗓子劝人"珍爱生命"。

刘城西打头阵:"朋友,人生很美好,千万别想不开啊!"

三班的同学不甘示弱:"祖国的大好河山你还没见到呢!朋友,我们可以当你的心灵导师!千万别想不开啊!"

温既白觉得她要是那个女生,听完这几个人的话,只怕会更想不开。

陈舟辞这个人平时比较毒舌，关键时刻还是知道轻重缓急的，见去喊老师的同学一直没回来，他把温既白安置好，便往老师的办公室跑去。

温既白一声不吭地站在楼下，仰着脑袋往上看，越看越觉得有点不对劲……

好像从刚刚开始，那个女生就没动过，用一个姿势在楼上站着。

于是，温既白换了个角度瞅了瞅，又换了个角度再瞅了瞅。

好家伙，她这才看明白，那不是个人，好像是一个拖把！具体来说，就是一个拖把搭在天台的栏杆上，拖把上还罩着一层布……只是视觉效果比较像人，罢了。

此时的刘城西还在饱含深情地喊着心灵鸡汤："姑娘！同学！美女！珍爱生命啊！"

此时的陈舟辞，估计已经狂奔到了老师的办公室。

温既白根本不敢想象，如果老师来了之后发现是个拖把，那场面该有多尴尬啊……她想赶紧给陈舟辞发消息，却发现自己没有陈舟辞的联系方式。

这还真是见了鬼了！

慌乱间，突然有人拍了拍她的肩膀，她下意识地转过头去，是陈舟辞。

温既白连忙说："我刚刚看错了。"

不太敢看他的表情，温既白只好将目光落在他的手上。这人的手很漂亮，骨节分明，皮肤很白，甚至还能看到淡青色的血管。是的，温既白其实算是半个"手控"。

但此时不是欣赏的时候，她只好硬着头皮说："好像不是学生跳楼，是个拖把成了精……"温既白赶忙说，"你应该还没找到老师吧。"

"说晚了。"陈舟辞微微侧身，只见身后几位老师急急忙忙地赶来，他说，"老师已经来了。"

温既白已经能想象出接下来会发生多尴尬的场景了。

唉，曲折的一天啊。

题目:《一朵花引发的惨案》

开端:原告三班同学因为瞅见了作案嫌疑人身穿一班同款班服在小花园处鬼鬼祟祟,后发现小花园遭到人恶意摧残,花朵死状惨烈,不忍直视,遂双方引起争端。

发展:因为陈舟辞一句"我没看见,再来一遍"的言论引得事件升级。

高潮:双方因为发现有人疑似跳楼而达成和解,共同拯救"失意少女"。

结局:失意少女变成了拖把,双方变成了笑话。

"胡闹!"年级主任苏慧一拍桌子,看着面前的一纸作文,破口大骂道,"陈舟辞,你搁这儿写作文呢,是吧?语文能考一百三十分,全用到这上面去了?"

苏慧是一个有些秃头且微胖的中年教师,他最喜欢各处溜达,逮住违纪、丢垃圾的学生,学生们在背后都叫他"苏胖子"。

陈舟辞觉得自己很冤枉:"看着的确有些扯……"但这是事实。

"这何止是有些扯?"苏慧气得快要七窍生烟了,他打量着办公室里的一群熊孩子,恨铁不成钢,便挑了一个看着最乖巧的人,问,"温既白,是吧?你来说说,到底是什么情况?"

温既白非常认真地说:"确实是拖把成了精。"

…………

苏慧被气坏了,靠回到椅子上,想休息一会儿再骂这群熊孩子,于是,先惩罚他们写不低于两千字的检讨。

温既白见双方人马败下阵来,十几个人挤在办公室的桌子上写检讨,那场面异常壮观。还在她愣神时,陈舟辞拿着一支笔和一张纸走了过来,递到温既白的手里。

温既白愣住了。

大哥，你是逗我吧？我不过是想出来散散心，怎么还混了两千字的检讨？

温既白之前一口一个"哥哥"地叫着，不知不觉间，就把自己带入了陈舟辞的妹妹的人设，完全忘记自己也是这个班级的新成员，张口便问："家属……也要写？"

陈舟辞轻轻地"嗯"了一声，很自然地说："这是连坐。"

温既白瞬间就委屈上了："家属好无辜。"

陈舟辞看着小兔子耳朵又耷拉下来的样子笑得不行，扯过一把椅子，把温既白按到了上面，微微俯身，轻声问："好好坐着。"

温既白叹了口气，心想：行吧，写还不行吗？她写过的检讨还少吗？

于是，她按了一下圆珠笔的按钮，发出"咔嚓"一声。刚想下笔写字时，笔和纸又被人抽走了，陈舟辞笑着说："你说你是家属？"

温既白慢吞吞地点了点头。

然后，突然愣了一下，对啊，我怎么就成了家属呢？

于是，温既白缩了缩脖子，显得有些不好意思："哥哥……谢谢哥哥。以后妹妹赚钱了，好好孝敬您。"

陈舟辞不说话了，开始低头写检讨。

整间办公室的人都沉默着，一句话都不敢说，只有笔尖划过纸张的沙沙声。

刚刚刘城西的注意力都放在三班的那群人身上，直到这时，才注意到陈舟辞身边的漂亮妹妹。一双杏眼水汪汪的，她的瞳色偏浅，显得又清透又干净，五官精致，就是没怎么见她笑过。整个人的气质偏冷一些，像是个高冷小仙女。

此时，小仙女正抱着陈舟辞的书包，认真地看着他写检讨。

刘城西问："草，你从哪儿找来的小仙女啊？"

陈舟辞瞥了他一眼："你少说点脏话，行吗？"

"冤枉啊……"刘城西解释道，"此'草'非彼'草'，我说的'草'是'校草'的'草',不是脏话!"

陈舟辞转了转笔,抬头问他:"你想知道她是谁吗?"

刘城西八卦的眼神都要溢出来了,连忙点头,说:"想。"

"你知道这条街是谁罩着的吗?"陈舟辞靠在了椅背上,笑着问他。

刘城西顿时被惊呆了,心道:这还是道上的人吗?

于是,他带着震惊且崇拜的目光上下打量了一番温既白,感慨道:"人不可貌相啊!"

温既白看着刘城西生动的表情,心道:好一个"把崇拜写在脸上"的生动体现。

刘城西问:"这条街到底是谁的?"

陈舟辞笑着说:"我也不知道,反正不是我。"

刘城西意识到自己被坑了,不服气地说:"陈舟辞,你做个人吧。"

"呵,多读点书吧,都高三了,还那么傻……"陈舟辞说着,又开始埋头写检讨,顿了一会儿才介绍道,"班里新来的同学,我带她来认认路。"

刘城西轻轻地"哦"了一声,扯着椅子往陈舟辞身边挪了挪。她打量着温既白,压低声音说:"新同学好漂亮啊。"

陈舟辞手中的笔一顿,没有说话。

"真的,你看她那个眼睛,水汪汪的,感觉好乖,也……"

陈舟辞把笔放下来了,就这么看着他。

刘城西被看得有些发毛,问:"咋……咋啦?"

陈舟辞"提醒"他:"你倒不如看看老师的眼睛。"

刘城西心里"咯噔"一下,抬眼便对上了苏慧的死亡凝视。

没过一会儿,历史老师端着保温杯走了进来。

温既白心想:这所学校真有意思,放假的时候,年级主任和历史老师都在,敢情这些老师都住学校里啊。后来打听了一番才知道,原来是学校就高三创新班暑假学习的事情召开了临时会议,所以才会那么巧,都赶在一天了。

安白一中对毕业班的学习抓得比较紧，但又不想给学生们太大压力，便想了个法子：在临市风景优美的淮凉山上租了一家别墅，一楼是餐馆，二、三、四楼是学生的宿舍，五楼暂时用作教室，专门给高三两个文科创新班和两个理科创新班学习所用；为了让他们劳逸结合，还开设了美术、手工、电影一类的课程，算是一个夏令营兼暑期学习，考虑得非常周到。

历史老师因为长得像吉吉国王，再加上他的讲课风格是幽默、风趣的类型，学生们跟他的关系很不错，私下给他取了个外号，叫"吉吉国王。"

此时的吉吉国王正大摇大摆地站在办公室里东瞅瞅西看看，转悠来转悠去，时而拿起保温杯抿上一口，然后看了一眼陈舟辞最开始写的事情经历，不禁问道："你们一班的学生薅人家的花了？这就不对了，打架归打架，伤人财物算怎么回事？"吉吉国王批评道。

刘城西都说累了，但还是顽强地解释道："我们真没，吉吉……老师，你看看在场的，哪个穿班服了？要我说，老师你穿的那件衣服都比我们的衣服更像是一班班服。"

吉吉国王的动作骤然一停，愣了好半响才开口："你说小花园的花？"

此话一出，在场十几道目光"唰"的一下，全都聚集在吉吉国王的身上。

只见吉吉国王干笑了一声，神情变得更微妙了："是我见它们长得好看，今天薅了两朵……"

得，破案了。

三班的同学直接破防："老师，不带你这样的啊！你薅我们'班花'干啥啊？"

吉吉国王理直气壮地答："拍抖音。"

温既白觉得，她看过的任何一本小说都没有比今天发生的事情更具戏剧性了。

刘城西也觉得这件事太离谱了。更离谱的是，办公室的桌子不平整，他已经把写检讨书的纸都戳出了好几个洞，真是越写越生气。

相较于心态崩溃的刘城西，陈舟辞倒是淡定得多。他靠在墙上，单手撑着脸，虽然看着不太情愿，笔下的动作却没停，也没说过抱怨的话。不多时，检讨书已是密密麻麻地写了半页纸。

温既白觉得新奇，问："你看着很有经验啊。"

男孩写字的动作一顿，看了她一眼，那意思很明显：你这话说得，有良心吗？

温既白瞬间明白了，改口道："哥哥，您文采斐然，能者多劳。"

"别再叫我哥了。"陈舟辞觉得闷闷不乐。

温既白非常关心哥哥的心情："怎么了，哥哥？"

"当不起。"陈舟辞把检讨书翻了个面，"代价太大。"

后来，没过多长时间，他们的新班主任段老师便来认领这群学生了。

老段是他们学校的特级优秀教师，去年带出过一个理科状元。老段和苏慧交流了一会儿，一班那群'兔崽子'全程都没敢抬头。老段刚接手班级，他们就闹出了这等乌龙，饶是脸皮再厚，也不敢再放肆啊。

于是，苏慧恨铁不成钢地看着老段。

吉吉国王尴尬地看着老段。

刘城西愧疚地看着老段。

三班的人看热闹不嫌事大地看着老段。

苏慧摇了摇头，也懒得再管，把最后一口茶喝下肚，便走出办公室。

老段目送苏慧离开，又目送了吉吉国王离开，最终把目光转移到了一班这群'兔崽子'身上。他缓缓地开口："知错了吗？"

刘城西带头喊："知错了。"

"行吧。"老段笑着说，"那还不赶紧跑啊，真想大晚上在这儿写检讨啊？"

一听这话，刘城西带头一阵欢呼，然后以迅雷不及掩耳的速度，把检讨书揉成一团塞到口袋里就冲出了办公室。

陈舟辞倒是不紧不慢地画上一个句号，然后把检讨书塞进了书包，另一只手很自然地把温既白的包也拎了过来。走之前,他还跟老段打了个招呼,非常礼貌:"几天不见,老师又年轻了不少呀。"

老段笑道:"你就只剩嘴了……第一次写检讨吧?什么感觉?"

陈舟辞认真地想了一会儿。

老段知道,像他这种好学生肯定没写过检讨,也知道对于好学生来说,写检讨是一件很打击自尊心的事情,便整理了一下语言,安慰道:"你也别放在心上,其实……"

"其实,感觉还不错。"陈舟辞说完,赶紧拉着温既白跑了。

老段愣了两秒钟,然后看着少年离开的方向,无奈地摇了摇头:"这群小孩……"

三班的同学看着瞬间就变得空荡荡的办公室,沉默下来。

沉默是今晚的康桥。

陈舟辞是下意识拉着温既白的手腕往前跑的。温既白先是感觉到手腕处传来一阵凉意,然后低头看过去,他的袖子挽到了手肘,手指修长。他的个子很高,骨架相当漂亮,身形修长。待走远了一些,才自然地松开手,陈舟辞问:"饿吗?"

其实温既白挺饿的,但也知道如果是陈舟辞领着她去吃饭,估计不会让她付钱。

两个人相处的时间不长,温既白也对少年的性格有了一个大致的了解,他对谁都是那种很松弛、很洒脱的态度,说话有时候很拽、很随性,但很有分寸感,也很有教养。叛逆吗?是真没见到,也不是想象中那么难相处。

虽然温既白是寄人篱下,但是花的大部分钱还是温越女士留下的。温越的想法很简单,已经够麻烦徐清了,抚养费自然不能让人家出,便提前给了徐清一笔抚养费。

即便如此,温既白也不想花陈舟辞的钱。

于是，她睁眼说瞎话："其实不太饿。"

陈舟辞问："我看你中午吃得也不多啊，到现在还不饿吗？"

温既白点了点头："还行。"

"好吧。"陈舟辞笑着说，"那我饿了，你陪我去吃。"

陈舟辞把她领到了学校门口那条非常热闹的美食街。

傍晚，夜幕笼罩着整个城市，像灯红酒绿的老照片，一帧一帧地动了起来，烟火气息扑面而来。

陈舟辞买了两个饭团，递给温既白一个。温既白一愣，扬起脑袋看他："嗯？"

从温既白的角度，可以看到男孩清晰的下颌线条。他的骨相、皮相都很好看，笑起来时，漂亮的眼睛很亮，少年感很足。陈舟辞笑着说："买多了，帮我吃一个吧。"还特意补充道，"节约粮食是中华民族的传统美德。"

温既白垂下脑袋看着手里的饭团，刚做好的，温热的气息传递到手里。不知为何，她的兴致不是很高。

莫名想起了一个词：存在感。以前在家里时，她没有爸爸，妈妈总是唠叨，她被烦得不行，每次都与妈妈犟嘴说："你能不能别说了，烦不烦啊。"

温越女士就会说："你以为我想管你啊。"

每次都这么说，却还是忍不住要管她。

因为太自然了，温既白总把这些当成是理所应当。

直到温越女士去世了，她真的成为一个没有人关心的人之后，才恍然明白，原来她已经习惯了温越女士的管教，习惯了这种在别人生活中的存在感。

她有时觉得，人和人相处，像是给一块透明的玻璃上色。别人说她的每一句话，赞美或是诋毁，都像是颜料，泼洒在透明的玻璃上。

而现在，随着妈妈的去世，涂在她身上的色彩也缓缓褪去，她本以为，自己又会变成一个可有可无的透明人。所以她会下意识地垂着头走，是无意识地想要降低自己的存在感。

但这次一抬头后，她撞见的是少年清澈明亮的眼眸。

第二章

三颗大白兔奶糖

陈舟辞买完饭团后，又把温既白带进了一家超市。他从货架上拿了三颗大白兔奶糖，看着还闷头与饭团的包装纸较量的温既白，不禁问道："心情不好？"

温既白撕包装纸的手一顿，抬眼看他。她并不是心情不好，只是不怎么笑，整个人散发着一种"随便吧"的气息。不了解她的人可能会认为她心情低落。

陈舟辞说："手伸出来。"

温既白听话地把手伸过去。

一颗大白兔奶糖落进她的手心里，温既白不解地看着他。

陈舟辞说："这一颗是代表我不该骗你，以后也不会这样逗你，别不开心了。"

温既白想了想，他是在说骗她去医院的事情吗？正在想着，又一颗大白兔奶糖落入掌心。

陈舟辞又说："第二颗是代表平白无故地害你被老师批评。"

本来是带她出来散心的，结果摊上了这么一件糟心的事。

温既白微微地蜷了一下手指，看着手心那两颗大白兔奶糖。糖纸上是熟悉的小兔子，蓝白条纹，裹着淡淡的奶香味。

温既白看着陈舟辞手中最后一颗大白兔奶糖，下意识地问："还有一颗呢？"

"这个？"陈舟辞抛了抛手中的奶糖，笑着说，"等以后你不开心了，我再给你。"

温既白这才听明白，原来陈舟辞觉得温既白会不开心，是因为他。所以才把刚刚发生的事复盘了一遍，仔细筛选出会惹她不开心的原因，然后拿大白兔奶糖逗她开心呢。

温既白恍惚了一下，竟然没来由地冒出了一个念头——他要是自己的亲哥哥，就好了。

接下来，两个人又在超市里逛了逛。只是这次，温既白说什么都不让陈舟辞再帮她付钱了，两个人各拿了一个篮子。

陈舟辞怕温既白吃完饭团后会觉得口渴，便给她拿了一盒牛奶。

温既白不甘示弱，也给他买了一瓶酸奶。

陈舟辞把各种口味的薯片给温既白拿了一份。

温既白把不同口味的果冻也给陈舟辞买了一份。

陈舟辞给她选了几份甜糕。

温既白也挑了几袋猪肉脯放入了篮子中。

…………

排队付款的时候，温既白看着自己手中满满当当的购物筐，终于笑了一下。

陈舟辞见她终于笑了，得出了一个结论："果然……"

温既白疑惑地看向他。

陈舟辞肯定地说："果然没吃饱。"

说实话，这人长得是真帅，也是真欠打。

陈舟辞显然没察觉到对方的心理变化，扫了一眼后面的货架，又问："还想要什么吗？"

温既白面无表情地说："想要你的联系方式。"

换来的是一阵沉默。

温既白心情好的时候，说话给人一种底气很足、很自然的感觉，心态极好，仿佛满眼写着"就这样，照做吧"。

陈舟辞觉得这个小姑娘还挺有意思，就想逗逗她："回家再给，条件是你把这些东西吃完。"

温既白以前听街坊阿姨们说过一个不太严谨的道理。

她们说，有一部分独生子女得天独厚，从小到大被众星捧月一般，多少会养成自私的性子，不太会照顾人，也不太顾及别人的感受。但是温既白觉得，陈舟辞很细心，也很会照顾别人的情绪。若是知道他家情况，还以为他有弟弟或妹妹呢。

在回去的路上，温既白随手看了一眼微信，竟然有一百多条未读消息，被吓了一跳。

原来是宋雨涵不知道怎么打入他们学校的内部了，在论坛上逛了一天，边逛边给她留言。

温既白快速浏览了一遍，发现重点只有一句。

宋雨涵：啊！你昨天没跟我说陈舟辞长得那么帅啊？

宋雨涵以前住她家楼上，两个人算是发小，闯祸一起闯，挨打也一起，由此结下了深厚的友谊。

然而，宋雨涵没什么缺点，就是花痴，一看到帅哥就走不动路。用她的话说，要给自己枯燥的学习生活里增添一抹亮色。只不过，温既白没想到，这个小丫头竟然会去学校论坛里搜索陈舟辞。

夏日蝉鸣聒噪，温既白跟在陈舟辞身后。空气燥热，没走两步，她便觉得有些闷，不知何时走到了小区里，耳边嗡嗡的，好像有很多人在吵闹。

温既白随手给宋雨涵回了一条：*少花痴，多学习*。回完，便把手机丢进了口袋里。

回到家后，温既白看到陈舟辞的爸爸陈延行回来了。

她这个人不喜社交，和叔叔礼貌地打了声招呼，就进了自己的卧室。

之后，她因为口渴出来两次，偶然听到小少爷和他爸爸好像在吵架。

陈舟辞靠在沙发上，整个人陷进了沙发里，脑袋垂着，把手里的抱枕随手垫在身后。

他的语气还算是和善："谈这个干什么？"

陈延行就坐在儿子的对面，不知为何，他一听到这话突然就火了，气道："还不能说了？你现在跟爸爸说话就是这种态度？"

其实，温既白觉得陈舟辞的语气没什么，他说的是"谈这个干什么"，而不是"免谈"。

听了陈延行的话，男孩的头垂得更低了，没再多说什么，手里转了转桌子上的水杯，摸不清情绪。

看样子，父子俩的谈话陷入了僵局，似乎不是第一次这样了。

陈延行没办法说服儿子，陈舟辞也没兴趣去说服父亲，久而久之，父子俩之间越来越难进行良性沟通。于是，陈延行像很多其他父亲一样，把这种情况都归咎于孩子到了叛逆期。

于是，陈舟辞发现，每次和父亲吵过架后，他都会和徐清女士抱怨，开头总是一句亘古不变的台词："叛逆期的小孩都这样……"

看着陈延行甩手进了卧室，陈舟辞也准备回卧室。刚站起身，忽然心灵感应一般，猛地抬头，他和温既白的视线在空中撞上了。

温既白顿时有了一种做坏事被抓包的感觉。

小少爷那眼神好像是在说：您还挺爱看人吵架啊？

温既白心想：虽然自己是被迫听到了，但她真的只想来出来喝口水而已。

她还没开口解释，陈舟辞就知道她想说什么了，笑着说："干脆直接在你的房间里放个饮水机吧，要不然喝水总得跑一趟。别下次撞见什么不该看见的，再被灭口了，那多冤啊……"

温既白心道：您可真贴心啊。

她眨了眨眼睛，走到陈舟辞身边，说："那多不好意思啊。"

他笑："我看你挺好意思的啊。"说着，陈舟辞递过来了一盒酸奶，是晚上在超市买的，还是草莓味的。

温既白下意识地接过去，道了声谢，然后才说："其实，我以前跟我妈也是这么吵架的。"

这还是陈舟辞第一次听她提到刚刚去世的妈妈，便很耐心地准备聆听。

哪知小姑娘提了一句，就没下文了。

他忍不住问："然后呢？"

"啊？"温既白眨了眨眼睛，非常诚实地说，"没有然后了。我只是想说，孩子与父母之间吵架是很正常的。"

她把吸管插进酸奶里，吸了一口，草莓味很浓郁，也稍微解了渴。于是，她又问道："你还不睡吗？"

"检讨还没写完。"陈舟辞说，"我怎么敢睡啊。"

温既白张了张嘴，想着怎么安慰他才比较好，但犹豫了半天才挤出一句："没关系，多年之后回想起今日的场景，感慨一定很深。"

陈舟辞被这句话逗笑了："温同学很有做班主任的潜质啊，忽悠起人来一套一套的，就差加上一句'面向未来，积极向上'了。"

温既白欣然接受："我也觉得自己有这种潜质，以后可以尝试去考个教师资格证。"

说起检讨，她其实太过熟悉了。之前，她没少因为惹祸被老师批评，检讨自然也没少写。

温既白忽然正色道："可以把你的微信给我了吧？"

陈舟辞这回没说什么，两个人互相加了微信。

温既白的微信头像是海绵宝宝，这还算正常，就是这个名字……大力菠菜？

也不是说不行，就是觉得有些不符合小姑娘的气质，还好他有备注原名的习惯。

陈舟辞："你这名字……"

温既白："多好听啊。"

看着陈舟辞的微信，温既白不由得想，听说他是个……学霸？这么好的资源不用多可惜啊。

这样想着，她的嘴角不由得翘了起来。

陈舟辞看到后忍不住问："加个微信……这么开心？"

温既白心想：为什么很正常的话从他嘴里说出来都有一种"你是不是对我图谋不轨"的感觉？但表面上淡定地点了点头："我感觉你也挺开心的，咱俩谁也别说谁。"

"嗯。"

不知道是不是温既白的错觉，她听到少年低声说了一句："认识你，是挺开心的。"

主卧里，徐清冲陈延行嚷道："我警告你，陈延行，你少骂我儿子。"

陈延行没搭理妻子，还翻了个大白眼。

他刚剥了个橘子，还没扔到嘴里，就被徐清给抢走了，还不忘捶了他一下，骂道："你还有脸吃！"

陈延行想要反驳："你这……"

"好啊，现在我说你两句，你就急了，就开始反驳我了？你昨天还说爱我。陈延行，我算是看明白你了！"徐清把橘子拍在茶几上，生气地说，"我也不吃，咱们一起饿死。"

陈延行咽了下口水，扫了一眼桌子上无辜的橘子，但看到正在气头上的妻子，只好安慰道："这不是，叛逆期的孩子不能惯着吗？"

"我不管，谁的儿子谁心疼！你天天这么说他，他要是对世界失去信心了，怎么办？他要是觉得没人爱他了，怎么办？"徐清当场表演了一个泪流满面，"我都不敢想！"

陈延行赶忙上去哄。

这段对话,陈舟辞和温既白在外面听得一清二楚,不禁目瞪口呆,对视了一眼。

温既白干笑了一声,有些不太自然地说:"家家有本难念的经。"

陈舟辞抬眼看了温既白片刻,又垂下眼睛,低声说了一句:"大力菠菜。"

温既白纠正他:"我叫温既白。"有没有点礼貌,哪有当面叫人网名的?

陈舟辞叹了口气,缓步走向前,轻声道:"手。"

温既白把手伸过去。

最后一颗大白兔奶糖落入掌心,男孩的指尖很凉,手收得很快。

温既白的目光落在奶糖上,下意识地问:"封口费?"

"想什么呢?"陈舟辞笑着,"等会儿早点睡觉,别想那么多了。"

温既白握着奶糖,还有些恍惚。

这人真把她当小孩哄了啊。

温既白回到房间,把窗帘拉了一下,屋里又暗了一些。

其实,徐清女士对她很上心。

她觉得,像温既白这个年纪的小女孩都喜欢粉粉嫩嫩的东西,便将整个房间都选用了粉色,上至天花板壁纸,下至床单被套,还都是小兔子图案。

床上堆了许多玩偶娃娃,毛茸茸的,就连给小姑娘准备的睡衣,都是海绵宝宝和派大星图案的。

温既白把三颗大白兔奶糖依次排列放到桌子上,蓝白条纹的糖纸裹着长条形的奶糖,还有淡淡的奶香味。

桌子上的手机忽然"嗡"地震动了一下。

她其实不怎么玩 QQ,要不是因为班级群,几乎不会打开那个软件。

刚登录QQ，就发现了最下面"联系人"一栏有一个红点，点进去，大约有三十几个"请求加您好友"。

温既白觉得头有些疼。

她把来自"魔仙堡"群聊的同班同学点了"同意"按钮。空木痴树同学几乎是秒发消息。

空木痴树：仙女！你还记得我吗？

温既白觉得头更疼了。

温既白：记得。

空木痴树：真的？

温既白：嗯，我的记忆力还不错，是空心树吧。

空木痴树：空心树是谁？不会说的是我吧？

闲聊了几句后，温既白就退出了QQ，又点进微信。她的注意力很自然地落在聊天框最上面的陈舟辞。

他的头像是派大星，乍一看，和自己的头像海绵宝宝还挺对称的。

温既白点进他的朋友圈。

此人是把朋友圈当日常记录来操作，虽然语言平淡，但胜在内容有趣。她本就无聊，翻着翻着，竟然越看越有兴趣。

唉！这人好挑食哦，还真是个少爷，这也不吃那也不吃。

他喜欢看动画片啊，确实，海绵宝宝是很好看。

…………

就这么翻了半个小时，温既白打了个哈欠，也算是从另一个角度了解了陈舟辞，还挺可爱的。

她习惯性地用手指敲了敲手机屏幕。

退出去之前，她又觉得陈舟辞的派大星头像挺好看的，不由得又戳了两下。结果就看到那个派大星头像晃了晃，紧接着，出现了一行字：

你拍了拍陈舟辞。

陈舟辞几乎是秒回了一个问号。

温既白扫了一眼屏幕上的时间,十二点半。她深深地叹了口气,心想:我应该怎么编呢?难不成说我大半夜看您的朋友圈看得忘了时间,退出来时不小心戳到您的头像了吗?

温既白只能硬着头皮打字:晚安。

他可算是明白了,想明白对方是点错了。但还是选择逗逗她,怪有趣的。

陈舟辞:所以,不跟你说"晚安",你睡不着觉?

温既白发了一个"嗯"的表情糊弄过去。

陈舟辞:晚安。

谁知,自从那天起,他几乎在每晚十二点前,都会给她发个"晚安",久成习惯。

之后的日子过得很快,没到一星期,安白一中夏令营兼暑期学习的时间便确定了。

徐清女士急忙去超市采购了一些零食,把两个人的行李收拾好,还嘱咐了陈舟辞要好好照顾温既白。即便是出发那天的早上,徐清还在他的耳边喋喋不休:"你们俩相互照应一下,既白是女生,有什么事你要多帮忙。"

陈舟辞收拾得快,单肩背着书包,站在门口一边低头玩着手机,一边等温既白。

可能是因为起得太早,温既白没什么食欲,只是简单地喝了两口小米粥,脸色也不太好。但她不想让陈舟辞等太久,忙擦了擦嘴,随手披上校服外套,跑到门口穿鞋。

安白一中的校服是蓝白条纹的,温既白穿的是新领的校服。她扎着一个丸子头,蹲着系板鞋的鞋带。从上往下看,正好能看到圆润漂亮的后脑勺,估计是穿得太急了,衣领子没有整理好,翻了起来,露出了她后颈一小部分雪白的皮肤。

陈舟辞收起手机,扫了一眼桌子上没动几口的饭,默不作声地去客厅桌子上拿了几颗棒棒糖……

淮凉山是淮凉市的著名景点,从安白到淮凉坐大巴车估计要六个小时,还要走一段山路。

温既白没去过,徐清女士早就做好了攻略,买了许多面包和零食放在她的大书包里。可是那些东西太多了,不好拎,温既白只是拿了两袋薯片,把大包放在大巴车的行李仓里。

上车后,温既白坐在一个梳着高马尾的女生旁边,她原本想在路上补觉,但那个高马尾女生很是开朗外向,介绍自己叫云羡,就开始和温既白没完没了地聊天。温既白觉得,要是没人拦着她,她能把自家银行卡的密码说给自己听。

可能是因为车太颠了,又有些闷,温既白早上吃得太少,觉得有些难受,就连薯片都没胃口吃。尽管脑子里昏昏沉沉的,还是听到了几句关键信息,云羡好像喜欢写小说。就这么迷迷糊糊地睡了一会儿,口袋里的手机突然传来一阵震动。

温既白把手机划开扫了一眼。

陈舟辞:晕车?

温既白:有点吧。

对方没再回消息。

温既白又闭上眼睛假寐。没过一会儿,大巴车停了,原来是到了加油站。

一些学生下车去上厕所,毕竟马上要走山路,不太方便停车了。

温既白压根就不想动,突然,耳边传来一个声音:"张嘴。"

她下意识地"啊"了一声,嘴里就被塞了一根棒棒糖,甜丝丝的,带了一股淡淡的草莓味。

云羡露出一副震惊的模样。

陈舟辞和云羡说了两句话,两个人便换了个座位。

云羡坐到刘城西旁边，问："树儿，这是什么情况？"

刘城西被问得一脸茫然："你看我像知道的样子吗？陈舟辞今天不知道是不是吃错药了，刚刚跟我坐得好好的，我看他一直看着我，心里还寻思着怎么了呢……结果，他突然抱怨了一句'不吃早饭，低血糖了吧'。"他接着控诉，"我还以为他是在关心我，给我感动的呀……结果，他上来就说'你往后坐坐，别挡着我的视线'，我这才知道他看的是别人，不是我！"

云羡更好奇了："啊……陈舟辞怎么了？"

刘城西想了想："新来的女生好像跟他认识，似乎还挺熟的。"

陈舟辞刚落座就把车窗打开了一点，问："你晕车不知道开窗啊？"

温既白吃着棒棒糖，刚酝酿的困意散了一点，起床气格外大，连带着语气也不太好："你以为我不想啊？云羡说开窗吹得头疼，我才没开。"

被怼了的陈舟辞顿时不说话了。

过了一会儿，车再次启动了。

陈舟辞低着头看手机，一直没打扰她睡觉。温既白精神了不少，把棒棒糖咬碎，又觉得有些无聊。看着窗外倒退的景象，她突然没头没尾地说："我昨天晚上梦到我跳楼了……"

"做梦梦到自己死去，代表你最近有财运。"说着，陈舟辞还把手机的百度页面递过来，上面写得明明白白的，他笑着说，"恭喜了。"

温既白莫名觉得心情好了许多。倒不是因为他这蹩脚的技术，就是突然发现，有个人绞尽脑汁地逗你开心的感觉，很好。

她扬了扬眉梢，收起了平时冷淡疏离的模样，笑着说："你还挺会安慰人的。"

陈舟辞顺着她的赞美，回道："嗯，只安慰过你，看来我还挺有天赋的。"

只安慰过我？

温既白似乎从没听过有人把"只""唯一"这些字眼用到自己身上。

温女士嘴硬心软，从没有对她说过"我很爱你"，她也没向温女士服过软。陈舟辞这种真诚干净的男孩，她是第一次见。不别扭、不偏执，就是干干净净的，真诚又炙热。

陈舟辞见温既白不说话，倒也不急，就低着头自顾自地看手机上的动画片。

温既白扫了一眼，这人居然在看《海绵宝宝》。

本来还觉得挺惊讶的，但转念一想，《海绵宝宝》好像是全年龄动画片。谁会拒绝一集《海绵宝宝》呢？

温既白本来也觉得无聊，就这么被剧情带进去了，瞅着《海绵宝宝》入了神，不自觉地往陈舟辞那边靠得近了一点儿。

许是离得太近的缘故，陈舟辞都能闻到小姑娘身上清甜的草莓棒棒糖的味道，便把手机往她那边移了移。

温既白注意到了他的举动，仰起脑袋看他："您用手捧着累吗？"

陈舟辞扬了扬眉梢："你觉着呢？"

于是，温既白好商好量地说："我看完这一集行吗？"

陈舟辞干脆往后一靠，把手机递到她的手上，说："你看完再给我吧。"

温既白："你不看了？"

陈舟辞笑着说："我嫌热。"

男孩侧着身子，胳膊搭在椅子旁的扶手上，校服袖子松松地挽到手肘的位置。

温既白接过他的手机，《海绵宝宝》一集不长，才十分钟，这一集还有五分钟。

她开了两倍速，想着早看完早还给他。突然，屏幕上面就弹出了一个聊天框，是空木痴树发给陈舟辞的：你跟我说实话，你什么时候有个妹妹的？是不是兄弟？这都不跟我说！

温既白不小心扫了一眼，但没看清具体内容，又觉得这样不太礼貌，便把手机熄屏，递给了旁边的陈舟辞。

陈舟辞偏着头看她,声音淡淡地问:"看完了?"

温既白:"嗯。"

陈舟辞打开手机,大致扫了一眼空木痴树发的消息,敲屏幕的手指一顿,问:"消息也看完了?"

温既白:"嗯?"

她很快意识到了陈舟辞在说什么,很自然地解释:"只知道是空心树给你发的消息,内容没看。"

陈舟辞轻轻地"嗯"了一声,随手给空木痴树回了个消息:你想说什么?

随机,他又想起了什么,偏头问温既白:"空心树是谁?"

温既白说:"就上次写检讨的时候,又黑又壮的那个。"

"哦。"陈舟辞笑着说,"他叫刘城西。"

温既白:"嗯?"

陈舟辞:"他觉得刘城西这个名字不好听,便给自己取名叫空木痴树。"

温既白:"哇!"

陈舟辞:"不是空心树。"

温既白:"哦!"

陈舟辞:"你正常点说话。"

温既白:"好的。"

空木痴树:气愤!你给我一个不气愤的理由!

陈舟辞:有病去治好吗?大白天发什么神经?

空木痴树:咱们班刚来的漂亮女生,怎么跟你那么熟?

陈舟辞没法跟刘城西解释温既白的私事,觉得背后说人痛处不好。于是缓缓地打字:少管闲事,好好学习。陈舟辞被他烦得不行,把有关温既白妈妈部分的敏感话题省略掉,简单地跟刘城西说明了一下。

刘城西看完后回复:哦,借住啊,那也不至于请人吃棒棒糖啊!我都没有!

陈舟辞:你想吃不会自己买?

空木痴树:你冷酷!你无情!你无理取闹!

陈舟辞把手机丢进了校服口袋里,瞥了一眼窗外。

山区的路又陡又绕,车子有些颠。他不禁回想徐清女士说过的温既白的身世。她小时候在孤儿院生活,没少受委屈,后来被温越领养,仿佛从一个极端迈入了另一个极端——从福利院的放养式管理到温越的"控制式"管理。

这里的"控制"并非贬义。只能说,温越女士对温既白的限制很多,要求也很多,不管是成绩上的,还是生活上的,甚至连交什么样的朋友,都要说上两句。

因此,从第一次见到温既白,他就觉得她有点丧,一点儿这个年纪该有的朝气都没有,仿佛生活中没有任何一件能让她提得起兴趣的事,似乎做什么都是"随便吧""无所谓"的态度。

陈舟辞偏头看她,问:"有没有什么兴趣爱好?"

"我吗?"温既白当真想了一会儿,然后很认真地回答,"有的。"

陈舟辞有些好奇,便问:"是什么?"

温既白真诚地说:"我喜欢钱。"

陈舟辞:"嗯?"

温既白面不改色:"我一直坚信,我是外星球的仙女,所以要攒钱回外星去。"

陈舟辞被这番天马行空的话给逗笑了,或许是第一次见到比自己还能一本正经说瞎话的人,不禁笑着问:"那小仙女的志向还挺远大,怎么被流放到地球了呢?"

"唉……说来话长。"温既白忧伤地叹了口气,非常配合地说,"许是上天看我长得可爱,派我来和地球人交个朋友吧。"

"好吧。"陈舟辞好脾气地应了一下,低下头又拆了一根棒棒糖,把糖纸撕下来，递了过去，"那我们现在算朋友了吗？外星球的小仙女？"

温既白就这么看着他，少年的瞳色在阳光下显得很浅。她抬手接过了棒棒糖，鬼使神差地点了一下头，问："算吧，要不然也不能白吃你的糖。"

陈舟辞笑了一下，懒洋洋地靠回了座位上，漫不经心地说："你这仙女当的，一根棒棒糖就收买了。"

"怎么说话呢？"温既白不乐意了，"要不然这样吧，下次想让我帮忙，直接转账吧，为仙女回家出一份力。"

陈舟辞哑然失笑："你财迷啊。"

突然，在前座听了半天的袁飞龙猛地扭过头来，激动地说："家人啊！"

那语气可谓是感天动地，仿佛下一秒泪就要飙出来了。

温既白被他的反应吓了一跳。

袁飞龙扭着脖子往后瞅，越想越气："陈舟辞，你太双标了吧？我上次说我是外星球的王子，你让我去医院看看脑子！怎么别人说是外星球的仙女，你就装傻充愣，那么高兴呢？"

什么叫装傻充愣，会不会说话啊。

温既白眨了眨眼睛，可算是对号入座了。

袁飞龙，在群里的昵称好像是……数学课代表龙王？

他在班里一直宣扬自己是外星球的王子，乃"龙王"也，优点就是厚脸皮。

当年，他拿着三十八分的成绩去求老段，想混个数学课代表当一当，老段差点没把一摞试卷拍到他的脸上。后来，老段还是秉持着"不打击学生自信心"的教学理念，还是决定让他当数学课代表。

此时的袁飞龙干脆不扭着脖子说话了，换了个姿势，改成了趴在椅子上往后瞅。他格外激动地说："仙女，你是哪个星球的啊？咱俩可能是老乡呢。"

温既白心想：怎么这个班的同学都这么自来熟啊？明明才第一次见

面,搞得跟旧友重逢似的,不知道的还真以为他俩真是老乡呢。

不过,该维护的同学情谊还是要维护的,于是温既白很认真地捧场:"哇!"

陈舟辞发现,温既白一旦想不出台词就会用特别真诚的眼神配上特别浮夸的语调去捧场,可能是感情格外真挚,总能哄得对方挑不出毛病。

安白一中只在淮凉山租了一栋别墅,一楼是餐厅,二、三、四楼是宿舍,五楼是教室。

一切都挺好的,就是宿舍分配的方式有些不合理。

居然是自选,代表着男生宿舍和女生宿舍可能在一个楼层。

温既白倒是觉得无所谓,可是以刘城西和袁飞龙为首的一部分男生顿时崩溃了:"我们的肉体要是被看光了怎么办?"

谁也没想到,先崩溃的竟然是男孩子们。

云羡直接怼过去:"就你们那一身肥肉,有腹肌吗?要看我也不看你们啊。"

刘城西八卦地凑近问:"云大作家,您想看谁啊?"

"废话,心里没点数吗?"云羡翻了个白眼,"如果能看,我就去看舟草啊,不看白不看。"

此话一出,顿时一堆女生附议:"没错,加一。"

刘城西刚想翻白眼,就看到了身后帮温既白搬行李箱的陈舟辞,气愤不已:"肤浅!一群肤浅的人!"过了一会儿又不禁感慨,"唉,长得帅就是好啊。"

温既白选的宿舍在三楼,找了一个向阳的房间。

因为淮凉山这边恒温在二十八摄氏度左右,适合度假。但由于地处山区,日照很少,若是选在背阳的地点,衣服晒很久都干不了。

云羡就睡在她的隔壁床。这个女孩长得很漂亮,也很瘦,平时高马尾一甩一甩的，是个自来熟的活泼性子。只见她收拾好东西，就趴在床上码字。

温既白觉得稀奇，因为宋雨涵以前也说过要写小说的话，甚至还硬拉着自己一起写。温既白拗不过她，还真的写了，不过现在回头再去看，尴尬到头皮发麻。

温既白一想到那满纸的"女人，你引起了我的注意""我是你这辈子都得不到的女人"，就被刺激到鸡皮疙瘩掉了一地。

创业未半而中道崩殂，小说事业就暂时搁置了。

这还是温既白第一次见到把成为"作家"当作理想的同学，不免觉得有些新奇，便问："云大作家在创作啊？"

云羡敲键盘的手一顿，嘴里还叼着面包，笑着说："没，我在构思，写大纲呢，等高考完就发表。"说着，云大作家还面露愁色，"白兔妹妹，我跟你说，我现在对写作这条路有些迷茫。"

因为温既白喜欢吃大白兔奶糖，所以云羡赐她昵称——"白兔妹妹"。温既白知道后哭笑不得。

云羡说："我就不明白了，写作是我热爱的事业。为什么我妈总要对我指手画脚，还美其名曰是为我好呢？"

温既白看着云羡，不禁想起以前自己和妈妈相处的画面，不免有些想念。即便是以前最烦的唠叨声……

"你知道吗？其实我一直想学的是理科，但是我妈妈认为女生学不好理科。我也是服了，我跟她有代沟。"

"嗯？"温既白笑着说，"刻板印象呗，很正常的。很多人说女生不适合学理科，或者男生不适合学文科，多少都会有一些刻板印象。但实际上……不管是男生，还是女生，都不应该被定义。"温既白说，"我们从根本上来说都是人，哪有什么适不适合？陈舟辞不照样能学好文科，再说了，上学期的理科第一是林时兮。这难道不就是最好的证明吗？"

少年人本就有无限可能，他们的脚下是阳关大道，抬头是山河万里，未来应该有万千种模样。

"唉……那又怎么样?"云羡说,"我妈妈不让我再写小说了。"

温既白偏头看她。

"唉……一代大家就这么被扼杀在了摇篮里了,令人痛惜!"云羡越说越激动,躺在床上打滚道。

温既白看着云羡,听得出她的无奈,梦想与现实的冲突,这个年纪的人满腔热血,有着不怕从头再来的勇气。

"云羡——"温既白喊了她一声。

云羡把蒙在头上的被子取下来,看着她问:"怎么了?"

"写下去吧。"温既白说,"我觉得你肯定能行。"

"好嘞!云大作家充电成功,开始准备创作。感谢兔子小姐刷的大火箭,已经收到了!"云羡说着,一骨碌爬起来敲键盘。

看着她满血复活的样子,温既白不禁露出了笑容。

袁飞龙虽然有点胖,但长得还不错,五官立体,浓眉大眼。不过,再俊朗的外形也挡不住他本人的活泼气质。

有段时期,他沉迷于科幻小说,逢人就说他是外星球的王子,以后叫他"龙王"。

对付这样的人,历史老师吉吉国王直接赐了一个令人闻风丧胆的封号,叫作——肥龙。

自那以后,"肥龙"和"空木痴树"两个称号仿若是"卧龙凤雏",在高二年级组的某个神秘榜单里经久不衰,被人嘲笑至今。

袁飞龙委屈得不行,祸害不了班里的同学,那还不能祸害寝室里的室友吗?

于是,他在寝室里模仿古娜拉黑暗之神的邪恶大笑,边笑边说:"以后请叫我 DK——我就是龙王! Dragon King(龙王)!"

聒噪的程度到了连刘城西都想上去踹一脚的程度。

他每次回寝室还要喊一句固定的台词，就和灰太狼那句"我一定会回来的"出现的频率相同。

后来，陈舟辞实在忍不下去了，问："你知道 Dragon 除了龙的意思，还有什么意思吗？"

此话一出，全寝室的人都盯着陈舟辞看。

当时，陈舟辞正在看书，头都没抬，随口道："dragon 除了是'龙'，还有'悍妇'的意思，你多读点书吧。"

刘城西笑得前仰后合："哈哈哈，这不就是悍妇王的意思吗？肥龙是悍妇啊！哈哈哈！"

一招致命，自那以后，袁飞龙再也不敢说自己是 DK 了。

此时，袁飞龙刚刚从外面回来，瞅了半天，跟旁边的刘城西说："哎，那个刚刚进隔壁宿舍的女生是不是咱们班新同学啊？"

刘城西抬头看了一眼，心想：还真是。

两个人顿了两秒钟，然后默契地对视了一眼，推开门就喊："舟草！新同学住在隔壁啊！"

刘城西和袁飞龙在门口喊了两声，屋内没有人回应。袁飞龙先刘城西一步跑了进来，往衣柜边一靠，有些不解地问："哎，听见了还不理人？我还以为你不在呢。"

陈舟辞刚收拾好行李，此刻正趴在书桌上写字，一句话没说。看着他们走过来，还随手翻了一页历史书。

"你干什么呢？"

刚凑近，袁飞龙就看到了熟悉的历史书附页大事年表，连忙后退了两大步，震惊地问道："你居然在抄大事年表！你是被什么东西附身了吗？"

陈舟辞写字的手一顿，扬起抄满字的 A4 纸，问："你是说这个？"

"别给我看这玩意儿！上学期抄了三十多遍，现在看到就想吐。"袁飞龙吐槽道。

在所有任课老师中，除了班主任，对他们最上心的就是历史老师吉吉国王了。

他对同学们上心的表现方式就是——万事皆可大事年表。

比如历史没考及格，抄必修三本书的大事年表；做历史大题时因为字丑而影响卷面，抄大事年表；上课回答问题没回答出来，还是抄写大事年表。

久而久之，基本上班里的每个人都会提前抄几份大事年表，以备不时之需。

算下来，几乎班里的每个学生都被罚过，唯独陈舟辞除外。

陈舟辞这人不偏科，文综、理综都很好，当时选文科是因为高一的时候喜欢看课外书，在那段沉迷课外书的时间里，理科没怎么退步，反而是文科类的学科有了突飞猛进的进步。他又比较佛系，无所谓选文、选理，所以最后就选了文科。

他的历史成绩好，字也好看，又不是不背书的学生，吉吉国王根本逮不到机会让他抄大事年表。

这个年纪的男孩子，骨子里都有一股自信与傲气，陈舟辞也是如此。他向来对自己的成绩很有信心，也是班里唯一一个手边不准备大事年表的人。

"今天晚自习吉吉国王不是要考试吗？我提前抄一张备着，有问题吗？"陈舟辞说。

"啊！就是惊讶，你居然还要抄……"

袁飞龙是个话痨，嘴跟个机关枪似的，一张嘴就说个不停。陈舟辞有一句没一句地听着，有些不重要的废话就选择性忽略了。直到袁飞龙问了一句："哎，是吧？"

袁飞龙说了半天，好像后面提了一嘴"温既白"。陈舟辞这才抬眼看他，停了笔："你刚刚说什么？我没听清。"

袁飞龙顿时露出一副想上吊的表情，说："妈呀，我说那么多，您一句没听着啊？"

"你刚刚说温既白怎么了？"陈小少爷格外会抓重点。

刘城西在旁边听了半天，咧着嘴笑个不停，直言："看到没？肥龙，你的那一堆垃圾消息还不如'温既白'三个字有用呢！果然是新来的和尚好念经啊……不对，不是和尚！"

"哈哈哈！"寝室里的气氛活跃了起来，大家都笑得东倒西歪。

温既白真没想到，同学们的学习热情这么高，大晚上的还要去教室里考试。刚洗完衣服就被云羡拉进教室，温既白蒙蒙的。然而，还有更蒙的。

考试前的第一个环节，老段把她拉上了讲台，让她做了一番自我介绍："都给我安静点，新同学有点紧张，咱们都别说话了，给新同学一点眼神上的鼓励。来！行注目礼！"

毕竟暑期课程也算是开学，聚在一起的学生们都七嘴八舌地讨论着暑假发生的趣事，整个教室乱哄哄的。直到老段开口后，才非常有默契地停了下来，齐刷刷地看向老段身边的温既白。

她本来不紧张的，是被这种阵仗搞得紧张了好吗？

温既白慢吞吞地开口："我叫温既白，'不知东方之既白'的'既白'。"

话音刚落，老段率先鼓掌："好名字！鼓掌！"

于是，台下爆发出了一阵雷鸣般的掌声。

温既白现在只想退学。

掌声大概持续了半分钟，老段这才非常满意地点了点头，笑得很是和蔼。和蔼到他每次看向温既白时，温既白都以为自己是不是老段失散多年的女儿。

老段心道：果然有用。去年带的理科状元返校时给他带了一本书，叫《如何做一个让人信服且喜爱的班主任》，他读了好几遍，可算是悟到了其中的奥义，那就是——鼓励！真诚的鼓励！

老段觉得自己已经成功了一半,继续引导着:"来,还有呢,多介绍两句。"

还有?还有什么?

温既白想了许久,最后丢下了一句:"性别,女。"

然后,教室里陷入一片沉默。

陈舟辞坐在第二排靠窗的位置。

他懒懒地靠着墙,手上还在抄最后几个大事年表的年份,连刚刚温既白介绍姓名的时候都没抬头。直到她说了那句"性别,女"后的沉默期,他忽然扬起了爪子,啪啪啪地鼓起了掌。

温既白顺着声音往他的方向看去。

有了陈舟辞的带头,班里顿时又爆发了一阵掌声。这次还有吹口哨的,其中,袁飞龙的声音最大:"好!好有个性的新同学!"

老段顿时觉得鼓励不下去了,他决定今晚回去把《如何做一个让人信服且喜爱的班主任》再看一遍。

老段咳了一下,教室里立刻安静下来。他环视了一下全班,似乎是想给温既白选个合适的座位,找了半天,突然问:"你偏科,是吧?"

温既白点了点头:"我文综相对要差一点。"

"行吧。"老段笑了一下,最后朝着陈舟辞那个方向扬了扬下巴,说,"去陈舟辞那边坐吧,他文综好,平时可以跟他多学一点。"

温既白刚想走,老段突然又说:"对了,你晚自习下课后记得来办公室领一张数学试卷,明天早上交过来,我看看你的数学基本功是什么程度。"

温既白轻轻地"嗯"了一声,然后拎着书包便走到了陈舟辞的旁边。几乎是刚落座,陈舟辞就对她说:"历史大题你记得标上序号,写得清楚一点。"

温既白心道:大哥,你那么敬业啊。

她之前的学校没有硬性的格式要求,她的字写得还行,也没有注意过这方面,所以并没有放在心上。

第二节晚自习就是历史考试。

吉吉国王把试卷发下来,是一张文综试卷,只要求做历史的部分。他在班级里绕了两圈,第一句话就是:"一个暑假没见,学的东西都还给我了吧?"

班里的学生"扑哧"一笑,拉长腔调,说:"是。"

"我就知道,你们这群小兔崽子,回家就知道学数学,只知道'欺负'历史。"吉吉国王的手背在后面,语调略有些气愤。

吉吉国王与老段的关系不错。老段是教数学的,之前教的又是理科班,难免会认为文科生学好数学就十拿九稳了,所以作业布置得比较多,导致文综的作业大家没时间写。

后来,老段遭到了文综三位老师的抗议,其中,吉吉国王的意见最大:"我们历史也是一百分呢,你可不能这么偏心!"

老段最后实在没办法了,才缩减了数学课的时间,平息了众怒。

一听到吉吉国王这么说,袁飞龙几乎是脱口而出:"谁说的?俺们回家后,数学也没学啊……"

他的声音不大,只有周围的一小部分人听到了,随之一阵哄笑。其他没听到的学生还不明所以,东张西望地打听着刚刚为什么笑。

吉吉国王翻了个白眼,说:"你们收收心吧,马上要高考了,还玩?"

"知——道——了。"班里的学生拖着尾音,异口同声地答道。

温既白第一次见识这种与老师的相处方式。她之前所在的班级氛围很紧张,老师怎么可能会跟学生开玩笑呢?

不过,陈舟辞始终低头看着试卷。其他同学还在和老师玩笑时,他就已经把第一页的选择题给勾完了。温既白看到后惊讶不已。

这人是带着外挂来参加考试的吗?

于是,温既白也不看热闹了,埋头写试卷。

渐渐地，教室里安静得只能听到落笔的沙沙声和翻试卷的声音。

他们这次的考试时间压得很短，写到大题时，温既白的关注点都放在了题目本身，根本就不记得陈舟辞考试之前跟她说的格式问题。文综大题里，她胜在字写得多，密密麻麻的。

陈舟辞写得比较快，选做题写完，也不再检查，就抽了一张数学试卷继续写，还抽空偏头看了一眼埋头写试卷的温既白。

只见她写字时背挺得很直，认真专注，写大题会先去勾一下题目上的关键信息，只不过这大题的答案……陈舟辞蹙了蹙眉，果真是密密麻麻的，就跟写论文似的。

可能是注意到了他的目光，温既白抬头看他："有事吗？"

陈舟辞顿了一下，也没多说什么，便自顾自地写试卷去了。

收完试卷后，还有近半个小时的自习时间。温既白累得趴在桌子上闭目养神，没过一会儿，就感觉到手背一热。原来是陈舟辞拿着她的水杯碰了她一下。

温既白仰起头看他，嘟囔道："你可以等会儿再进吗？我趴一会儿，好累。"

陈舟辞把水杯放在她的桌子上，在原地站了一会儿，说："睡吧，等上课了我再进去。"

然而，温既白属实没想到历史老师那么变态。

吉吉国王在讲台上边批改试卷边吐槽这群学生。

他的讲课风格很是风趣幽默，学生们也都很喜欢。但可能是暑假玩疯了，这次试卷做得确实不好。吉吉国王难得这么生气，边批改卷子边说："你们这学是给老师上的吗？最基础的时间都能忘！大事年表都能抄少了？"

学生们瞬间觉得头皮一紧，赶忙把头埋了下去，大气都不敢出。

"刘城西！"吉吉国王气得不行，"你这道大题是怎么回事？上学期强调了那么多次格式、格式！都教狗肚子里去了？"说完还不过瘾，又补上一句,"还有你这个名字,刘城西这三个字对不起你啊,非得起个日本名,看到你我就来气。"

本来只是当笑话听,直到听到那句"格式"时,温既白突然笔下一顿。好比,她好像也没注意格式……

果然,吉吉国王又嘀咕了一句:"今天你们想造反是吧?又来一个不注意格式的,我倒要看看是谁。"

他翻了一下试卷,扫了一眼上面的名字,可能是觉得有些陌生,还愣了一下,然后才说:"温既白?这个名字怎么没见过,新同学吗?"

坐在第一排的袁飞龙直接回答:"是!今天刚来的,还不知道格式呢。"

"哦。"吉吉国王点了点头,扫了一眼整个班级,视线最后落到了陈舟辞旁边的温既白身上,认真地说,"行吧,你刚来,不知道咱班的规矩,要不然先抄一遍大事年表熟悉一下?"

袁飞龙是数学课代表,自然知道温既白今天晚上还有一张数学卷子要写,犹豫了片刻,便化身成"正道的光",帮她解释道:"老师,新同学今晚还有张数学试卷要写呢。"

一听到"数学",吉吉国王更生气了,直言道:"只学数学,不学历史是吧?你们这个班,天天就知道学数学,只有数学是正宫对吧?得,你们今天也来宠幸一下历史!一张大事年表能花多长时间?"

温既白心道:一张大事年表有多少字,您心里没点数啊……

可是吉吉国王气坏了,哪里还管得了这些。

温既白妥协了,抄就抄吧,熬个夜的事,有什么大不了的?

她刚从桌洞里掏出历史书,旁边一直沉默寡言的陈舟辞突然开口问:"你真准备抄?"

温既白瞥了他一眼:"要不然呢?我感觉我不抄,吉吉国王能气死。"

闻言,陈舟辞转了一下笔。温既白见他不再说话了,便低头准备写字,结果刚把笔头按出来,手边突然多了一页 A4 纸。

温既白怔住了。

字很漂亮,笔锋藏锋含锐,起承转合间有一种迫人的凌厉,风骨自成。

是一张大事年表。

第三章

长夜既白，舟辞云间

陈舟辞这个人平时看着清冷疏离，说话经常是怼死人不偿命，但是真正相处下来，温既白发现，他是个很有分寸感的人。和刘城西他们开玩笑，他时常会怼上一两句，但对自己一直都很温柔，什么话能说，什么话不能说，心里有数得很。

温既白把她的数学试卷往他那边移了移，指了指自己的字："咱俩的字也不像啊。"

陈舟辞偏头看她："大事年表都是课代表收，课代表查。"

温既白眨了眨眼睛，又问："课代表只要不瞎，就能看出咱俩的字体不一样吧。"

陈舟辞笑着说："你知道课代表是谁吗？"

温既白心想：我刚来，我怎么知道？便耐着性子问："谁啊？"

陈舟辞又说："是我。"

好吧，历史课代表带头干坏事。

想了片刻，温既白又说："那你干脆别收我的了呗？"

"那肯定不行。"陈舟辞笑着解释，"期末要统计份数的，吉吉国王就是要个数字。"

温既白迟疑着问："吉吉国王那么相信咱们班的同学？"

"你想多了。"陈舟辞说："吉吉国王是相信我。"

哦，她总算是听明白了。

有陈舟辞在上头替他们兜着，估计这两年班里的学生活得应该挺快活的。

其实，吉吉国王是个挺负责任的老师。只要不批改试卷和作业，班里的学生都是他手心里的宝贝，他怎么看都觉得可爱，晚自习都能聊起来。

吉吉国王把试卷收了起来，盖上笔帽，靠着椅子，就今晚的历史试卷出现的问题强调着："考试第一要点就是卷面，字写得跟狗爬的似的，哪几个同学我就不点名了啊，反正都别跟肥龙学，字都写飞了。第二点是格式，我都说多少遍了？那么多字，阅卷老师能看得过来吗？"吉吉国王随手翻到了一张试卷，继续说，"唉……都说多少遍了，左耳朵进右耳朵出，痴树，我看你改名为吃书吧，你瞅瞅，全班除了新同学，谁的格式出错了？"

温既白无聊地转着笔，单手支着脑袋听吉吉国王讲课。她是真没见过还有老师晚自习讲课的，百无聊赖地打了个哈欠，偏头看了一眼陈舟辞。

他正在专心致志地写数学题，数字列满了草稿纸，根本就没听吉吉国王说啥。注意到了温既白的视线，陈舟辞也缓缓地抬了抬头，笑着说："看老师，别看我。"

"啪嗒"一声，温既白手上的笔掉在了桌子上。

她说："你这道题算二十分钟了吧。"

"嗯。"陈舟辞说，"我在想，能不能不用坐标系给算出来。"

温既白扫了一眼试卷，那道题的题目不长，她把关键条件随手抄了下来。

吉吉国王在讲台上观察刘城西有一会儿了，看出这小子又没干好事呢。他敲了敲桌子，问："哎，痴树，你低着头捣鼓什么呢？我刚刚讲到第几点了？"

刘城西心想：我怎么知道是第几点了。于是，他很上道地回答："懂了，张老师，我今天回去就去抄两章大事年表。"

"你看看，在我的眼皮子底下都敢走神，你们不得了啊！"吉吉国王抿了一口水，又说，"我告诉你，这就是差距，人陈舟辞能考九十分不是没道理的，你看看人家多认真！来，我心目中最佳课代表，你来给他们做做榜样。"

陈舟辞当时还在画三棱锥，突然听到了自己的名字，还有些蒙，抬头看着吉吉国王："嗯？"

"嗯什么？让你表现呢。"吉吉国王耐心地问，"几点了？"

温既白低声说了一句："第四点了吧。"

陈舟辞没理。

温既白觉得既然是同桌，该帮还是得帮，便想用手势给他比出来，移到了他面前。他们坐第二排，前面是刘城西，这个人把两个人挡得严严实实的，吉吉国王也看不到他们手上的动作。

温既白的声音太小了，陈舟辞也没听清。他迟疑了一下，瞥了一眼挂在教室正中间的挂钟，说："九点半了。"说完，这位老师心中的最佳课代表还不忘提醒一句，"老师，该下课了。"

吉吉国王直接被气炸了："我是问你讲到第几点了！不是问你时间！"

班里顿时爆发了一阵笑声。刘城西都快笑岔气了，心想：今天不亏，能看到陈舟辞陪他一起抄大事年表。

吉吉国王受到了一万点伤害，下课时都是被肥龙扶出去的。

温既白收拾东西时又把那张大事年表往陈舟辞那边移了移，问："你还要吗？我感觉你现在也挺需要的。"

陈舟辞看着小姑娘想笑不敢笑的表情，笑着说："想笑就笑呗，我还能说你不成？"

切。温既白在心里默默地翻了个白眼。

"不是给你这个历史课代表留点面子吗？瞧我多善解人意。"说着，温既白还小小地自恋了一下。

陈舟辞想到温既白刚刚的话，那种少年顽劣心性突起，声音懒散戏谑地说："那就谢谢……"他故意拉长尾音，"同桌。"

谁教你这么说话的？陈舟辞把大事年表移过去："自己拿着吧。"

这位小少爷的脾气倒好。

"不跟你瞎掰扯了，我回去写卷子了。"温既白这次没有回绝，把大事年表抽了回来。

陈舟辞："怎么，突然良心过得去了？"

温既白："良心被你吃了。"

陈舟辞笑着说："那前提是你得有良心啊。"

温既白收拾书包的手一顿，抬头看着他。

陈舟辞以为小姑娘是气着了，刚准备道歉，只听小姑娘又说："你应该庆幸我打不过你。"

陈舟辞："嗯？"

温既白气鼓鼓地丢下了一句："要不然你还能安全地站在这儿？"

陈舟辞的手指微微蜷了蜷，不自觉地按了一下圆珠笔，"咔嚓"一声，他看着小姑娘收拾书包离开的背影，莫名觉得心里有些痒。

其实温既白不太喜欢欠别人的，尤其是欠人情。

晚上的时间紧张，写完数学试卷后差不多都十二点了，宿舍已经熄灯了。

宿舍住了四个人，除了云羡，还有一个喜欢汉服的女生，长得又软又萌，喜欢扎丸子头，所以温既白心里叫她丸子头。

此时，丸子头已经发出轻微的打鼾声。

温既白的睡眠浅，反正也睡不着，便把今天晚上陈舟辞算了半节课没算出来的数学题拿出来写，想着帮他解个题，也算是还人情了。

过了半个小时左右，温既白用函数的方法找到了一个解答方式，还随手在答案旁边画了一只小兔子，又添了一句"谢谢"。这才满意地把答案拍成照片，发给了陈舟辞。

陈舟辞还在抄大事年表，手机突然发出一阵震动，他扫了一眼，好像是一个链接文件。

文件上面写着：

她三次流产、两段婚姻、六大富豪为之终身不娶！

坐火车退亲，不料邻座竟是未婚夫！

婆婆嚷着离婚，她摘下面具惊艳众人，十年丑女竟是……

五年了，她带着三岁的孩子回了国，不料他竟……

陈舟辞立即给对方发过去一个问号：别跟我说你被盗号了。

温既白：没。

陈舟辞：那你发的是什么东西？

他已经不忍直视了，真不知道现在的小姑娘啊，脑袋里天天都在想些什么。

温既白这才看清楚她给陈舟辞发的链接，好像是云羡写好大纲给她转的小说文案。

她手滑，发错了……

当时，她把图片贴到WPS的文件里，还附上了文字解释。本想发文件来着，结果手滑发成了下面的小说链接文件。

于是，温既白赶紧撤回。如果让云羡知道她把小说文案发给了陈舟辞，非半夜爬起来掐她不可。

陈舟辞发了一个问号给她。

温既白：你当作没看到，我们重来。

说完，她把那张解题的照片发给了他。

陈舟辞：这是什么？

温既白顿了顿，心道：少爷，你还挺配合我，说重来就重来，演技毫无痕迹，前途无量啊。

陈舟辞点开了温既白发给她的图片

温既白：就是想感谢你的大事年表。

陈舟辞：答案收到了。

然后，陈舟辞又看了一眼上面画的图案，回道：小熊也很好看。

他扫了一眼时间，十二点半了，便也不逗她了，便说：睡觉吧，我等会儿看数学题。晚安。

温既白盯着屏幕上的"晚安"出了神：你先别着急说晚安。

陈舟辞：怎么了？

温既白：那是兔子好吗？有耳朵的。

陈舟辞：你家兔子长这样？

温既白：你家兔子长这样！

陈舟辞：长本事了？还会威胁人了。

不知为何，光是看着屏幕上的字，温既白的耳边似乎自然地给这段话配了音，她能想象到陈舟辞说这句话时的语气和神情。

她的手指放在键盘上，刚想怼回去时，那边又回了消息。

陈舟辞：嗯，我家兔子就长这样。

陈舟辞：早点睡吧，兔子。

温既白看了屏幕上的字良久，都不知道该怎么回，更不知道该回些什么。

这次暑期课程毕竟是夏令营的形式，没有没收学生们的手机。再加上是上课的第一天，宿舍里的学生们打游戏都打疯了，全都是夜猫子，没一个能早睡的。

只有陈舟辞还在可怜巴巴地抄着大事年表。

刘城西还在研究着今天见到的新同学，作为班里唯一的大诗人，甚至还做了一首诗："长夜既白，舟辞云间。"说完，便转头四处求认同，"怎么样，是不是特别对称？我空木大诗人一出手！必是精品！"

陈舟辞才懒得理他。正好抄完最后一个时间线，他又点开了温既白刚刚发给他的解题图片，拿出草稿纸算了一遍。

"怎么还不理人呢？温仙女说了，不理人会遭雷劈的。"刘城西趴在床上，仰着脑袋看他。

陈舟辞抄起一个抱枕扔了过去，生气地说："没完了是吗？"

刘城西"噌"地一下坐了起来，惊讶地问："你居然生气了？"

刘城西和陈舟辞从高一开始就在一个班级，关系不错，打篮球时更增进了友谊。陈舟辞长得好看，球打得也好。一开始，刘城西以为，这种男生多半不好相处。后来才发现，陈舟辞这个人，除了嘴欠了一点，性子又直又佛，从未见他生过气。

刘城西朝着袁飞龙眨眼示意了一下，袁飞龙立刻心领神会，悄咪咪地凑近问："舟草，你是不是也觉得小仙女特别可爱？"

"没觉得。"陈舟辞说。

"真的吗？"袁飞龙又问了一句。

陈舟辞被他吵得头疼，也不知道他是怎么得出自己"觉得温既白可爱"的，又觉得他们的反应有些好笑，便说："你说呢？我才认识她几天啊……"

袁飞龙高声强调："那你喂她吃棒棒糖。"

"她当时低血糖，早上没吃饭。"陈舟辞也觉得今晚是算不下去了，便把笔和试卷收了起来，慵懒地靠在椅背上。

袁飞龙又找到证明："那你替她抄大事年表。"

陈舟辞这次没反驳，反问道："你的脑子没事吧？就这点破事，值得你大晚上不睡觉，专门来审问我？"片刻之后，他又总结道，"袁飞龙，你以后不去做八卦狗仔，真是行业的损失。"

袁飞龙："舟草，你又损我！"

又过了一会儿，陈舟辞也反应过来，袁飞龙的话也没说错，他好像的确是无法拒绝温既白。确实有点太上心了……

百思不得其解，陈舟辞才摸出手机缓缓打字：总觉得一个女生可爱，算什么？

　　答案千奇百怪的。陈舟辞大致扫了一眼，点赞最高的一条评论是：因为你善于发现女生可爱的一面，也说明你很单纯、阳光，不是那种性格阴暗型的人。

　　陈舟辞心道：我谢谢您夸我了。

　　第二天早上，很多学生都是被别墅外"哗啦啦"的流水声吵醒的。

　　袁飞龙还以为外面下雨了，正准备跑到阳台上想收衣服呢，结果发现是门口的瀑布发出的声音。

　　陈舟辞昨晚睡得晚，也没睡好。袁飞龙都在那里捣鼓半天了，才发现陈舟辞还没醒，不禁喊道："起来，起来！熊就要有熊样！高三学生要有高三样！"

　　陈舟辞蹙了蹙眉，睡眼惺忪地从床上坐了起来，一副"我没睡醒"的模样。

　　袁飞龙问："你昨晚干什么去了？困成这样？"

　　说话间，刘城西也顶着个黑眼圈从门外进来，他说："见'鬼'了，我昨天晚上好像真见'鬼'了。"

　　袁飞龙眨了眨眼睛，"啊"了一声。

　　刘城西说："我昨晚上厕所，隐约看到一个穿着红色长裙的女人，披着头发在走廊转，吓得我屁股都没擦就冲了回来。一晚上没睡着。"

　　袁飞龙撇了撇嘴，嫌弃道："你恶不恶心啊？"

　　刘城西现在也觉得是不太讲卫生，干笑了一声："你们不会嫌弃我吧？"

　　"离我远点，别又是拖把成了精……"袁飞龙吐槽道，"陈舟辞呢？你不可能也是撞'鬼'了吧？"

　　陈舟辞拿出手机，划开，看了眼时间："刷百度刷半夜，失眠了。"

　　……………

学校找了一个大广场供这群学子早读用。

安白一中奉行的是"德智体美劳"全面发展的教育理念，在早读前，会把学生们拉到山里遛一圈，美其名曰"锻炼身体"。

想到这儿，陈舟辞临走前特意从柜子里抓了几颗大白兔奶糖，放进衣兜里。

淮凉山的昼夜温差大，早上的风卷着小瀑布的水汽，冷得人直打喷嚏。

陈舟辞都走到楼梯口了，又折回去拿了一件外套，这么一折腾下来，到楼底下集合的时候已经有些晚了。

没想到那个小兔子比他更晚。

温既白的起床气特别大。想想也是，五点多起床，困得眼睛都睁不开，她就低着头慢悠悠地往前走，连路都不看。整个人仿佛是具行尸走肉。

陈舟辞笑："早啊，同桌。"

温既白一想到待会儿还要跑步，不免觉得有些痛苦："早。"

"那么困？"陈舟辞不由得笑起来。

温既白打了个哈欠，睡眼惺忪地看着他："困死了，这是什么学校啊？愚公移山起得都没他早吧。"

陈舟辞手里拿着那件校服外套。温既白起得晚，走得急，只穿了一套T恤、短裤。他随手把校服披到了她的身上。

温既白把校服套上。这件衣服比较大，袖子长了一截，穿在身上后显得松松垮垮，但好歹是暖和了一点。她再一次感慨：陈舟辞是真细心的，这是把自己当妹妹了吧。紧接着，她又想到他还有个表弟，就是那个惨遭男女混合双打的可怜娃，也很黏着陈舟辞。想来，他这种性格应该很讨小孩子喜欢。

于是，她发自肺腑地说："说实话，你是真适合照顾小孩的。"

陈舟辞笑了："行，那温小朋友摸一下，看看兜里有什么？"

温既白非常听话地摸了摸校服口袋，发现里面有几颗大白兔奶糖，便顺势拿了出来，抬眼看他。

陈舟辞把一颗大白兔奶糖的糖纸剥了下来，递给她："我们学校早上跑完步才能去吃饭，你先适应一下。以后记得带两颗糖，不然低血糖晕过去了，谁背你回去？"

温既白"哦"了一声，把大白兔奶糖吃了下去，下意识地问："如果我真的晕了，你对我见死不救啊？你可得把我不少零件地带回来啊……"

"行啊。不过，这项服务得收钱。"

一提到钱，温既白顿时不开心了，借着起床气耍赖道："别，我没钱，都穷死了。"她叹了口气，"高校某学生欺骗无辜同学财产，害得无辜同学伤心欲绝。这是人性的泯灭，还是道德的沦丧啊……"

"耍赖啊？"沉吟了片刻，陈舟辞露出一副勉为其难的模样，"行吧，看在这位无辜同学这么可怜的分上，那就免费帮你吧。"

温既白眨了眨眼睛，心道：原来少爷你吃这套啊，早说啊。于是她又有些得寸进尺："是不是其他女生和你这么说，你也拿她没办法啊？"

"你还见过我身边有其他女生？"陈舟辞勾唇低笑，"只有你好吗？我妈又没随便给我带回家其他女生……"

温既白抬眸看他，男孩说得随性，但声音温柔得像清晨的微风，又如大白兔奶糖般甜蜜。

温既白突然觉得，这种感觉很奇妙，似乎他们就像是一家人。

中午吃饭的时候，温既白准备请陈舟辞吃饭，算是答谢他这么长时间对自己的照顾，还有感谢那天的大事年表。

温既白知道，拿到题的解法对于陈舟辞来说很容易，所以不能算是答谢。

她觉得有点心累，这还不如自己抄呢，也费不了多大事儿啊。

一楼是小餐馆，有点类似于小吃街，各种各样的饭菜都有。

温既白说要请吃饭，陈舟辞没有推辞。其实，他特别挑食，但他没告诉温既白。要是说了，估计小姑娘会翻着白眼说他事儿多。

吃饭时，刘城西和袁飞龙也走了过来。

温既白看着菜单点菜："两份这个饭，第一份什么都放，第二份……"她不挑食，但在刷陈舟辞的朋友圈时，顺便把他的饮食习惯记住了，很自然地说，"第二份少辣，不要香菜，不要葱，土豆切成丝，少放油，不放萝卜，然后醋也少放点。"

温既白一口气说完，这才发现，刘城西和袁飞龙看向自己的眼光就像是在看神奇动物。

就连陈舟辞落在她身上的眼神里也夹杂了一些不可置信。

温既白："你们怎么了？这么看我干什么？"

刘城西震惊地说："仙女不愧是仙女，这位同学的忌口，我和他同窗了三年都记不住，你居然全记住了。"

袁飞龙："佩服，佩服！袁某甘拜下风！以后没点本事都没资格说自己是外星人了。"

温既白拿着手机想扫码付钱的手一顿，心想：坏了，她刚刚在干什么啊？

她该怎么解释自己大半夜的不睡觉，刷人家的朋友圈，还把人家的饮食习惯都记住了……

于是，她支吾道："这个……"

陈舟辞笑着说："偷看我朋友圈啊？"

温既白想着立正挨打吧，刚想说话，只听陈舟辞又说："我还没问呢，怎么突然要请我吃饭？"

温既白闷声道："大事年表。"

"呦，你还赖上我了？"陈舟辞笑。

"想到哪儿去了？"温既白有点无奈，"我是想谢谢你昨天的大事年表。"

"嗯，然后呢？"陈舟辞有耐心地问。

"没有然后啊！"温既白看了一眼笑得不行的两位男同学，感觉有些头疼，她扯了扯陈舟辞的袖子，问，"课代表，你是不是要对每一个同学认真负责，他们在嘲笑新同学呢。"

陈舟辞瞥了刘城西和袁飞龙一眼，明白温既白是什么意思，懒洋洋地丢下了一句："行，你等会儿。"说完，就对刘城西说："有那么好笑吗？"

刘城西："咋的，还不能笑啊？"

袁飞龙："没，有生之年居然能看到有人忍受你挑食的臭毛病，还是个女生！哈哈哈……我很欣慰啊。"

"笑吧。"陈舟辞说，"不知道谁今天吃饭，还要自己买！"

刘城西瞪了陈舟辞一眼："怎么？你不买？你想吃霸王餐啊？"

"不好意思，有人请了。"陈舟辞拖着长音，说，"我挑食都有人请。"

言下之意，你不挑食也没人请你吃饭！

刘城西怒道："舟草，你又讽刺我，我忍不了了！"

"对，我也觉得不能忍。我要是你啊，就去跳河。"说着，陈舟辞还贴心地给他指了个方向，"那条河就不错，去吧。"

下午第一节是老段的数学课。

老段利用上午的时候，花了十分钟就把温既白的数学试卷审批出来，又花了一个小时的时间跟吉吉国王炫耀他们班新挖到的宝贝疙瘩。

上课之前，陈舟辞和温既白下五子棋。

温既白玩不过他，干脆把笔拍在了桌子上，扭过头去，气道："不玩了。"

"怎么？"陈舟辞转了转手中的笔，偏头看她，"又想耍赖啊？人善被人欺，你觉得我好欺负吗？"

"陈同学。"温既白说，"我只是'想'，又没真的耍赖，想想还不行啊？"

只听陈舟辞轻声笑了一下："呵呵，你还真是理直气壮……行吧，那你继续想。"

温既白心想：好歹算是给了自己一个台阶。既然他这么上道，温既白决定夸赞一下对方。她之前在网上看到这样的帖子，说是聊到男生擅长的领域，像篮球啊、乒乓球啊，都得捧着点，也是在无形中增进彼此的友谊。

于是，温既白眨了眨眼睛，很认真地问："听说你喜欢看书。"

陈舟辞扬了扬眉："你也喜欢？"

温既白心道：看吧，果然如此。她点了点头，诚挚地说："喜欢啊，你有什么可以推荐给我的书吗？"

陈舟辞认真想了片刻："还真有。"

温既白更期待了，非常配合："说说看。"

"名字我不记得了，但是你可以去搜一搜这个文案。"陈舟辞靠着墙，懒洋洋地说。

温既白心想：还真是敷衍，文案都能背下来却说不上来名字，骗谁呢？

"她三次……两段婚姻、六大富豪为之终身不娶……"陈舟辞缓缓地开口。

嗯？有点耳熟啊。

陈舟辞又说："坐火车退亲，不料邻座竟是未婚夫……"

温既白震惊地看向他。

陈舟辞又想继续说时，她赶忙打断："停停停！"

陈舟辞靠着墙，笑得肩膀都抖了两下，实在是被小姑娘这副模样逗得不行，不由得问道："怎么，温同学不喜欢？"

此时，她觉得要是对方再说一句话，两个人建立起来的塑料友谊，今天就要彻底分崩离析了！

于是，和平大使温既白连忙转移话题："那道数学题看了吗？"

就在这时，上课铃响了。老段走进教室，一眼就看到了温既白正歪着头和陈舟辞说话。于是，他笑眯眯地问："陈舟辞，你和新同学聊什么呢？"

陈舟辞回答得非常自然："五子棋中蕴含的数学思想。"

温既白白了陈舟辞一眼，心想：这人到底是怎么练就出睁眼说瞎话的本领的？

老段走到两个人身边，颇有兴趣地说："哟，还五子棋中蕴含的数学思想，给我搞生活中的数学啊。那你来说说，你悟出来什么了？"

陈舟辞的心态极好："数学这种东西比较玄学，我刚要悟出来的那一瞬间被您打断了，所以现在约等于零。"

温既白心想：真的是败给你了。

"那还是我的不是了，这样吧，老师补偿给你一次展示自己的机会吧！"老段也不恼，笑眯眯地说，"陈舟辞，你去讲台前，把昨天刚刚讨论的暑假作业里的选择题最后一道写一下，展示一下数学思维的应用。"

陈舟辞缓缓地起身。

温既白愣了一下，翻开暑假作业瞅了一眼那道选择题，自言自语道："什么题目？"

闻言，老段忙说："温既白，你也想上去做？"

温既白蒙了，抬头看老段。她什么时候说想上去做题了？

"好！非常好！我们就要对学习保持热情！温既白，你上去和你的同桌一起做吧。"

于是，温既白和陈舟辞分别在黑板的左右两侧做题。

陈舟辞不禁调侃道："温同学还挺仗义。"

温既白被烦得不行："同桌——"

陈舟辞很耐心地"嗯"了一声："听着呢。"

温既白侧目看了他一眼，言简意赅："我觉得你克我。"

老段说的那道选择题是他们的暑假作业，但温既白没做过，还是她最不喜欢的导数，所以速度慢了许多，试了好多种解题方法才试出来。

就在她擦掉黑板上的草稿，重新拿起一根新粉笔，准备开始写解题过程时，看见陈舟辞貌似已经做完了。此时的他正低垂着眼睛，不知道在想些什么。

温既白偷摸地看了他一眼，陈舟辞仿佛也注意到了她的视线，不由得偏头看她。两个人的视线相撞，他低声问："做完了吗？"

温既白："没，快了。"

陈舟辞点了点头，不再说话。他放下粉笔，很明显是做完了，却没有走下去的意思。

温既白做完之后，又检查了一遍。把粉笔放在了讲台上时，她又扫了陈舟辞一眼，然后便下去了。

陈舟辞这才慢慢走下讲台。

他俩计算的结果一样，都是选 C。老段欣慰地点了点头，便开始讲题。

那道题温既白会做，就没有刻意去听，一直在走神。

袁飞龙回头悄咪咪地问陈舟辞："喂，你早就做完了，怎么检查了那么久才下来？"

陈舟辞说："嗯，多检查两遍，省得错了被老段骂。"

温既白偏头看了一眼陈舟辞，心想：骗人。他早就写好了，连粉笔都放下了，根本没检查。

想到这儿，她突然一愣，这才反应过来，陈舟辞等着她写好了才下来，是不是怕她一个人在讲台上着急或者……觉得尴尬？

一般遇到两个人做同一道题的时候，同学们肯定会在心里作对比，无论是解题速度，还是正确率。如果一方很快做完回到座位，对留在讲台上的另一个人也算是一种心理压迫。

所以……他是因为这个原因才不先回座位的吗？

温既白按了按圆珠笔，心里五味杂陈，不知道是什么感觉。就像是那种，十几年来受到了太多恶意，不被人期待，不被人关注，不被人照顾，仿佛是世界上最多余的人。她从来没有被这样关心和照顾过。

于是，温既白想向对方道个谢，单纯的致谢。

她小声说："陈舟辞……"

她的声音本来就软软的，又放小了些，水汪汪的大眼睛看着他，就会显得奶声奶气的。

陈舟辞笔下一顿，没理她。

温既白以为，对方是因为刚才那句"你克我"生气了。

于是，她又小声地说了一句："同桌——"

陈舟辞白了她一眼："你以前的声音是这样吗？给我好好说话。"

温既白说："我在道歉，自然不能那么强硬。"

陈舟辞哑然失笑："别，我克你，你少跟我说话为好。"

得，这天没法聊下去了。

就在这时，老段刚好讲完那道题，又把温既白昨天晚上熬夜做的试卷拿了出来，笑着说："哎，你们怎么回事？下午第一节课就困成这样？来，跟你们说个事醒醒神。"

下面的同学只好强打起精神。

"昨天我不是拿了一张试卷给新同学做吗？"老段靠在讲台上说，"那就是上学期期末考试的数学试卷。你们还记得吗？我觉得你们应该忘不了，考得那么烂……"

一听老段揭他们的黑历史，同学们瞬间不乐意了。袁飞龙这个做数学课代表带头说："老师，这都多长时间的事儿了，您还记着啊。"

然后，班里的抱怨声此起彼伏。

他们那次期末考试数学是考砸了，好多同学只考了一百零几分，甚至最高分还被文科二班夺过去了。老段接手他们班时，看着这个成绩，差点没被气吐血。

"行了，别嚎了，就知道耍赖。"老段无奈地说，"期末考试，数学的年级最高分是一百四十五分，咱们班的最高分是陈舟辞，一百四十四分，是吧？"

众人拖着尾音说："是……"

刘城西说："得亏舟草考了一百四十四分，要不然，上学期老班能把我们扒下一层皮来。"

"嗯，咱们班来的这位新同学，考了一百四十八分。"老段说，"扣的那两分还是因为解题跳步了。"

班里的同学立刻发出一阵惊呼："我的天啊！学霸啊！"

于是，班里几十道目光全都聚集在了既白的身上，此刻，她正在叠千纸鹤。

温既白发现了，老段属于"大呼小叫"的教学方法，说话总是抑扬顿挫的，和学生的关系极好。不一会儿的工夫，班里的气氛就被老段调动起来。她下意识地偏头看了一眼陈舟辞。

陈舟辞也没参与这场讨论，只是在闷头做数学题。

温既白觉得，如果放在以前，估计他会笑着给自己鼓鼓掌，打趣道："同桌，厉害啊！"

可是现在并没有，估计他是真的生气了。

也是，五子棋是两个人一起下的，被老师抓包后，她丢出一句"你克我"，的确不太合适。

于是，温既白拔掉笔帽，在刚叠好的千纸鹤上写了几个字，就悄悄递到陈舟辞的手边。

陈舟辞停下笔，看着手边的千纸鹤，叠得很漂亮。白色的千纸鹤，翅膀一高一低，上面是清秀的字迹：我错了。

另一个翅膀上是：和好吧。

陈舟辞懒洋洋地靠在椅背上，把千纸鹤放在了手心，看了半天，又戳了戳小千纸鹤的翅膀。

一旁的温既白被他的举动搞蒙了，到底和好不和好啊？给个痛快话啊。

还在想着，陈舟辞突然说："千纸鹤很漂亮。"

温既白松了口气，笑着眨了眨眼睛："那我们和好了？"

陈舟辞抬眸看她，无奈地笑着说："我也没生你的气啊……"

学校把这次暑期课程安排得很密集。上完一天的课后，温既白感觉，自己的脑子已经罢工了，累得回到宿舍就瘫倒在床上，动都不想动。

然后，她就听到有人在抽泣，还非常有节奏感。

温既白还以为自己听错了，结果坐起身后，还真的看到小丸子在哭。

云羡就在旁边安慰她："别哭了，这件事的确是阿姨做得不好……"

温既白从床头拿了一盒抽纸递过去，问："怎么了？"

小丸子哭着说："我妈妈趁我出来上课，把我放在家里的 Lolita 裙子全都扔掉了，她说街上哪有人穿成这样。"

温既白轻轻地"啊"了一下。好像在老一辈人的眼里，并不太能理解年轻人的喜好。

云羡安慰了半天，小丸子又哽咽着说："幸好贵的那几件汉服我带过来了，要不然得亏死。我攒了好长时间的钱才买来的……"

温既白有点哭笑不得，拿纸巾给小丸子擦了擦眼泪。此时，云羡也愁眉苦脸地盯着手机。温既白心想：今天一个两个都怎么了，都这副模样。她问："你呢，你这是在愁什么呢？"

云羡叹了口气，闷声道："没事儿，唉……"

这能是没事儿吗？

这两天，云羡总是大晚上出门，温既白也没管。直到这天晚上，她去超市买两盒牛奶，就在回来的路上，突然听到学校早读的大广场一侧有交谈的声音。

学校留给他们早读的地方很宽广，每个班都有规定的区域。中间是一个许愿池，夏天喷着喷泉，显得格外凉快，许愿池中央是一个女神像，池水清澈见底，水下的硬币清晰可见。

温既白这几天总是睡不安稳，有时梦见妈妈在世时唠叨自己的模样，有时梦见以前在福利院的生活场景……

晚上的灯光昏暗，她听见一男一女在对话。

那个男生染了一头绿毛，格外显眼。

绿毛说:"你今天就给我带这点钱?"

女生的声音很小:"我妈也没给我多少生活费。"

温既白不是爱多管闲事的人,之所以会停下来听,是因为那个女生的声音她很熟悉。好像是云羡。

"你妈一个月给你两千块钱呢,"绿毛不屑地说,"怎么说也得给我一半吧。"

云羡不乐意了:"我也要吃饭啊!"

"你可以借啊。"绿毛坏笑道。

温既白心道:这个绿毛的脸怎么这么大?

原来,云羡这两天愁眉苦脸的原因是这个。

"你有病吧?"云羡说。

"怎么,你若不愿意,我就把你写小说的事儿告诉阿姨和老师,你想想,阿姨会怎么处理你的那些小说,自己掂量掂量。"绿毛又说,"明天还是这儿,不管你是借钱,还是怎么弄,反正我要的也不多,就一千块。"

说着,绿毛刚想离开,还没走两步,就看到了站在这里围观全程的温既白。

绿毛上下打量着她,咧着嘴笑:"哟,居然还站了一个小妹妹,你看到了?"

云羡看到温既白时也急得不行,忙着跑到她旁边,说:"赶紧走!你来这里干什么?"

温既白偏头看她,神情淡漠:"他抢你的钱。"

云羡急了,直想把她往后推:"你别管这件事儿。"

温既白被她推得后退了两步,但气势丝毫不减:"你先回答我的问题。"

云羡这才点了点头。

"哦。"她把云羡拉到了自己的身后,"明白了。"又把刚买的两盒牛奶塞给云羡,"帮我拿一下。"

"呵!怎么,你还想替云羡出头?"绿毛边笑边走上前,离得近了才看清温既白长什么样子,还愣了一下,"以前没见过你,新来的?长得还挺漂亮……"说着,绿毛伸手便想碰温既白的手。

温既白瞅准时机,直接扣住了绿毛的手腕,反手一扯,微微一侧身,抬脚就踹向他的腿。

绿毛被扯得一趔趄,紧跟着,就摔倒在两个女孩面前。

温既白歪了歪脑袋,居高临下地看着他,轻声笑了一下:"多吃点饭吧,这么点劲儿,还出来抢钱?"

绿毛的表情几乎扭曲了,他怎么都想不到,眼前这个看着软萌的小姑娘居然这么厉害。他颤颤巍巍地伸出手,指着温既白,还想放狠话:"你……"

还没说完,温既白的手还扣着他的手腕,警告道:"安静点!"

绿毛这次是疼得发不出声音了。

温既白放开手,松了松自己的手腕:"把钱还给人家!"

绿毛咬着牙,从口袋里掏钱。

"过去道歉!"温既白又说。

绿毛抬头看了一眼云羡,似乎有些说不出口。

见状,温既白又要抬手。

或许是怕她又打他,绿毛赶忙说:"我道歉,我道歉!"然后对着云羡大喊了一声,"我错了!"

温既白继续说:"把钱还给人家!"

绿毛只好把刚刚抢到手的五百块钱还了云羡。

温既白问:"还有吗?"

"没了!"绿毛大声说。

"你胡扯!我前前后后给了你八百呢!"云羡生气地指着他的鼻子说。

"其他的,我都花完了……"绿毛梗着脖子,说,"要钱没有,要命一条!"

温既白是真没想到这人的脸皮那么厚。

就在这时，陈舟辞的声音突然从背后传来，声音轻快，还略微带了些欠欠的味道："我的天啊，你怎么那么凶？"

温既白的动作一僵，回头看他。只见陈舟辞拿着一个撑衣杆站在身后的黑暗里，歪了歪脑袋，微笑着看着她。刚刚那句话明显是对她说的。

温既白的心里"咯噔"一下：完了，维持了那么多天的乖妹妹形象，崩了。

陈舟辞不知道其他男生宿舍是什么样子，反正他们宿舍的楼上似乎住了几个神经病。

那几个神经病总是在大晚上拍篮球！

陈舟辞倒是没什么意见，他洗完澡就坐在桌子前看课外书，看入迷后就不会管那些事儿。

袁飞龙和刘城西却不愿意了。

一开始，楼上传来噪音，袁飞龙还好声好气地上楼跟人家讲道理。

楼上是理科创新班的男生，一听袁飞龙上来找他们的原因，也客客气气地道歉："不好意思啊。"

然而，转头又开始用篮球往下砸。

袁飞龙当即在心里骂人。

刘城西也在寝室里骂："我刘某人从来没见过这等厚颜无耻之徒！"

袁飞龙气得直冲楼上翻白眼，撸起袖子就想找上面那群人干架，边跳脚边说："看我怎么教训他们！"

楼上的人还在拍篮球。陈舟辞这才抬头往上面扫了一眼，随口一提："要不，你拿根棍子捅天花板吧。"

袁飞龙顿时眼前一亮："你真是个天才！"

闻言，刘城西从阳台上拿了一根撑衣杆，就这么站在床上捅天花板。

然后，就形成了一幕诡异的画面：楼上用篮球使劲往地板上砸。楼下用撑衣杆使劲往天花板上捅。

就这么暗戳戳地较劲，可苦了隔壁宿舍的人了。

双方人马一来一回还挺有默契的，频率混合在一起，跟说唱似的，韵律感十足。

陈舟辞这次彻底看不进去书了。正寻思着要不要上去跟楼上那群人讲讲道理，宿舍内突然传来"咔嚓"一声。

刘城西用劲太大，把撑衣杆弄断了。

袁飞龙："大哥，这撑衣杆十几块钱呢，你不至于那么用力吧……"

楼上的那群人还在拍篮球。

刘城西心疼不已，把断裂的撑衣杆小心翼翼地放在了地上，还应景地盖了一条白毛巾："是爸爸对不住你啊！"

袁飞龙面色复杂地扫了一眼撑衣杆，也"扑通"一声跪了下来："你是我们宿舍的功臣！怎么就英勇就义了呢？"

这两个二货！陈舟辞实在是待不下去了，眼不见心不烦，立刻表示自己去买撑衣杆。

他在超市转了两圈，找了一根差不多款式的撑衣杆，付了款，抬眼便看见温既白走出超市的门。

从超市到餐馆的路没有路灯，还要经过一座吊桥。可能是被徐清女士影响，他觉得一个小姑娘多少有些不安全，便和温既白隔了一个安全距离。心想：护着她走过这段没有路灯的道路，也算是尽了"哥哥"的责任了。

他跟着小姑娘的步伐，在许愿池旁边的位置停了下来。

温既白背对着他，路灯昏暗，把小姑娘的影子拉得很长。在微弱的灯光中，绿毛的脸晦暗不明，过了许久，陈舟辞才看清那个人的模样。他认得那个人，理科二班有名的问题学生，算是他们年级的"校霸"吧。当时，因为染了这一头绿毛，没少被年级主任苏慧骂，但他竟然能找到一个非常蹩脚的理由："我头发天生就是这个颜色。"

然后，他很荣幸地又被苏慧劈头盖脸地骂了一顿。

这种学生以被老师骂为荣，仿佛写了多少次检讨，停过多少次课，都是在为他的"校霸"事业添砖加瓦。

当绿毛伸手想去碰温既白时，陈舟辞还在思考，是把手里的撑衣杆直接抢过去，还是直接上手……然后，他就看到了小姑娘轻轻松松地撂倒了绿毛。

跟撂白菜似的，温既白的脸上都没有多余的表情。

陈舟辞站在离她不远处，看着眼前的情景，不由得低声笑了。

只见她把人撂倒了还不够，还踹了人一脚。

陈舟辞轻轻笑了一下，过了许久才缓缓开口："我的天，你怎么那么凶？"

温既白有些惊讶地回头看他，眼中的情绪是震惊、惊讶、无措，最后才落入平时的那种"我就这样了，怎么着吧"的情绪里。就是，看到就看到了，你能把我怎么样？

绿毛先是注意到了陈舟辞，然后目光才缓缓地移到了他手中的撑衣杆上，叫苦不迭："云姜，你太看得起我了吧。居然找了两个外援，还带武器！你讲不讲武德啊？"

陈舟辞偏头看了一眼自己手上的撑衣杆，心想：好像确实有点像武器。

一阵沉默后，温既白走到了陈舟辞旁边，低声问："你既然都看到了，说说解决办法吧。"

陈舟辞笑了一下。

此时的绿毛刚刚站起来，对方走到他面前，说："把钱还了。"

"我说我花完了！没钱！"绿毛底气十足。

陈舟辞笑："那你去借啊。"

绿毛语塞，他突然觉得这句话有些耳熟，想了半天才想起来，这是刚刚他说的台词。

"不说话？"陈舟辞又说，"那也省事儿，直接和苏主任说吧，或者直接报警。《刑法》第二百六十三条规定，以暴力、胁迫、或者其他方法抢劫公私财物的，处三年以上十年以下有期徒刑，并处罚金。"

绿毛一听这个人直接搬出了法律，吓得腿都软了，差点又给他跪下来："那……那么严重？"

绿毛听得腿直发抖，他只是想来骗骗小姑娘，一听说涉及犯罪，整个人都傻了。

最后，绿毛不但借钱把抢的钱给还上了，还答应帮助云羡保密，不把她写小说的事告诉老师和家长。

回去的路上，温既白忍不住问道："你怎么对法律知识这么熟悉，你以后想学法律？"

"没，我对当律师没兴趣。"陈舟辞忍不住笑起来，"就是背过几条常用的青少年犯罪条款，用来忽悠人的。你也可以试试。除了抢劫，还有侵犯消费者权益和侵犯名誉权比较常用……别整天想着打打杀杀的，我们要用和平的方式解决问题。"

陈舟辞没有刻意去问温既白会打架的事儿，温既白也没去提，两个人就这么保持着一种奇妙的默契。沉默了一会儿，温既白才开口问云羡："那绿毛是怎么回事儿？"

"绿……"云羡听到这个称呼还愣了一下，不禁笑着说，"他啊，是我的发小。"

温既白："发小？"

"对，但是他是坏孩子。他从小就欺负我，小时候逼我偷钱，害得我被妈妈打。"云羡烦恼地说，"他认识我妈，知道我妈妈要不喜欢我偷摸写小说，便用这个来威胁我。"

云羡发愁地说："其实我真挺怕的，我妈要是知道我写小说，肯定会生气，估计还会把我房间里的小说都给扔了。像小丸子的妈妈扔掉她的洛丽塔一样。"

"原来是这样。"温既白想了想，"下次你直接告诉老师吧，要不然也不是个事儿。"

云羡："那小说怎么办？"

温既白笑着说："什么阶段做什么事儿，你若是真喜欢，等上了大学之后，或者大学毕业了，把写作当兴趣，你妈妈也管不到你啊。"

云羡叹了口气："要真是这样就好了，你不知道她这个人的控制欲有多强！"

三个人走了一段路，云羡突然说："对了，你晚上别乱跑啊。"

温既白觉得有些好笑："怎么，你害怕我被那个绿毛报复啊？"

云羡说："我听痴树说，最近咱们这层楼好像撞'鬼'了。痴树今天不是说那个'鬼'总在我们楼层转悠，我感觉说得挺真的，好像不止一个人撞见过。"

一听"撞鬼"二字，陈舟辞的动作明显一顿。温既白偏头扫了他一眼，没有说话，又转头问云羡："撞什么'鬼'。"

"就，红衣服的，穿着绣花鞋，披着头发。"云羡描述道，"初步预测，是个'女鬼'。"

说得跟真的似的。

于是，出于对"乖妹妹"人设的尊重，温既白仰头看向陈舟辞，刚想要说什么，却看到他在发呆。

她忍不住问："你怎么了？"

陈舟辞这才收回思绪，笑着说："没事儿。"

陈舟辞回寝室后，楼上拍篮球的声音已经停了。他把晾衣竿放到阳台，刚躺到床上，袁飞龙就把灯关了。他正奇怪，怎么今天熄灯那么早？袁飞龙开了一盏绿灯，自下而上地照着他那张大脸，紧接着，就自顾自地讲起了鬼故事。

讲也就算了，刘城西还在一旁放恐怖音效，搞得整个寝室都阴森森的，再加上他们宿舍离门口的小瀑布近，哗啦啦的流水声形成了天然的幽深氛围，还伴随着夏日蝉鸣……不知道的人肯定会认为，这个宿舍里有人在做法。

陈舟辞彻底服了："你们有病啊，大晚上的不睡觉，讲鬼故事？"

"陈舟辞，你别打断！'鬼'马上要出来！"袁飞龙的意见非常大，抄起一个抱枕就丢了过去。

陈舟辞随手一抓，枕到了脑袋下。

他微微偏头，看向刘城西："是谁昨天说见'鬼'了，然后一晚上没睡的？"

刘城西干笑一声："哎呀，或许是我眼花了呢。真的，就这个氛围，你不来加入一下啊？舟舟。"

陈舟辞听烦了，又把头下的抱枕抽出来扔了过去："离我远点！"

可能是因为陈舟辞的意见比较大，鬼故事会没进行多长时间就结束了。

陈舟辞全程都没听，迷迷糊糊地就睡着了。到十二点时，他突然被惊醒，就像是生物钟一样，摸出手机给温既白发了一个"晚安"。躺下没多久，他又隐约听到手机铃声响了起来，以为是温既白，便压着困意划开了手机屏幕，却是刘城西发来的消息。

空木痴树：你能来一趟厕所吗？

陈舟辞困得不行：你今年几岁了，上厕所还要人陪？

停顿了一会儿，他又缓慢地打字：忘带纸了？

空木痴树：都不是。

空木痴树：我撞"鬼"了。

陈舟辞：……

空木痴树：那个"女鬼"现在就在门外，我看到她的鞋了。

空木痴树：救命，快来救我，我快吓死了！

空木痴树：我要是骗你，我单身一辈子，兄弟，快来吧，到了明天，你就只能为我收尸了。

陈舟辞打字的手一顿,目光停留在了"撞鬼"二字上。

陈舟辞:你找肥龙了吗?

空木痴树:说起来就气,他睡得太死了,压根不理我!

陈舟辞烦躁地抓了抓头发,缓缓地坐了起来。宿舍没拉窗帘,月光透过玻璃窗,洒在了他的侧脸上。他想了半天,拍了一下睡得正香的袁飞龙。

那人不但没理他,呼噜声还更大了。

陈舟辞站在原地,蒙了一下,整个人都融入夜色中。他盯着屏幕上刘城西发来的信息,心里不断地挣扎,最终叹了口气,安慰自己:"没事,没事,都是假的。"

默念了三遍"都是假的",陈舟辞才深吸了一口气,给刘城西发了一条信息:等着,我来救你。

刘城西同学非常上道:你快点来!

第四章

我同桌最棒了

其实陈舟辞是有点害怕的,这都要"归功"于徐清女士。

徐清女士喜欢看恐怖片,在陈舟辞上小学那会儿,几乎是每隔两天就要看一次的频率。但是徐清女士胆小,总是喜欢带着尚且年幼且没有反抗能力的陈舟辞一起看。

看得太多了,陈舟辞天天晚上做噩梦,后来一看恐怖片就哭。徐清女士于心不忍,便转头去祸害陈延行去了。

所以,陈舟辞对"鬼"有心理阴影。

现在是十二点半左右。

他咽了下口水,犹豫了好半天,才勉强从宿舍里走出去。

走廊一片漆黑。他把手机里的手电筒打开,脊背绷得很直。

厕所在走廊的另一头,刘城西还在不断给他发微信:*陈舟辞,你来没来啊?那个绣花鞋还在我门口站着呢。*

空木痴树:*我都不敢抬头,生怕一抬头撞上一个鬼脸。*

空木痴树:*我感觉她在盯着我。*

陈舟辞蹙了蹙眉,难道真的有"鬼"?

陈舟辞回复他:*快了。*

陈舟辞深吸了一口气,才敢往前走。

走廊里只有他的周围亮着微弱的光。在走到走廊中间时,他突然注意到,好像有一道人影就立在不远处的厕所门口。

陈舟辞顿时停住了脚步,把手电筒微微扬起,朝着那个方向照了照。

从这儿到厕所门口还有一段距离,手电筒照不到全身,只能隐隐约约地勾勒出那个人的轮廓。

果然和刘城西同学说得一样,那个人穿着绣花鞋,穿着鲜艳的大红色衣服,披头散发,似乎是在寻找光源,往陈舟辞的方向慢吞吞地侧了侧身。

陈舟辞顿时感觉到脊背发凉。

因为那个人正死死地盯着他。

陈舟辞突然觉得大脑一片空白,下意识的反应就是转头往回跑。还没跑两步,听到身后又传来脚步声。

比刚刚那个"鬼"要急促得多,明显是人的脚步声。

他下意识地往后看,心想:多个人就不至于那么害怕了。刚一回头,却发现"鬼影"已经不见了。

反而是温既白从女厕所里走了出来。

小姑娘似乎刚一出来还有些蒙,没注意到不远处的光源,反而探头朝着厕所对面的楼梯看,然后便毫不犹豫地往楼梯那个方向走去。

陈舟辞很害怕,也很想走,可又觉得,刚刚看到的不是幻觉。

若不是幻觉,那温既白怎么办?

陈舟辞叹了口气,心道:我真是欠你的。他压着内心的恐惧,往楼梯口的方向走。随着一阵轻微的脚步声,他缓步走到了楼梯间门口,然后缓缓地推开门。

"嘭——"

一个类似于棍子类的东西,毫不留情地朝他的身上抡。他下意识地用手臂一挡,还是结结实实地挨了一下。

陈舟辞疼得不行,边揉手臂边抬眼扫了一眼面前的罪魁祸首:"温既白,你怎么使那么大的劲儿啊?"

震惊之余，还显得有些委屈。他觉得自己多少有点冤，明明是出于好心，结果……

他都忘了，这个姑娘打架比他还厉害呢。晚上揍绿毛的时候那么轻松，就算是碰到鬼，说不定是谁倒霉呢……

温既白也蒙了，把棍子放到一边，忙拉过陈舟辞的手，借着手电筒的光仔细地看了又看。她用的劲很大，陈舟辞的手臂估计明天会肿，失手了。

"对不起！对不起！"温既白愧疚死了，"我以为你是'鬼'，想也没想就……就给了你一棍子。"

陈舟辞叹了口气，虽然真的挺疼，但是看着小姑娘有些愧疚的模样，也觉得有点过头了，便轻声道："不怎么疼了，没事。"随后把手抽回来，平复了一下情绪，还是忍不住问，"你的胆子挺大啊？不怕'鬼'？"

"哪来的'鬼'啊？"温既白说，"估计是有人装神弄鬼。"

"那你半夜不睡觉，跑到楼梯间来干什么？"陈舟辞心有余悸地扫了一眼四周，生怕那个'女鬼'突然从哪儿冒出来。

"我刚刚从厕所出来，看到楼梯间这边有个人影，便想来看看。"温既白越说，声音越小，"结果人没看到，还把你当成'鬼'给打了……"

就在这时，楼梯上突然传来了隐隐的抽泣声。由于楼梯口太安静的缘故，声音由远及近，听起来显得有些骇人。

楼梯间很暗，只有微弱的月光从窗外洒下来，被窗边的护栏切割成了好几块。再加上传来的小瀑布的流水声，与抽泣声交替出现。

温既白往楼梯上扫了一眼，扬了扬眉："'鬼'还会哭啊？"那语气颇为嘲讽。她想也没想就去拉陈舟辞的手腕，想和对方一起去看看这个"红衣女鬼"是何方神圣。没承想，刚碰到陈舟辞的手腕，就发现对方的手在微微发抖。

温既白诧异地回头看他。

陈舟辞心想：怎么控制不住呢？明明已经不怕了……

沉默了半响，陈舟辞还是觉得丢人，一直垂着头，不好意思去看温既白，耳尖也染上了淡淡的红色。

温既白突然觉得有点好笑："你害怕啊？"

陈舟辞压根就不想谈论这个话题："别说了。"

"怎么了？"

陈舟辞终于抬起脑袋，两个人在黑暗中对视了一眼。他发现，对方还真很认真地在询问，他只好丢下一句："别问了，丢脸。"

温既白没忍住，笑出了声。

陈舟辞以为这件事就过去了，却听到温既白低声说："那你站到我身后吧。我保护你。"

他笑了笑，走在温既白的身后，说："行啊，兔子女侠，以后就靠你罩着我了。"

温既白回头看了他一眼，心道：你还真是会得寸进尺，只好默认了"兔子女侠"这个称呼。她又拿起靠在墙边的棍子，朝着抽泣声的声源方向走去。

大约上了几个阶梯，温既白觉察到离抽泣声越来越近了，把手里的棍子往上提了提，就等着那"鬼"突然现身时再抡到对方头上。然而，就在楼梯转角的平台上，她竟然真的看到一个身穿大红色古装、披头散发的人蹲在墙角处哭泣。

温既白的脚步一顿，身后的陈舟辞也看出这是个人，便调侃道："这'鬼'怎么哭得那么惨，你打人家了？"

温既白说："还没呢，你是今晚唯——个有幸被我打到的人。"

陈舟辞心道：那我可真是荣幸。

再走近一些，温既白用手电筒一照。光照亮那个人的衣服，她突然觉得，这件衣服有点眼熟。

那个人身上穿的是汉服，红色的，脚下穿的也是配套的绣鞋，很漂亮。可能是听到了温既白的脚步声，那个人猛地一回头，在黑暗中，也能看出她脸色煞白。

温既白被吓得往后一退,她没再多想,抡起棍子便想打过去,还没来得及,手腕就被握住了。

陈舟辞的声音从身后传来:"你这棍子打下去,她就没了。"

温既白怔了片刻,才冷静下来,也看清楚了那个人的模样:"……小丸子?"

那个人停止了抽泣。

陈舟辞觉得女孩的反应很奇怪,偏头与温既白对视了一眼,低声问:"该不会是梦游吧?"

温既白点了点头:"可能吧。"她也不知道小丸子还有梦游的习惯。

就在这时,小丸子仿佛也清醒了。她的身体一僵,然后蹲在原地蒙了片刻,似乎也在思考自己身在何处。她抹了一把脸上的眼泪,好不容易搞清楚后才缓缓起身,却看到身后的温既白和陈舟辞,还有温既白手中的——棍子。

这个场面确实容易被人误会。

于是,温既白赶忙把棍子往旁边一扔,趁着小丸子清醒了,赶紧问道:"你怎么了?"

"我又梦游了?"小丸子也有些蒙,眼睛还有些肿,声音也是哑的,"可能我刚来新的环境,有些认床,睡不好才这样的吧……"紧跟着,她又说,"对不起啊!给你们添麻烦了,吓到你们了吧?"

不知为何,温既白看着小丸子现在的模样,总能想起今天回宿舍时小丸子和她妈妈打电话时的痛哭模样。

她会梦游可能是因为到了新的环境还不适应,为何要穿上平时不常穿的汉服和绣鞋梦游呢?

仿佛这些都证明了一点,小丸子连做梦,潜意识里都是那些汉服,是真心把汉服当成自己热爱的事。然而,她妈妈不理解,随便扔掉了孩子喜爱的东西。只因为家长与孩子的观念偏差。

云美的作家梦是这样，陈舟辞与父亲吵架也是这样，小丸子穿着汉服梦游亦是如此。可能在父母的眼中，他们都是不符合主流的人。

　　陈舟辞早就不害怕了，但脑子还没反应过来，听到小丸子这么说，他下意识地"嗯"了一声。

　　果然，小丸子感到更愧疚了。

　　看着小丸子又要哭了的模样，温既白抬手给了陈舟辞一拳。

　　陈舟辞没躲，笑了一下，自嘲道："怎么了，还不许人害怕啊？"

　　温既白："你还不如叫瓷娃娃呢，一碰就碎。"

　　潜台词是——你怎么那么娇气呢？

　　陈舟辞："这就没意思了啊……"

　　"只是没想到，你也有怕的东西啊……"温既白不禁感慨道。

　　陈舟辞之前总给她一种错觉，认为他能轻松地搞定所有事。

　　所以，当她看到一个"无所不能"的人突然表现出害怕的情绪，温既白感慨万千，陈舟辞的形象变得鲜活了起来。

　　"这不正常吗？"陈舟辞道，"我怕的东西多了，你对我的误解还挺深。"

　　温既白突然笑了一下，学着他的语气说："人不可貌相啊。"

　　陈舟辞也笑起来："我遇到的人都说我从长相上看就觉得很聪明。"

　　温既白心道：你还挺自恋，我不过是客气一下。

　　"行了，不跟你扯了，我送小丸子回去了。"温既白扶着小丸子，准备往回走。

　　陈舟辞站在她身后，嘱咐道："回去的时候小心点，别绊着了。"

　　"你真能唠叨。"温既白忍不住说，"冬天的时候，你是不是还要叮嘱我穿秋裤？"

　　陈舟辞自然是听出了她的嘲讽，但并不生气，反而笑着说："也不是不行。放心吧，到了冬天，我肯定提醒你。"

　　温既白服了，敷衍道："得，那真是谢谢你了。"

　　"不客气，同桌。"

就在这时,陈舟辞兜里的手机突然"嗡"地震动了一下,是刘城西发的消息:陈舟辞!你跑哪儿去了?我那么相信你,结果你人呢?我到现在都没敢擦屁股,快在厕所里熏死了!你人呢?
…………

在淮凉山的日子过得舒适、悠闲,温既白甚至有一种错觉,他们这群人真的是来度假的。

晚上,老段还会给他们放一部电影,换换脑子。

"红衣女鬼"那个事之后,温既白多少有点愧疚,尤其是再第二天上课,陈舟辞居然穿了件长袖外套。温既白猜,自己那一棍子到底抡得有多狠啊……所以,她非常愧疚。

一下课,温既白就扯过陈舟辞的胳膊,把他吓了一跳。陈舟辞看明白对方是想看看袖子里的伤势时,笑了一下,很自然地把手抽了回来,调侃道:"你干什么?小仙女不是向来洁身自好,扒我衣服干什么?"

坐在他俩前面的刘城西和袁飞龙对视了一眼,相顾无言,已经懒得理这两个人了。

温既白问:"你的胳膊好些了吗?"

"不好。"陈舟辞故意逗她,"碰一下就碎了。"

温既白忍不住笑着道:"你碎什么?真把自己当瓷娃娃了啊。"

陈舟辞没有否认。

温既白听出来他这是在故意逗自己了,她叹了口气:"等会儿我去问问老段,看他那里有没有药膏,如果有我帮你上药吧?"

陈舟辞笑:"那你还不如说两句好听的话来哄我管用呢。"

"陈舟辞,你是真娇气。"

温既白平时捶他已经成习惯了,说完,就捶了他的手臂一下。陈舟辞疼得把手一缩,温既白以为他还在装,直言:"装!你继续装!"

"你有没有良心啊?"陈舟辞可怜巴巴地揉着自己的胳膊,"是真疼。"

"真打着了?"温既白被他这可怜兮兮的模样逗得不行,没忍住笑,"对不起!那我勉为其难地哄哄你吧!"

一听这话,陈舟辞见好就收,乖巧地坐直了些,扬了扬眉梢,满眼期待地看着温既白:"来吧,来哄我吧。"

温既白没哄过人。她犹豫了一会儿,张了张嘴,突然发现不知道该怎么哄人。

可是陈舟辞又很期待的样子,仿佛满眼都写着"哄吧,再不哄哭给你看"。她叹了口气,从口袋里摸了摸,摸出了一颗大白兔奶糖和一根棒棒糖。

她学着陈舟辞之前的样子,把两颗糖放到了他的桌子上,声音放软了许多,很认真地说:"等下课后,我去找一下老段。"完了还补充了一句,"放心吧,肯定负责到底。"

陈舟辞看着小姑娘服软的模样,笑着说:"嗯,一言为定!可不许说话不算数!"

下课后,温既白就追着老段往他的办公室里跑,老段见她那么着急,也有些紧张:"咋啦?着急忙慌地,干什么?"

温既白解释道:"我之前不小心用棍子打到陈舟辞了,这个地方偏,附近没有卖药的,快递也送不进来……老师,你带药了吗?"

"打着了?"老段有些紧张地问,"严重吗?骨折了,还是脱臼了?要不要去医院看看?"

"也没那么严重……"温既白说,"只是有点淤青。"

老段顿时松了一口气,笑眯眯地说:"哦,再晚点找我,是不是都可以痊愈了啊?"

温既白心道:他是瓷娃娃,我能怎么办啊?

"你对同桌倒是挺上心的,很好,同学之间就应该互帮互助,不愧是咱们一班的小孩,都是好孩子!"老段顺带着感慨了一番他们班的学生团结友爱,"但我也没带跌打损伤的药啊,回头我问问苏慧吧。"

温既白点了点头,也没再说什么。

与此同时,陈舟辞站在办公室的门口等温既白。有个女生撞了他一下,陈舟辞躲开,她转过头继续往他的身上撞。

陈舟辞瞥了一眼,大致知道她是什么意思了,便问:"没完了?"

那个女生见对方终于搭理自己了,故作热络地说:"同学,好巧啊。"

陈舟辞把手机收起来,语气冷漠:"认识吗?就巧。"。

女生听到这句话,微微有些发愣,却还是说:"你可能不认识我,我是……"

她还没说完,陈舟辞便打断他:"确实不认识。"

女生脸一红,但还是笑着说:"要不,咱们一起去吃个饭吧?我请客。我知道这边有一家很好吃的饭店,交个朋友,好吗?"

陈舟辞抬眸瞥了一眼办公室的方向,见人还没出来,便随口回了一句:"不用了。"

说完,办公室的门被打开了。温既白出来后看到那个女生愣了一下,之后才很自然地走到陈舟辞身边。她问:"你在这儿干什么呢?"

"等你。"陈舟辞的语气很轻快,几乎是下意识地回答。

温既白"哦"了一声:"吃饭?"

陈舟辞"嗯"了一声:"走吧。"

两个人在餐厅里转了一圈,刘城西和袁飞龙看到他们之后,朝他们招了招手:"白兔妹妹,我们在这儿呢!"

一声"白兔妹妹"刚出口,周围的其他同学纷纷看向了温既白,她快步挪了过去,尴尬至极。

餐桌上只要有刘城西和云羹在,他们俩就互相怼得热火朝天,谁也不让谁。尤其是提到楚铭时,两个人的分歧格外大。这架势跟幼稚园的小朋友没什么区别。

刘城西:"云大作家,为了能让你静下心来减肥,这块排骨,我就替你吃了吧。不用谢！不用谢！"

云羡狠狠地瞪过去："敢抢我的肉，我跟你拼命！"

直到云羡提到"楚铭"这个名字时，刘城西突然就正常了起来。

他啃着鸡腿，劝道："你跟楚铭挺熟，还是少跟他接触吧。"

云羡说："我跟谁熟关你什么事儿啊，管得倒是宽。"

听到这儿，温既白不免有点蒙。她刚来这没几天，人都没认全呢。云羡便向她解释。

楚铭这个人有些神奇。说他坏，那也不至于，就是他说话太难听了些。他总是喜欢问一些让别人下不来台的问题，比如，竟然会在大庭广众之下问女孩子"你腿上有没有腿毛"，令人尴尬无比。虽然人不坏，但是在班里的人缘奇差。

其实听到这儿，温既白已经在心里觉得那个人活该了。如果有个人敢在大庭广众之下问她这种问题，她肯定不会饶了对方的。

云羡对人比较热络，和楚铭也算是比较熟。有时候，他还会给她讲数学题。他很聪明，成绩也好，考前三都没问题。

"呵呵，你少说了一点……"袁飞龙也表达出了自己的不满，"仙女，我觉得你也少和他接触为好。他家挺有钱的，绝对不是生活困难的学生，但我撞到过他在学校的超市里偷东西……"

听到这儿，温既白更觉得神奇。敢情楚铭同学的那点破事儿，班里人全都知道啊。她还挺好奇这是何方神圣。

下午只有一节课，是老段的数学。听说校长要检查淮凉山的教学效果，所以这堂课要录视频剪辑。为了效果，老段难得穿了一身正装，还抹了发胶。进了教室之后，他先转了两圈，笑眯眯地问："孩子们，你们看看老师今天有啥变化啊！"

班里的同学顿时精神起来，异口同声道："帅死了！"

得到了想要的答案，老段这才心满意足地环视一周，却没找到数学课代表。他问："哎，袁飞龙跑哪儿去了？"

刘城西抢着回答:"拉屎去了。"

这个回答让老段一愣,说:"你们这群小孩,说话能不能文雅一点,上厕所不好听?"

"哦。"刘城西听话地改口,"上厕所拉屎去了。"

"算了。陈舟辞——"刚说到这儿,老段才看到陈舟辞的座位在里面,改口道,"温既白吧,女孩子也细心点,你拿手机帮我录一下,下课记得把视频发给我。"

温既白点了点头,从书包里掏出自己的手机,放到教室最后的支架上。

录视频的同学不仅要负责录制,还要负责降噪和把边角料的部分剪掉。以前这些都是袁飞龙去做,这次落到温既白的身上。她没觉得这些有多难,便爽快地答应了。

可能是因为要录视频的缘故,老段难得没拖堂,上完课就让学生们出去透气了。

吊桥通向的大广场上摆了许多小摊子,在许愿池那边围了一圈。

温既白其实不太喜欢那么吵的地方,她是被云羡强行拉过去的。

吊桥正下方是一条清澈的河水,有几个调皮的男生正在下面摸鱼。温既白趴在吊桥边看了半天,有个小男生竟然摸到了一条鱼,自豪地举了起来:"你看我摸到了啥,好像是条大鲵啊!"

"大鲵?"

"牛啊!你还真摸到了!"

一群人围了上去,七嘴八舌地讨论着,中间那个抓到大鲵的男生被夸得嘴都合不拢,还有些不好意思。

温既白看了一会儿,就被云羡拉到了许愿池边上的小摊前:"陪大作家玩个扎气,球好不好啊?"

云羡说的就是用飞镖扎气球的那种。她本来没兴趣,但无意中,然瞥到放在透明玻璃柜里有一个未拆封的海绵宝宝手办。

温既白凑近看了看，用手指了一下，问："老板，那个是奖品吗？"

老板很热情，说："小姑娘，那就是装饰品，不是奖品的，奖品是这些布偶娃娃。你想玩一局吗？"

温既白有点遗憾地"哦"了一声。

《海绵宝宝》是温越女士带她看的动画片。她不挑食，但特别挑动画片，晚上睡觉前必看海绵宝宝。有段时间，总是求温越给自己买一些海绵宝宝的手办。但是手办很贵，温越就告诉温既白，如果她考试能考第一名，就会给她买。

所以，她第一次努力学习，就是为了一个海绵宝宝手办。

然而，事与愿违，她考过第四、第三、第二，就是考不到第一。

后来，渐渐长大，她不但考了第一，还稳稳地坐在第一的位置。

温越女士却再也没提过手办的事儿，许是忘了。

年少的渴望终究被时间磨平了，可种子又像是埋在内心深处，总在不经意间生根发芽。

温既白叹了口气，她有点想念小时候为了一个手办而努力学习的时光了。

其实，她更想表达的是，她有点想妈妈了。

下午没有课，陈舟辞想踏踏实实地窝在宿舍里补觉。这两天，不是熬夜抄大事年表，就是熬夜看书，严重缺觉，但刚躺下就被袁飞龙拉出去摸鱼了。他本以为只是随便玩玩，没想到还真的有个同学摸到了鱼。

那个男生叫江一帆，跟陈舟辞住在一个宿舍，因为平时沉默寡言，所以存在感比较低。

江一帆抓到大鲵后高高地举起，水溅到了自己的脸上、衣服上。大鲵还在不断地扑腾，身体又比较滑，他费了好大劲才拿稳，所有同学都闻声聚集过来。只有陈舟辞站在一旁低着头查百度，第一条就是：**一男子因非法捕获大鲵而判刑**。

这条新闻把江一帆吓得腿都软了，忙把大鲵"扑通"一声扔到了水里。

看着大鲵徜徉在河中的景象，心里涌出一种劫后余生的喜悦。

许愿池周围摆的摊子很多，像个小集市。

陈舟辞站在许愿池旁边看了一会儿，就看到了不远处的温既白盯着海绵宝宝手办的身影。

她总是一声不吭地出现在某个角落，清冷又安静的模样，看起来显得很孤独。

温既白露出那种"特别想要，又不能要"的样子。

陈舟辞冒出了一个念头——不就是个海绵宝宝吗？别人都可以有，为什么他的同桌不能有呢？

温既白看了一会儿，思绪慢慢回笼。云羡东跑西颠了半天，又跑回来拍了一下温既白的肩膀，语气轻快地说："我给你发消息，你怎么不回啊？"

温既白下意识地从口袋里掏手机，掏了半天，才后知后觉地反应过来："完了，我的手机还在那录视频呢，我忘记按结束了！"

温既白赶忙往回跑，还险些撞着人。

云羡看着温既白离去的背影，略微有些不解："老段要知道你对他那个破课那么上心，不得感动死啊。"

远处，温既白崩溃地喊："上心什么，我是怕占我的手机内存。"

陈舟辞看到小姑娘往回跑的着急模样，莫名笑出了声。过了一会儿，他才走到了扎气球的小摊前问："老板，这个海绵宝宝手办是奖品吗？"

老板显得有点惊讶，没想到这个玩意儿居然那么受欢迎："哎，你们是来这儿上课的学生啊？"

陈舟辞点了点头："嗯。"

"都是创新班的？"老板又笑眯眯地问，"你们的成绩都挺好的吧？"

陈舟辞"啊"了一声，还没意识到老板是什么意思，但也没有否认。

老板顿时眼睛一亮，赶忙招呼还在后面桌子上写作业的小儿子过来。

陈舟辞一头雾水，就听见老板说："要不然这样吧，我的小儿子现在上初三，今年就要参加中考了。你帮我儿子讲解一下暑假作业，我就把这个海绵宝宝送给你，行吗？"

一听这话，刘城西在旁边接口道："老板，你这生意做得可真有意思，我们的时间很宝贵的。"

袁飞龙也帮衬着："就是。"

"你看你这话说的，这海绵宝宝手办也不便宜呢。"老板也有些不乐意了。

陈舟辞觉得，这也不是什么难事，便轻轻地"嗯"了一声。然后，他笑着对小男孩说："走吧，哥哥教你做题。"

刘城西有些吃惊："你还真的给他补课，那个海绵宝宝的手办你就那么想要啊？"

"嗯。"陈舟辞应了一声，已经把数学作业摊开了，画了一个坐标系，对小孩说，"从哪一步开始看不懂的？"

小孩认真地回答："都看不懂。"

于是陈舟辞不死心地指了指这个坐标系图，又问："这个呢？第一象限的图可以看懂吗？"

小孩："象限是什么？"

这是没学过数学吧？这还能叫补课吗？这叫女娲补天吧。

淮凉山昼夜温差大，他下午走得急，只穿了一件短袖，没料到晚上会突然降温，接连咳嗽了两声。在讲完最后一道题时，他的手机突然震动起来，冒出一连串的消息。

空木痴树：舟草，赶紧回来吧，出事了。

空木痴树：江一帆丢了一千块钱。

空木痴树：你又不是不知道他家什么情况，现在老段召集咱们班的同学排查这事儿呢，估摸是今天下午出去玩的时候在教室丢的。

空木痴树：快回来吧，班里就差你了。

江一帆的家庭条件不好，班里的同学几乎都有所耳闻。

在申请助学金的时候，江一帆在上面写的原因是"经常看到爸爸加班加到吐"。

他这个人，平时看着没什么脾气，实则自尊心很高，拿助学金申请表时都遮遮掩掩的，不想让别人看见。这都是人之常情，可问题出在他当时的同桌——楚铭身上。楚铭是什么人？一个没缺过钱的小公子。怎么可能体会到填助学金申请表的同学的心情？于是，趁着江一帆去上厕所，楚铭竟然把他的申请表内容在班里大声念了出来。

江一帆回来知道了这件事，直接和楚铭打了起来，还是刘城西上前才把他们拉开。后来，老段让楚铭公开在班里向江一帆道歉，这个事儿也就算是过去了。

在如今以手机支付作为主流的时代，只有江一帆，是少数身上带了一千块钱现金作生活费的学生。

那一千块钱是他仅有的生活费。

夜晚的冷风刺骨，月亮高高地在天上悬着，陈舟辞又咳嗽了两声，向老板说明了情况，便拿着海绵宝宝的手办回到教室。

班里的同学已经到得差不多了，都在七嘴八舌地讨论着什么，乱哄哄的。令人意外的是，温既白不在。

他把海绵宝宝的手办放到温既白的桌子上，坐下时还咳嗽了几声。

刘城西一脸凝重的表情，回头瞅他："你可算回来了。"

陈舟辞蹙着眉问："我同桌呢？"

袁飞龙回头解释："哦，你同桌在宿舍里剪老段上课的视频呢，没来教室。"

"江一帆是怎么回事？"陈舟辞又看了一圈，发现江一帆不在教室。

"老段下午不是给咱们放假了吗？班里没有监控。江一帆也是傻，把所有的生活费都放在教室的书包里，不知道是哪个混蛋把他的钱偷了。"刘城西说，"你又不是不知道江一帆的家里啥情况，他肯定不会再向父母要的，如果真的找不回来，他这个月恐怕是难熬了……"

陈舟辞手上转着笔，想了半天。其实，他有怀疑对象，但觉得贸然说出来不太好，犹豫了片刻，还是没有开口。

袁飞龙压低了声音，凑近了说："我觉得就是楚铭干的！他干这种事的次数还少吗？偷超市的东西都多少次了……陈舟辞，你还记不记得，他上次戴的那个蓝牙耳机？"

陈舟辞"嗯"了一声。

袁飞龙接着说："那就是从超市偷的，我没举报他都算好的了，居然偷到我室友的头上了。"

刘城西怒骂道："那个混蛋，那天他偷江一帆的助学金申请表念的时候，我就想踹他了，没见过这么恶心的人。"

出了这件事，班里的同学大多都是怀疑楚铭的。因为这人前科太多，但碍于没有证据，也只能随口吐槽两句。

陈舟辞想了片刻，问："报警吗？"

"估计不会报警。"刘城西说，"如果报警了，真查出来了会留案底的，那个偷钱的学生就完了。老段的脾气你也知道，他估计在等小偷主动把钱送回来。"

"每个人都应该为自己的行为负责啊！"袁飞龙越说越激动，声音拔高了一倍。

全班瞬间就安静了下来，全都看向了他这边。

"冷静！冷静！"刘城西被班里的同学看得头皮发麻，赶忙说。

陈舟辞四下看了看，最终把视线落在走廊上的监控，问道："走廊的监控拍到了吗？"

话音刚落，老段的声音就从门口飘了进来："都安静点！如果你们没事的话，可以把暑假作业上的数学题订正一下。"

班里顿时安静了下来，几十道目光都聚集在了门口的老段身上，似乎在等他给出一个答案。

老段也是疲惫了许多。他这几天被学校催着拍教学视频，还得抽出精力来应付这种突发的事件，不由得叹了口气，说："来几个同学看走廊监控，自愿的。你们谁愿意？"

袁飞龙和刘城西最先站了起来："老师，我来。"

陈舟辞把试卷和作业收进桌洞里，也起身说："我也可以。"

就在这时，让人意外的是，楚铭也慢吞吞地站了起来。他面色复杂，一改往日的作风，还是询问的语气："老师，我也想去，可以吗？"

袁飞龙白了楚铭一眼，心里琢磨着：如果他不心虚，怎么可能在与当事人不熟的情况下还去帮忙查监控？

老段犹豫了一会儿才说："四个人太多了，三个人就行。"

"那正好。"袁飞龙果断地说，"老师，我不去了。"

他是那种正义感爆棚的人，空闲时间不是去操场打球，就是在视频网站里看罗翔老师的课，他早就在心里立志，要想做一名出色的律师。所以，当天晚上，他用手写的方式，把知道的有关楚铭的前科，以及怀疑楚铭的所有证据，甚至连猜测和想法全部写了下来，足足写了三千字，准备第二天一早送到老段手上。

云羡看了都忍不住惊叹："你这个律师做得跟私家侦探似的，还带办案的。"

袁飞龙被夸得都有些不好意思了："能者多劳，身兼多职。"

而另一边，陈舟辞几个人在监控室看了一晚上的监控。那个监控的位置偏，只能拍到走廊，拍不到教室里面的场景，又不知道具体丢钱的时间，只能漫无目的地看。

看了一晚上，却没有半分收获。

江一帆是最后回到宿舍的。

他回来时已经熄灯了，宿舍里谁也没说话。怕吵醒舍友，他轻手轻脚地洗漱完，便躺在了床上，随手点开了妈妈的微信，犹豫了很久都没敢发消息。

可若是不说，微信里的钱只有十几块，根本撑不到月底。

他望着窗外的月色出了神，想起来下午抓大鲵时与同学愉快相处的景象，突然觉得有些恍惚，就像是快乐转瞬即逝，想抓都抓不住的失落感。

他也会羡慕那些家境好的同学，他也想不为了生计而发愁，可是谁也不能决定自己的出身。

他闭着眼睛沉思了一会儿，手机突然在他的枕边震动起来，是微信里的几条消息，一下就把他吵醒了。

他睡眼惺忪地摸出手机，迷迷糊糊地瞥了一眼，是四个人给他发的。

第一条是陈舟辞给他转账了一千块钱。

江一帆一愣，手指停留在那个转账上，迟迟没有动作，最后缓慢地打字：你这……

陈舟辞：总不能饿着吧。

很简单的一句话，江一帆却眼眶一热，缓缓地打字：谢谢，等开学了我就还你。

袁飞龙：兄弟，放心，我列出了一张楚铭犯罪动机和证据的表格，明天就给老段，他要不是心虚，平时跟你都不熟的人能去陪我们看监控？我一定要让他把钱都吐出来。放心，我以后可是要做大律师的人，肯定要伸张正义！

然后是空木痴树给他转账一百，说：兄弟，对不住，最近手头紧，你先凑合着花。

最后一条是老段给他发的，先是给他转账了一千块钱，随后说：先拿着花吧，好好吃饭，身体是革命的本钱。别担心，有什么问题老师给你解决。好好睡觉，别想那么多。

江一帆抬手抹了一下泪水，看着手机屏幕上的聊天记录，忽然就笑出了声。

人的确决定不了自己的出身，但身边有这样一群同学，他又觉得……

生活似乎也不那么糟糕。

于是，他慢吞吞打字，给每个人发了一句：谢谢。

可能是昨天突然降温的缘故，陈舟辞后半夜一直在咳嗽，嗓子有些发干，醒了许多次。五点半，他醒来后就睡不着了，干脆又去了监控室看监控。六点半是早读时间，还是没有找到可疑的人，陈舟辞觉得头有点疼，咳嗽更厉害了，整个人脸色苍白，病恹恹的。

温既白刚进教室，把刘城西和袁飞龙吓了一跳。刘城西问："你和陈舟辞两个人怎么回事？一起生病了吧？"

温既白的声音有些哑，鼻音有点重，一点精神都没有："他也感冒了？"

"对，不过你好像更惨。"刘城西笑着说，"你咋还有黑眼圈啊？仙女都成熊猫了。"

温既白坐到座位上打了个哈欠，头有点疼，坐了一会儿又趴下去了，低声说："通宵了。"

刘城西觉得震惊，扭过身子看她："你一晚上没睡啊？"

温既白困得眼睛都睁不开了，想抬手拿过水杯喝一口水，结果一抬手把桌子上放着的海绵宝宝手办碰倒了。

温既白清醒了许多，有那么一瞬间，她甚至都怀疑是不是有田螺姑娘帮自己实现了愿望。

袁飞龙落座后，先是看了一眼趴着的温既白，本来想问她脸色怎么那么差，刚想开口，视线便落在了温既白手里的手办上，话锋一转："咦？舟草昨天给那个小屁孩补三四个小时课就为了这个玩意啊？"

温既白拿着手办在手里玩了一会儿，估计是刚买的，还很新。但是听到袁飞龙说的那句话时，她还是明显一愣："你说陈舟辞昨天为了这个东西，跑去给小孩补课了？"

"对啊。"刘城西和袁飞龙两个人一唱一和，"那老板可坑了，舟草都没给我补过课呢。"

温既白把手办握在手心,看着手中的海绵宝宝咧着嘴笑容满面的样子,不知为何,鼻头一酸。以前在福利院时,小孩子们为了表现自己,拼了命地向大人们展示自己的优点,就是为了让自己更有存在感。因为他们知道,自己没有人爱,没有人关心,只能用这种方式博取关注。

温既白曾经也是其中的一员,她讨厌那段日子。可是陈舟辞和其他人都不一样。他永远会注意她的情绪、她的喜好、她的习惯,有分寸感,也会想办法逗她开心。这是她从小到大没有受过的关注,以至于她刚开始时会有些惶恐:害怕他这么做,只是因为徐清阿姨的嘱咐,是不是只是把她当作妹妹;是不是等毕业之后,她又会单枪匹马地在这个世界里游荡……

陈舟辞是在早读前回来的。他的精神状态也不太好,看到温既白时,两个人对视了一眼,他先移开了视线,问:"没睡好?"

温既白叹了口气,没有回答,反问道:"监控查到了吗?"

"走廊监控……"陈舟辞说着,偏头咳嗽了一声,继续说,"哪能拍到教室里啊。"

温既白这才抬眸看他:"就是楚铭干的。"

她的声音不大,却准确地落入陈舟辞的耳中。

他有些惊讶:"怎么说?"

温既白把手机拿了出来,递给陈舟辞:"我昨天录视频课忘关了,把教室里的场景拍得一清二楚。之前没拿出来,是因为 U 盘出问题了,放进去的视频找不到了。"说着,她又开始头疼了,盯着手机看了一晚上,眼睛都要瞎了,"我查了一晚上,就是在搜怎么修 U 盘,熬了一个通宵才把它找回来了。"

陈舟辞看到在视频里,楚铭在江一帆的书包里乱翻的情景,顿时眼睛一亮,笑着说:"走吧。"

温既白问:"去哪儿?"

陈舟辞笑着敲了一下她的脑袋:"还真是傻了啊?"

温既白趴在桌子上咳了两声,枕在臂弯里:"你去吧,我困死了,得补觉。"

陈舟辞看着她病恹恹的样子,顺手把窗户关上了一点儿。

温既白注意到他的动作,发现对方真的没有催她,便扬起了脑袋看他,有些得寸进尺地把杯子往那边移了移,试探性地问:"你要是去的话,可以给我带杯热水吗?"

陈舟辞扫了一眼手边的水杯,笑着说:"还真会得寸进尺。"

温既白叹了口气。她今天是真懒了,脑袋还有些晕,但想着陈舟辞貌似也是个病人,这么做的确有些不合适,便下意识地想拿他的水杯,顺便也给陈舟辞打一杯水。

结果还没碰到杯子,陈舟辞就先她一步拿起了水杯。他声音很低,却恰好飘进温既白的耳中:"你好好睡吧,我去。"

有了几个人的帮助,江一帆倒是不缺钱买饭,现在又有视频为证,可以证明是楚铭拿的钱。问题是,老段想再给楚铭一个机会,让他主动承认错误。

老段做了十几年教师,自然知道教师的一个举动可能会影响学生终身。

现在的学生尚且在成长阶段,世界观、人生观和价值观还在不断地塑造中。如果直接拿着视频上报给学校处分他,可能并不是最好的处理方式。

陈舟辞倒是无所谓,因为他知道,老段自然会有他的道理,也不便多插手。走之前,他还不忘提一嘴:"老师,你有感冒药吗?"说着,还咳了两声,看上去可怜兮兮的。

老段吐槽道:"你可真行,大夏天的还能感冒,现在的小孩都娇弱得跟朵花似的。"

陈舟辞觉得自己很冤枉,心道:你看我像是娇弱的花朵吗?

早读结束后,陈舟辞才回来。温既白睡了一个早上,这会儿才醒。

她一睁眼，就看到桌子上摆的一杯热水和一盒感冒灵。

温既白扬了扬眉，问："你从哪儿弄来的药？"

"找老段要的。"

温既白看到他的脸色也不太好，从药盒里抽了两袋药出来递过去。陈舟辞看着她的举动不禁笑，把那两袋药又还了回去，笑着说："笨，我从老段那儿借的，自己肯定也有。你自己留着喝吧。"

温既白也觉得自己可能是病傻了，手指在感冒药盒的棱角处轻轻压了压，指腹微微泛白，过了半晌才轻轻地"哦"了一声。

她觉得自己有些难受，拽了拽他的袖子。陈舟辞偏过头来看她，小姑娘本身眼睛很亮，却因为今天气色不好，整个人都显得有些憔悴，眼神里的情绪不明，却显得可怜巴巴的，甚至有种下一秒就要哭了的感觉。

沉默了一会儿，陈舟辞才轻声问："怎么了？"

温既白的声音有些哑："你是不是为了这个海绵宝宝的手办才生病的？"

"你说这个？"陈舟辞笑了，"还挺会脑补的，我就是昨天晚上没盖好被子，着凉了，别想那么多。"

生病放大了她的情绪，居然有些想哭。她垂下脑袋，深吸了一口气，才说："你为什么要为了这个东西跑去给别人补课？"

陈舟辞声音很轻，显得格外温柔："你觉得呢？"

温既白抿了一下嘴，仿佛答案就在嘴边，但她不知道该怎么说出口："首先，得排除海绵宝宝长得好看这个选项。"

陈舟辞"扑哧"一笑："还用排除法？"

温既白抬眼看他："所以是因为什么？"

陈舟辞垂下眼睛，没去看她，声音却是不咸不淡的："因为你喜欢。"

偷钱这件事的最终解决方式，老段并没有在班里说，只是在某天上课时提了一嘴，说是那位同学良心发现，把钱原封不动地放在了他的办公桌上。随着时间的推移，这件事渐渐淡出了学生们的视线。

青春总是趣味横生，各种趣事交叠不断，偷钱的小插曲也被一件又一件新鲜事所取代，成为同学们的"回忆"。

温既白本来就是轻微感冒，一盒感冒药吃完，就好得差不多了。

淮凉山这边的日子要比在学校时闲适不少，但大多数时间都是在教室里自习。云羡有时会偷偷带着手机在教室里码字，上次一进教室，就给温既白和陈舟辞拍了一张照片，温既白觉得好看，就留下来了。她其实是个很喜欢发朋友圈的人，像是把朋友圈当日记记录，去一个新地方，或是拍景，或是拍人，总要凑够一个九宫格，然后发个朋友圈。

她和陈舟辞的那张合照，其实是景色的照片不够，用来凑九宫格的。

淮凉山的风温凉，卷着小瀑布的湿气从窗外吹进来，窗帘微微鼓起，男孩和女孩垂着头，神情专注，挨着彼此，两只手臂之间不过几厘米的距离。两个人的肤色都白，像是在白炽灯下发光。

这两天周末，好不容易放假了，很多人都选择去看看周围的景色。温既白没出门，好像陈舟辞也没出门。

这两天，两个人没联系，也不知道他的病好了没。

不知道为什么，这两天闲下来了，她总是不自觉地去想陈舟辞。

温既白烦躁地揉了揉额前的碎发，决定让自己别想那么多。

直到下午出门时，她撞到了刘城西，这才得空提了一嘴，问："陈舟辞在宿舍吗？"

刘城西正在打水，被她这么一问，有些惊讶："你不知道？舟草发烧了，还没好呢，这两天在床上躺着呢，饭都没怎么吃。"

温既白蹙了蹙眉，又问："怎么会发烧？又着凉了？"

"不知道啊。"刘城西耸了耸肩，"我也奇怪着呢。按理说都是小感冒，怎么能发烧呢？"

温既白在水房里站了一会儿，想给陈舟辞发个消息问他怎么样了，又怕打扰他休息。站在寝室门口驻足了一会儿，她只好先去楼下的食堂给陈舟辞买了一些暖胃的饭。他特别挑食,温既白担心刘城西记不住他的口味,干脆自己去买。也是巧了,买好了饭,刚到他的宿舍门口,门就开了。

陈舟辞的脸色差了许多,扶着门把手,轻轻地咳了两声,蹙着眉,嘴唇苍白,头发随意散在额前,肤色苍白,显得特别憔悴。他看到温既白抱着饭的样子也微微一愣,嗓音还有些哑,略有些冷淡:"你怎么在这儿?"可能又觉得自己刚刚的声音有些冷,在第二次开口时,略微放软了语气,轻声说,"站在这儿干什么?想进男生宿舍?"

又在逗她,都到现在了,还有心逗她呢。

温既白想把手里的饭递过去。刚凑近了些,陈舟辞便退后了两步,哑声说:"你的病刚好,想被传染?"

她的眼眶有些红,一声不吭地站了一会儿,握着饭盒的指腹微微泛白。再抬起头时,眼角已经微微有些湿。

陈舟辞愣在了原地,略微有些不知所措。

"哭什么?"陈舟辞笑着说,"只是发烧而已,又不是病入膏肓。"说着,他还揉了揉她的头发,动作格外温柔,带了些安抚的意味,"盼着我点好,不行呀?"

温既白这才缓缓开口:"陈舟辞。"

"嗯?"

"你是不是根本没吃药?"

陈舟辞怔了怔,没说话。

"老段只有一盒药,对吗?"温既白的眼睛被泪水打湿,睫毛根根分明,眼角泛红,亮晶晶的泪珠在眼眶里滚动着,"啪嗒"一声,砸了下去,"你都给我了。"

陈舟辞站在门口,没有说话,又觉得有些难受。他不太能招架得住温既白掉眼泪。

他叹了口气,轻声说:"有没有良心?我生病了还让我安慰你?"

温既白抿了抿嘴，平复了一下情绪，这好像是第一次控制不住自己的情绪，也是她第一次感受到了别人明目张胆的偏爱与关心。

陈舟辞的状态很不好，整个人看着有些憔悴。

温既白把热粥和饭递到了他的手上，便想去找老段要药。她刚转身，就被陈舟辞叫住了："现在去也没用的。"

"这次暑期学习本就是按照度假的标准来的，这边温度适宜，谁也没想到学生可能会生病。"陈舟辞咳嗽了一声，"放心吧，老段已经向学校反映这个事儿了，最迟明天校医便会过来。"

温既白看着陈舟辞现在的样子，忍不住担心："明天你会不会烧傻？"

陈舟辞被她气笑了："盼着我点好吧。"

粥很烫，温度顺着塑料袋传到手心，陈舟辞想着现在赶小姑娘走，估计她也不放心，便说："进来坐吗？"说完又补充了一句，"其他人都去吃饭了。"

温既白："我看着你吃，吃完了我就走。"

陈舟辞没有多说什么，便领着温既白进宿舍了。

温既白没有乱看，就乖乖地坐在他的书桌前，看着他吃饭。想了片刻，还用手机百度查：发热没有退烧药怎么办？

"百度上说，可以采用物理降温，我可以帮你试试。"温既白划着手机屏幕，时不时地瞥一眼陈舟辞有没有认真吃饭。

陈舟辞吃饭慢条斯理的，是那种很享受吃饭的感觉。

可能是注意到了温既白的视线，陈舟辞这才回过神来，问："百度上怎么说？"

"百度上说的物理降温，比如敷冰袋。"温既白边念还边想着，"我等会儿去给你找几块冰敷一下吧，至少先把温度降下来，撑到明天校医来。"

陈舟辞点了点头，很有耐心："还有呢？"

"上面还写了酒精……"正好划到了最下面，温既白按了翻页按钮，便继续念，"酒精擦身……"室内一阵沉默。

陈舟辞忍不住笑："想得还挺多呢。"

"没。"温既白认真地道，"要是这个法子真有用，也不是不行。"

陈舟辞觉得温既白的表情不像是开玩笑，刚想说话，温既白就看到这人的袖子上粘了一粒米，便想给他弄掉。刚碰到他的衣服，陈舟辞忙说："你还真扒我的衣服啊？"

温既白觉得无语，翻了个白眼，心想：想哪里去了。

"谁稀罕看你。"温既白拍了拍他袖子上的米粒，颇有些无语，"你还真是瓷娃娃啊。"

可能是借着生病这个劲儿，陈舟辞难得带了点脾气，直接把热粥往里面推了推，心情不佳："不是，你干什么啊？你是来照顾人的还是来气死人的？"

温既白倒是第一次见到他露出这副委屈的表情。两个人的视线相撞，谁也没有先移开，不知道是谁轻轻笑了一声，渐渐地，两个人相视而笑。

温既白仰了仰头，瞥到了他书架上放着的童话书，颇为惊讶："你喜欢看安徒生童话吗？"

"还行。"陈舟辞说，"小时候喜欢看。"

温既白收回视线："我小时候也喜欢，我还看哭过呢。"

不知为何，陈舟辞下意识地觉得，她的话不像是开玩笑，便认真地问："怎么说？"

"我初一时看了一本书，他说童话故事其实在传递的一种观念，比如白雪公主的故事中消灭了皇后，然后就迎来了圆满的结局，所有的童话故事好像都是这样，消灭了所谓的坏人，或者某一类人，就能世界和平。那本书说，那这样，是不是也在传递给我们一种观念……"温既白说，"我们的世界中也只要消灭一类人，就可以实现和平。那这类人是谁呢？于是，便出现了'歧视'，投射性厌恶感会让我们把厌恶投射给另一类人。"

陈舟辞微微扬眉："这个角度有意思。"

"嗯，偶然间看到的。"温既白叹了口气，"说来好笑，因为我的大部分童年时光中,支撑我的都是这些童话故事,那本书仿佛在告诉我,我认识世界的角度是错的。"

陈舟辞想了片刻。他想说,大多数孩子的童年都是在童话书中度过的,但是世界上向往平等的人也不少,这是因为家庭环境的教育起了很大作用。

可是想到这里,他突然发现,温既白的家庭教育这一块并不完整,甚至可以说是缺失的。

她对世界的认知,不像普通小孩那样出自父母之口,她只能一点一点地靠自己挖掘。

温既白愣了会儿神,突然听到了陈舟辞轻微的咳嗽声,这才想起来他还在生病中。她看了一眼已经喝完的粥,也觉得自己待下去可能会影响他的休息了,便说:"明天我帮你和老段请假,你好好休息,晚上记得泡热水洗澡,去去寒气。"

叮嘱了半天,陈舟辞一句话没说,也没了刚刚生病时的小性子,反而认真地记下来了,半晌才"嗯"了一声,乖乖地说:"知道了。"

温既白走后,房间里安静下来了。

陈舟辞靠在床头,怎么都睡不着,又回想起了温既白刚刚的样子,眼角泛红,眼泪在眼眶里打转,却一直在忍着眼泪,倔强又固执,可怜巴巴地站在门口。

陈舟辞突然觉得心里有些难受,他没怎么见温既白哭过。

房间里特别安静。

陈舟辞似乎又想起了之前温既白说的那句"我认识世界的角度是错的。"他突然想,如果能早点认识她就好了。

火烧云染红了大片天空,蝉鸣不断,夏日的风燥热不堪,温既白就站在许愿池前,呆呆地注视着那个女神像。

抬头是高雅圣洁的女神雕像，低头是清澈可见的许愿池水。

许愿池前有抽签筒，算是淮凉山旅游的附加小项目。按照规定，每个游客每年都能获得一次抽签许愿的机会，就是丢一枚硬币到许愿池里，许完愿后抽签，就知道这次的愿望灵不灵了。

温既白之前不知道许什么愿，就只是看着别人做。更何况，她从小到大运气都很差，几乎抽签都是下签、下下签，从来没抽过好签。她一直觉得，自己不算是个幸运的人，却遇到了温越这么好的妈妈。

此时的抽签筒就在面前，她犹豫半天，从口袋里拿出了早就准备好的硬币丢到了水池中，从抽签筒中拔出一根木签，定睛一看，上面赫然写着：上上签。

她直接愣在了原地。

有时，人的相遇或许就已经是上上签了。

温既白缓缓地闭上眼睛，整个人笼罩在晚霞中，祈祷的声音轻轻软软的，在空旷的广场响起："希望陈舟辞万事顺遂。快点好起来。拜托了。"

周日也没课，学生们在教室里看课外书的看课外书，刷题的刷题。

老段站在门口观察了好几次，心道：这群年轻人可真是一点朝气都没有。

后来，有一个名为"弹橡皮"的游戏横空出世，在班级里迅速传播开来。

弹橡皮，顾名思义，就是选一块代表自己的橡皮出战，放在桌子上，参赛者轮流弹一次，谁先把对方的橡皮弹出桌子就赢了。其实，赛制很简单，也很幼稚。

但这段时间，这个游戏在他们班就格外流行。

陈舟辞下课时很少出去，刘城西他们玩游戏时就喜欢带着他。因此，陈舟辞的桌子就被强行征用了。

几乎每到课间，男生们就立刻把自己的橡皮丢到陈舟辞的桌子上，形成了一个格外壮观的景象——未见其人，先见其橡皮。

只要老师"下课"二字一出，整个教室的橡皮满天飞，全都往陈舟辞的桌子上砸。陈舟辞还被误伤过几次。

他倒无所谓，也觉得这个游戏挺有意思的，偶尔也会拿出橡皮陪他们玩两盘。

这节课是吉吉国王的历史课。吉吉国王没有拖堂的习惯，结果刚说完"下课"二字，班里瞬间橡皮乱飞，一群男生往陈舟辞座位上冲，生怕抢不到名额。吉吉国王觉得叹为观止，眼睛瞪得像铜铃一样。

就在这时，楚铭的橡皮砸歪了，对着正在算数学题的温既白就砸了过去，"啪"的一声，温既白被砸得蒙了一下，她被打断了做题思路，心情不好："你找打是不是？"

楚铭也没想到会砸到人，慢悠悠地走过来，还挺得意："嘿，我砸得还挺准。"说着，便把自己的橡皮拾起来，放在了陈舟辞的桌子上，看着周围默不作声的同学，问，"愣什么？还不开始？课间可就十分钟。"

陈舟辞原本是靠着桌子的，这会儿坐直了些，瞥了一眼楚铭，声音冷淡："先给我同桌道歉。"

此话一出，所有人的目光都聚焦到了他身上。楚铭不禁觉得脸面上有些挂不住，视线有意无意地扫了一眼温既白，嘴唇动了动，最后还是没有开口。

刘城西看了一眼教室中间挂的钟，忙说："就十分钟，别磨叽了好吗？本来就是你先砸到人的。"

袁飞龙本来就因为江一帆的那件事对楚铭有些意见，也附和道："对啊，快道歉。"

"对不起！"楚铭把橡皮从桌子上拿了回来，觉得脸颊有些热，周围的人目光灼灼，他不禁觉得有些尴尬，只好挽尊道，"我不玩了，还不行吗？"

陈舟辞觉得好笑："谁求你来了。"

每节下课，都好像约定俗成一般，只去陈舟辞的桌子前玩，不管人再多再挤,就算是观战,也不愿意开一个新的桌子。

于是,楚铭就把自己的橡皮扔到桌子上,朝着班里喊了一声:"哎,那边那么挤,不如再在这边再开一张桌子玩呗。"

然而,没有一个人搭理楚铭。

"耶!三杀!"刘城西嚎了一声,拿起自己的橡皮一顿亲,赢就赢了,还不忘嘲讽,"要我说,在座的各位都是垃圾,哈哈!"

有人赢,自然有人输。输的那几个人捡起橡皮,唉声叹气道:"一定是橡皮的问题,谁有大一点的橡皮!借我赢一下痴树这小子,太嚣张了!"

"就是,太嚣张了!"

楚铭攥着橡皮,缓缓地回到座位上。

对于弹橡皮这个游戏,陈舟辞一开始玩过一局,没什么难度。他一般都是把桌子让给他们玩,或者有时候坐在座位上看他们。

刘城西昨天专门去超市买了一块大橡皮,就是为了在这个游戏里占上风。果不其然,功夫不负有心人,他今天一直赢,嘴角都与太阳肩并肩了。

袁飞龙连输三把。想当年,他可是凭借三十八分的数学成绩勇当数学课代表的人!这气他能受吗!

于是,他把橡皮收了回来,看向了正在写历史作业的温既白,笑眯眯地问:"仙女,你要来玩吗?弹橡皮!更多乐趣等你解锁,玩不了吃亏!玩不了上当!"

温既白把手里的历史作业扬了扬,给他们看了一眼封面,非常真诚地说:"不太行,历史课代表坐在我旁边,不敢不学习。我爱历史,我爱学习,阻碍我学习的人都是我的仇人,是我成功路上的绊脚石。"

"那……那就不打扰你成功了哈。"袁飞龙干笑了一声,然后转头问陈舟辞,"舟草,你呢,你应该不学吧,桌子都被我们占着呢。"

"你还有脸说?"陈舟辞说,"都带着橡皮快走,别占我的桌子,我的同桌在学习,我也要学习了,我爱历史。"

刘城西今天赢上头了，便厚着脸皮说："不行，你必须陪我们玩一盘！尽地主之谊嘛！"

陈舟辞笑道："你那是不速之客，好吗？我巴不得你们滚呢。"

刘城西的声音有点大，可能是听说陈舟辞要玩，班里的几个女生也聚了过来，这回是真把这块地方围得水泄不通了，有的还要踮脚才能看到里面的场景。

温既白坐在外面，他们人来人往的，一会儿碰一下她的胳膊，一会儿撞一下她的桌子。

温既白碰了一下陈舟辞："你怎么回事？如果不行，我替你解决吧。"

陈舟辞觉得好笑："你想替我玩？"

"不是。"温既白认真地说，"我想替你撵走他们。"

刘城西闻言，放宽了条件："这样吧，你陪我们玩一盘，赢了我们再也不占你的桌子了。划算吧？"

温既白的眼睛一亮："真的？"说实话，她有些心动了，还是彻底解决为妙，否则每天下课都来烦她。

但问题在于，她其实不怎么用铅笔，所以没有橡皮。

就在这时，陈舟辞把自己的橡皮丢到了她的手上："现在你有了。"

其实，温既白学东西很快，特别是在游戏方面。

可惜的是，弹橡皮这玩意儿其实不怎么靠技术，就是看橡皮的大小，以及它能不能承受住撞击。

陈舟辞的橡皮小而轻薄，不太能承受得住刘城西的超大号橡皮，输赢结果显而易见

上课铃声打响了，一群男生一哄而散，也带走了自己的橡皮。

陈舟辞发现，自从同桌输了比赛后，心情一直都不是很好，一会儿转一下笔，一会咬一下笔端，半天才勾一道选择题，很明显是在发呆。

趁着温既白做题的空隙，陈舟辞安慰道："输了就输了，你若不想让他们来，我下课把他们赶走。"

温既白偏头看他，有些不解，她其实就是因为历史选择题错了太多而发愁。她愣了一下，才说："你说弹橡皮啊。"

陈舟辞点了点头："不然呢？"

"这有什么？"温既白说，"上帝给我们开了一扇窗，自然会给我们关一扇门，我们做仙女的已经长得那么漂亮了，玩游戏差点，怎么了？"

陈舟辞扬起眉头："你的心态倒是好。"

"没。"温既白把历史作业推过去，"游戏还不配，你帮我看看历史题吧。"

陈舟辞扫了一眼历史题目，不禁问："这不是老师上课说过的吗？"

听他这么说，温既白的第一反应是这位吉吉国王心目中的最佳历史课代表在嘲讽自己上课没听，又不愿意给她讲题目，于是，沉沉地叹了口气，语气颇为痛心："同桌——"

她突然这么一本正经地喊自己，陈舟辞还有些不适应，便问："怎么了？"

温既白说："非要我满脸失望地看着你吗？"说这话的时候，她一脸认真，琥珀色的眸子在白炽灯下显得很亮，像小玻璃珠，杏眼眨着，又微微仰头看着他。

陈舟辞的手指蜷了一下，缓缓地拿起笔，把温既白的历史作业扯了过来："从哪道题开始讲？"

温既白见他同意了，很自然地指了指题号："就这道吧。"她在文综方面，总体来说都差一些。

陈舟辞给人讲题讲得很清楚，也很有条理，两三下便看出了温既白的问题在哪儿："你是读题有问题吧？"

温既白轻轻地"啊"了一声，抬眼看他："怎么说？"

陈舟辞用铅笔在题目上把关键条件画了出来，说："你读题太快了，很多关键条件都没看到，要不然不会做错的。"

温既白是真的挺佩服陈舟辞的。果然，有个学霸同桌就是不一样！

于是，温既白秉持着求人帮助必吹说点好听话的原则，开始对这位日行一善的同桌进行了由衷地夸赞："不愧是吉吉国王心中的最佳课代表，热心帮助同学，简直是当代活雷锋。"

显然，陈舟辞不吃这套："其实也不必。"

温既白眨了眨眼睛，她现在心情好，便顺着他的话："谦虚了。"

"不谦虚，其实……"陈舟辞看向她，笑着说。

温既白没理解他的意思，"嗯"了一声。

陈舟辞这才说："这道题也不难。"

温既白仿佛从这句"这道题也不难"中听出了一个明晃晃的嘲讽——因为你太弱了。

陈舟辞见她不说话了，便随手扯了一张历史试卷，在上面随便勾了几道题，然后递过去："做着试试看吧。"

温既白看着自己手边的试卷，大致扫了一眼："干什么？"

"巩固一下教学成果。"陈舟辞笑着敲了一下她的脑袋，力度不大，语气也显得格外温柔，"记得认真审题。"

温既白刚刚看他想伸手敲她的头时，下意识地想躲一下，结果没躲掉，还是被他敲了一下，无语地说："别敲我的头啊。"

"还挺娇气。"

温既白心道：你才娇气呢。

陈舟辞勾的题目不多，温既白很快就做完了，还不忘重新检查一遍，要是又因为审题不清做错题，估计又要被陈舟辞嘲讽。

检查完毕，温既白翻到最后核对答案，于是非常得意地把试卷交还回去："全对，厉不厉害？"

陈舟辞偏头看她："嗯，你最厉害了。"

温既白注意到，他虽然烧退了，但感冒还没好，时不时地还咳两下。他的皮肤本就白，这下子更显得没什么气色。

温既白想了片刻，还是有些担心："你是不是又停药了？"

陈舟辞偏头看她，轻声说："换个问法好吗？这样不好听。"

"哦。"温既白斟酌了一下用词，又说，"药不能停。"

"你还真是……"陈舟辞找了半天用词，愣是没找到，最后自暴自弃地说，"你还真关心我。"

"嗯，肯定关心。"温既白说着，还叹了口气，表示非常痛心，"脸色这么差，多影响你舟草的颜值啊，咱们舟草可是要靠脸吃饭的，对吧？"

"你听谁说我的靠脸吃饭的？"陈舟辞不乐意了，立马反驳。

"怎么，"温既白眨了眨眼睛，"你不靠脸，难道靠你这张欠打的嘴啊？"

"当然不是。"陈舟辞笑着说，"我们地球人都是靠智慧吃饭，不像某些靠颜值吃饭的仙女。"

温既白当即翻了个白眼。

陈舟辞把作业写完后，也没再做额外的试卷，反而从书包里拿了几块橡皮，折腾了半节课。

到快下课时，刘城西凭借着地理优势，先把自己的超大号橡皮拍在了陈舟辞的桌子上，占了个名额。

袁飞龙也把自己的橡皮丢了过来。

温既白眼见着一众人又要一拥而上，她开始收拾作业，想去云羡那边。刚起身，就被陈舟辞扯了回来，说："要走也是他们走，你走什么？"

温既白问："那你管管他们啊。"

"行。"只见陈舟辞靠在椅子上，扬了扬眉梢，"痴树，还玩吗？我陪你。"

刘城西还有些惊讶："你居然要跟我玩？"

"嗯。"陈舟辞说。

刘城西直觉没什么好事，问："你会那么好心？"

"玩不玩？"陈舟辞懒洋洋地说，"我输了这张桌子就给你们玩了，我也不说什么。"

"那你赢了呢？"刘城西又问。

"我也不欺负你。"陈舟辞笑着抛了抛手中的橡皮，"让我同桌开心了就行。"

"那我不跟你玩。"刘城西对上陈舟辞还是有些发怵，于是说，"我跟你同桌玩。"

温既白倒是觉得没什么："行，我跟你玩，赢了带着你的橡皮走，真烦人。"

说着，她就想拿陈舟辞手中的橡皮。陈舟辞没给，她不解地问："你不给我橡皮，我怎么玩？"

"你用这个吧。"陈舟辞说着从桌洞里拿出了一个东西。

是三块橡皮钉在了一起，用订书机订的，虽然丑了点，但规则没说不能用这个方法，也不算犯规。

温既白可算知道，陈舟辞折腾了半节课是在折腾什么了。

不仅是刘城西感到震惊，连袁飞龙都忍不住笑起来："哈哈，这个规则可真是被你玩得明明白白啊！我觉得可以！你刘城西能买块巨无霸橡皮，咱们也能把这个钉在一起！我站舟草。"

"啊！这……"刘城西也是服了，"行吧。"

多亏了陈舟辞的那个拼接版黑科技橡皮，几乎都不需要他弹。刘城西的每次攻击都如同以卵击石，橡皮在桌子正中央纹丝不动，他沮丧地说："我的巨无霸号咋回事儿啊！"

温既白眨了眨眼睛，露出一脸无辜的表情："到我了吧。"

然后，她轻轻一拨，把那个所谓的"巨无霸号"弹出了桌子外，俗称"碾压"式胜利。

周围的同学爆发出一阵哄笑。

刘城西输得心服口服："唉！人类的智慧是无穷的，我刘某空有一身蛮力，居然输给了你们的黑科技，行吧，我甘拜下风！"说着，他还拱了拱手，显得很有江湖义气。

温既白看着手中被订书机订在一处的三块橡皮，莫名觉得有些好笑，偏头看了陈舟辞一眼："赢了。"

小姑娘的声音轻轻软软的,这会儿倒是有些"求夸奖"的意味在里面。

陈舟辞扬了扬眉:"嗯,那我夸夸你?我同桌最棒了!"

温既白实在是没忍住,两个人相视而笑。

第五章

我想挑选喜欢的食物

前几天,因为陈舟辞和温既白生病的时候,老段就向学校反映过了。

其实,自从来淮凉山后,不少学生都因为对虫子一类的过敏,导致腿上起了疹子。学生很少带药,老师们也带得少,因此,老段向学校反映了好几次。

校医是今天赶来的,正好派上了用场。他开了点药水消毒,倒是没什么大事。

学校召开了一次线上会议,决定给这次的淮凉市夏令营,增加一次拉练。

这也算是因祸得福,累是累了点,总算是能休息一天出去逛逛了。

也就在拉练的前一天,徐清阿姨给温既白发了一条消息。

徐清:小白,在学习吗?

温既白:没。

徐青给她发过来一张图片:你看我找到了什么?

温既白缓缓地点开那张照片,是一家三口。

嗯……左边的人看样子是年轻的徐清阿姨,右边的是陈延行叔叔,至于中间的小不点……

温既白还特意把那张照片放大了看。那是个七八岁左右的小男孩,五官分明,又因为年龄小看着有些幼稚,表情有些冷,闷闷不乐的。估计是被家长硬拉过来拍照的，给人一种被迫营业的感觉。

有点可爱呀！

温既白盯着照片看了一会儿，才缓缓地打字：阿姨，这是陈舟辞吗？

徐清：是啊，我们家舟舟又听话，长得又好看。

温既白分明记得徐清以前介绍陈舟辞时都是用"叛逆"二字作为开头的，这次怎么还变了呢？

可徐清女士似乎特别有兴致，开始回忆起陈舟辞的童年。

徐清：你知道舟舟是怎么戒奶的吗？小时候我们可愁了，同龄的小孩都不抱着奶瓶喝奶了，只有他天天还嚷嚷着要喝奶，我和他爸每天都愁死了。后来啊，有一次我们去他舅舅家，奶瓶落在家里了，他又想喝牛奶，舅舅就去用水杯给他泡，直接给舟舟喝吐了。从此，他再也不喝牛奶了。

温既白：为什么呀？

这次徐清发的是语音，语音的开头就是一阵笑声："那是因为啊，每次用奶瓶喝奶的时候，都是直接灌到了嗓子里，舟舟根本没尝出味道就喝下去了。那次用的是水杯，他算是第一次尝到了牛奶的味道。他受不了那个奶味，直接喝吐了。"

温既白有些哭笑不得。谁能想到陈舟辞是这么戒奶的，有点萌，也有些可爱，又给她一种窥探别人童年的"罪恶感"。

徐清说："舟舟小时候可会心疼自己了，有次车子发动的时候不小心压到舟舟的脚了。其实不严重，可就是谁哄都哄不好。别人去哄，问他这里疼不疼，那里疼不疼，其实都不疼，但是他就是气不过，委屈得直抽气。那模样，我到现在还记得呢。我当时还愁呢，这小孩那么娇气，以后可怎么办……"

温既白听着，想要说点什么，又不知道该说什么。

"你猜怎么着，随着他慢慢长大，小表弟也出生了。他那个小表弟，调皮得很，也娇气，本来以为两个小孩在一起非把家里闹得天翻地覆不可。

但并没有,后来我才发现,是因为舟舟一直在让着小表弟,照顾着小表弟,所以他们才相处得那么好。我也是在那个时候才逐渐发觉,已经很少再见到舟舟孩子气的一面了。"

温既白突然觉得有些奇妙,本以为孩子气和会照顾人是两个极端,但好像被陈舟辞平衡得很好。

明明自己也是很娇气的人,却总是把别人放在首位,细心关照;明明自己那么怕鬼,当时却还去找她;明明自己也在生病,却把药都给了她……

点点滴滴的小事,汇聚成了一个温柔细心的男孩。

第二天拉练,云羡难得起那么早,一大早就像打了鸡血似的,活蹦乱跳。后来才知道,所谓的拉练,全程都是徒步,徒步翻山。

她掂了掂书包的重量,差点没晕过去,后悔的情绪顿时在心里蔓延。

刘城西看着她的模样一直笑,气得云羡特别想打他。

结果一拳还没打下来,求生欲爆棚的刘城西赶忙把她的包抢了过来,狗腿地说:"我背!我替你背,还不行吗?"

云羡觉得肩上一轻,这才消气。

他们是分成小组走的。因为要促进同学之间友好交流,两个班级两个人,凑成四个人一组。陈舟辞和温既白是同桌,自然被分成了一组,同组的还有两个文科二班的同学。

温既白昨晚没睡好,有些疲惫,走路时还在发呆,差点被石头绊倒。陈舟辞拉了她一下,她才回过神来。

他说:"姑奶奶,看路。"

温既白眨了眨眼睛,慢吞吞地"哦"了一声,算是回应。

中午阳光正盛,他们找了一棵阴凉的树,铺了一块很大的野营毯。一众人坐在上面,有一种聚餐的感觉。

袁飞龙把在路边摘的一大篮果子摆在中央,邀功道:"嘿!我可摘了一上午呢!刚刚拿水洗过,不要钱,吃饱了算啊!"

温既白坐在陈舟辞旁边。袁飞龙热情地递过来一个果子,笑着说:"要不要尝尝?"

温既白刚想找理由拒绝,一个已经撕开包装纸的饭团便递到了她手里。饭团的温度一点一点传来,陈舟辞的声音有些冷清:"你吃这个吧。"

温既白看向陈舟辞,他正在撕另一个饭团的包装纸。

两个饭团,他总是下意识地把第一个给她。

"呸!"刘城西被果子酸得面目扭曲:"这也太酸了吧!袁飞龙,这果子到底能不能吃啊?"

"咋不能吃啊?"袁飞龙不服气,捞起一个果子就往嘴里塞,酸味刺激着他的味蕾,可他还是硬着头皮说,"好吃……好吃得很……呕……"还没说完,他就把果子给吐了出来。

刘城西"啧"了一声,看热闹不嫌事大地说:"几个月了?龙凤胎吧?要不要我给肥贵人把把脉?"

"你去死吧!"袁飞龙拿起一个果子就往刘城西身上砸,刘城西很灵活地躲开了。

果子是不能吃了,云羡又想起来一个馊主意:"这样吧,咱们玩真心话大冒险吧,这果子当惩罚!不就行了!"

"这个行。"刘城西笑着说,"这个惩罚绝对够恶心人,来,快趁着这个时间玩两盘!舟草,你行不行啊,大好时光你玩手机?"

于是,云羡拿出来了一支笔,在毯子中央转。

周围人声嘈杂,少年们的欢笑声不绝于耳,与蝉鸣声相得益彰。整个草坪热闹非凡,头顶的大树像是一把巨大的绿伞,为他们遮阴纳凉。

温既白只是来凑个数,很不巧,第一局就转到了她。

她选了大冒险。

云羡先是瞅了瞅温既白,又瞅了瞅她旁边的陈舟辞,眼珠子转了转,笑眯眯地说："不是有个段子吗？说是一个人自杀后，警察要查他百度记录，结果他死而复生，爬起来清空记录再死。"

"所谓要留清白在人间，要不然这样吧，兔兔，你去查查舟草的百度记录，看看有什么？要是有什么见不得人的查找记录……你就大胆地念出来。"

"这个可以！够损，够缺德。"袁飞龙格外捧场。

"真是服了。"陈舟辞懒洋洋地说，"这到底是谁的大冒险，这都能扯上我？"

温既白扫了一眼面前的果子，又偏头看他："可以吗？介意的话我就认输，反正我无所谓。"

陈舟辞也瞥了一眼那些果子，想到刚刚袁飞龙吐出来的模样，思虑再三，终究是没舍得让温既白去冒险："查吧。"

"干脆！"袁飞龙笑着说。

温既白轻轻地"哦"了一声。既然陈舟辞这么说了，那应该是真没什么，便接过了他的手机。

他的指尖轻轻往上划，陈舟辞的手机没有密码，直接就划开了，然后点开了百度，最近的一条是：发烧烧到四十度会影响智商吗？

…………

往下翻了翻，大多都是查一些知识和题目的，温既白随便扫了一眼，眸光微微下移，最终落在了那句：很烦，太在意同桌的感受怎么办？

她怔在原地。旁边的云羡笑着打趣，也好奇陈舟辞的百度里有什么："兔兔，你快念！快念！别给舟草留面子！"

温既白还在垂头看手机，陈舟辞寻思着自己最近没查什么东西啊，不就是查了查英语单词，查了查学习资料，最丢人的不也就是上次发烧怕自己烧傻了问问百度吗？温既白实在不想念出来，这样会暴露陈舟辞颇为幼稚的搜索词，于是，她慢吞吞地照着上面念："历史辩论题，第一个是国家崛起的因素有哪些。第二个是，全国卷一卷 2018 年数学答案。"

她念完就把手机息屏,还给了陈舟辞,抬手递过去时,正巧对上他的视线。

陈舟辞轻声问:"怎么了?"

不知是有还是意无意,他拿起手机时,纤长的指尖还在她手心极轻地点了一下。

温既白垂下了眼睛:"找个时间谈谈吧。"

陈舟辞不明所以,但还是轻轻地"嗯"了一声。

下一局,转到了陈舟辞。

围着的人小声惊呼了一声,低声说:"真心话!真心话!"

他选了大冒险。

云羡忽然说:"要不然,舟草,你去把小白的皮筋去掉,然后帮她再扎一次?"

温既白已经搞不清楚,这是折磨陈舟辞,还是折磨她的了。

陈舟辞抬起头来,狭长的眼尾轻轻拉扯出几分玩味,笑着问她:"你介意吗?介意的话我就认输。"

这下轮到温既白开始郁闷了,跟刚刚她大冒险惩罚时用了同样的话术。

行吧。

"没有梳子。"温既白突然想起来。

陈舟辞倒是自信:"没事儿。"

行,算你狠。

温既白的头发很软,抓在手中滑滑的像是绸带一样。男孩站在她的身后,粉色的兔子皮筋套在他的手腕上,垂着黑眸,神情专注又认真,目光落在手中的头发上。

"哎呀,疼。"温既白心疼自己的头发,"轻点,轻点。"

"对不起!"陈舟辞轻声道了句歉,"下次轻点。"

温既白轻轻地"啊"了一声,陈舟辞也绕完了最后一圈皮筋,还专门把小兔子翻了出来,调整好了位置。他的动作算是很温柔了,扎好后还紧了紧,问:"松吗?"

温既白试着晃了一下脑袋:"还行。"

云羡在一旁看着,嘴角都没下去过,感慨了一会儿,这才把目光移开。就在她扫到刘城西时,突然发现,刘城西的嘴竟然肿成香肠嘴了,又红又紫的。这会儿所有人的目光都放在陈舟辞身上,没人看刘城西,她忙喊道:"树儿,你的嘴怎么了?"

她刚喊完,袁飞龙又"嗷呜"了一声:"我的天啊,我的嘴怎么也肿了?妈呀!我英俊的样貌!"

刘城西也觉得嘴有些麻,继而是肿胀的痛感。他看了一眼袁飞龙那肿得跟香肠似的嘴,差点笑岔了气:"你也太丑了吧,哈哈。"

这一笑,牵动着嘴角又开始疼,于是,他边笑边面目扭曲,显得格外滑稽。

袁飞龙也不服输:"你又到好哪里去?你的嘴不也肿得跟猪似的!还好意思嘲笑我?"

江一帆的嘴也肿了起来,还有些痒,又痒又疼。

周围的人都在笑,陈舟辞没觉得好笑,反而觉得这副样子像是中毒,便四下查看。视线最终定格在了摆在最中央的酸果子上,好像只有他们三个人吃了。

"你俩可真行。"陈舟辞边说边掏出手机给老段打电话,"玩个游戏跟要同归于尽似的。"

刘城西笑岔气了,在草地上打滚:"谁要跟肥龙一起死啊。"

袁飞龙上去给了他一脚:"你还嫌弃上我了?"

江一帆倒是最老实的,也没怎么嚷。

庆幸的是,校医已经来了,救治得还算是及时。检测过后,确定了是果子中毒。

这可把老段气得不轻:"你们这群孩子,净给我找事是吧?还学猪八戒,我看你长得像猪八戒。"

这件事在高三年级组里闹得沸沸腾腾。

刘城西和袁飞龙中毒，便先行回宿舍休息了，其他人的拉练之旅才进行一半。老段管得不严，到了一处景点就让同学们自由活动去了。

陈舟辞和温既白没有去逛博物馆，而是去了对面的草坪。

山间的草坪绿茵遍野，一望无际，绵延至天边，湛蓝的天空与青翠的绿草交相辉映。风一波一波急躁地向树枝掷去，残叶铺撒在了地上，风声夹杂着细微的蝉鸣声。

温既白坐在一块大石头上，望着远处，安静地享受着这一刻的平静。

"温既白——"陈舟辞轻声喊了她一下。

温既白循声回头，头上就被扣了一个花环。

她的马尾是陈舟辞扎的，位置很低，花环要大一些，松松地戴在头上，仿佛动一下就会掉。

她的瞳仁在阳光下显得很浅，偏琥珀色，花环点缀在头发上，额前的碎发落了下来，眼神干净，皮肤瓷白，在阳光下仿佛在发光。

温既白抬手稳了稳头上的花环，不禁问："你还会编花环？"

"会一点吧。"陈舟辞笑着说，"以前小姨教过我。"

温既白的手指微微一动，眨了眨眼睛。她突然发现，男孩的眼神干净、温柔，他是在那种在爱里长大的小孩，被亲人毫无保留地爱着，所以才会养成这样细心、礼貌的性格。

陈舟辞往后退了两步，两手的食指和拇指分别对在一起，比出了一个相框，把温既白框在了中间。

温既白看着他的举动，不禁笑着道："幼稚。"

陈舟辞没有否认，反而笑着说："得了便宜还卖乖啊。"

温既白轻轻"嗯"了一声。她坐在一块天然形成的石头上，头顶是参天大树，枝叶被微风吹得乱颤，她的手撑在上面，微微往后仰，额前的发丝被风吹乱了一些。此时，享受着微风，享受着安静的环境。

温既白很瘦，看起来显得很单薄，校服松松垮垮地穿在身上，褶皱处格外明显,不免觉得有些空。许是抬头望天的动作幅度大了一些,头上的藤枝花环歪了一点,陈舟辞想伸手帮她扶正,也就在这时,他碰到了温既白扶花环的手。

她的指尖很凉,在他手心轻轻点了一下,蹭得他有些痒。

突如其来的触碰,让温既白蓦然转头看他,正对上那双漂亮的黑眼睛。头上的花环随着她的动作落下,陈舟辞伸手一接,他垂下眼睛看着自己手上的藤枝花环,瘦长的手指微屈。

回头的那一瞬间,温既白看到了对方眼中的自己。

"你说我会不会是什么有钱人家的孩子,被不小心弄丢了呢?"温既白移开视线,看向远方的天,看向绵延无边际的草地,叹息道,"也许等他们找到我,我就能继承亿万家产了呢?"

"嗯,有道理。"陈舟辞也望向远方,笑着说,"那等以后温同学继承亿万家产了,千万别忘了你的同桌啊。"

"我是在抒情。"温既白有些不满地偏头睨了他一眼,"你能不能尊重一下我?"

"行,那你先抒情。"陈舟辞笑着说,"等你抒完了,我再说话。"

温既白很少跟别人说这些事。

"从小到大,我都在想,为什么父母要抛弃我呢?"温既白说,"也许是不小心把我弄丢了,这应该是最好的一种可能,也许是单纯地不想要我,再或者是……"

陈舟辞的睫毛颤抖了一下。他听得出来,在这段孤独的成长过程中,温既白在一遍又一遍地给父母抛弃她找一个能接受且合理的理由。

哪怕所有人都会带着刻板印象,认为你被抛弃了,那一定是你的问题。

你是残疾吗?你有性格缺陷吗?你都没有?那为什么单单你被抛弃了?

"温既白——"陈舟辞轻声唤了一下她的名字,打断了她的思绪。

温既白的眼睛在阳光下很亮,像是盛了一汪池水,漾着水光。

陈舟辞的声音浸泡在微风中:"你说的所有理由都有一定的道理,但是……"

温既白抬眸看他。

陈舟辞轻声笑了一下,把她头上的花环微微扶正了些:"这从来都不是你的问题啊。"

这个瞬间,温既白感觉周围的风声、蝉鸣声忽然远去。

"一切外人对你的偏见,都源于不了解。"陈舟辞说。

温既白愣在原地,慢吞吞地点了一下头,又重复了一遍他的话:"偏见源于无知……"

陈舟辞见温既白有些愣神,轻轻敲了敲她的脑袋。他说:"别人不了解你,才会恶意揣测你,不需要在意那些人的看法。温既白很好。值得世界上最好的东西。"

拉练过后,淮凉山之旅也接近了尾声,承载了班级半个暑假的"夏令营"也落下了帷幕。

在回去的路上,温既白的手机晚上没充电,便用的陈舟辞的手机看海绵宝宝。其间,弹出来几条消息,温既白不小心点了进去,是刘城西在群里发的购物平台的砍价链接。

空木痴树:兄弟们,帮我砍一刀!

紧接着,是袁飞龙的怒怼:走开,别占用公共资源,这个群是用来抄作业的。

然后下面一堆人附和。

我爱学习:同意,体委怎么能夹带私货呢?

水神江一帆:默默加个一。

原本也是无关紧要的消息,退出去时,她突然看到了陈舟辞微信上置顶的人。

陈舟辞有两个顶置,最顶端的便是她,紧挨着的是一个很陌生的头像,甚至连聊天截止时间都是去年。

可能是意识到了自己不小心偷看了陈舟辞的隐私，她连忙想退出去，手机却被陈舟辞抬手拿走了。

温既白偏头看他。

陈舟辞的表情有些冷，垂着眼睛，看不出情绪。但温既白隐隐觉得这人应该是有些不开心的。

温既白说："抱歉，不小心看到了。"

"嗯？"陈舟辞满脸疑惑的表情，不由得笑着问，"你道什么歉？"

"刚刚那个聊天框。"温既白说。

陈舟辞顺着温既白的目光瞥了一眼微信的聊天框，这才明白了她是什么意思，笑着把手机递了过去："看吧。"他说得坦坦荡荡。

温既白慢吞吞地"啊"了一声。

"没什么你不能知道的。"陈舟辞笑着说，"你也不必为这个道歉。"

温既白怔了一下，他说这话时给她一种理所应当的感觉。

陈舟辞见她没有下一步动作，只是点开了和那个人的聊天框，那个人的备注是"许多"，陈舟辞低声说了一句："他是我发小。"

"男生吗？"温既白问。

陈舟辞轻轻地"嗯"了一下。

温既白眨了眨眼睛，不免感到有些奇怪。

发小？以前好像没听陈舟辞提过。

"他去世了。"陈舟辞垂下眼睛，看了一会儿聊天框，才慢条斯理地抬眼看她。他的语气依旧是这般平淡，只是低垂着眼睛，摸不清情绪。

最后一条聊天记录是在去年，却仍然在他的顶置行列。

最好的发小离世，他应该也很难过吧。

温既白觉得心里空落落的，莫名地难受。

山路弯弯绕绕，有些颠簸，车子晃得人头晕。陈舟辞坐在靠窗的位置，微微往后靠了靠,替她挡了挡窗外透过来的阳光。

　　回家的路程要六个小时,温既白大概睡了有四个小时。本来坐得挺板正,可是山路颠簸,坐着坐着脑袋就一歪,枕到了陈舟辞身上。这个年纪的男生逗挺瘦的,肩膀的骨头很硬,有时候车颠一下难免会撞到他身上,疼得慌。

　　陈舟辞一开始怕乱动把温既白弄醒,所以一直僵着身子不敢动,后来发现温既白睡得不安稳,干脆一只手垫了一下温既白的脑袋,另一只手用小扇子给温既白扇风散热。

　　后半段的路,温既白也逐渐睡熟了,醒来的时候还有些恍惚。

　　车开进加油站时,陈舟辞想下车去上厕所,因为长时间保持着一个姿势,刚站起来的时候差点没站稳,温既白赶忙扶了他一把:"你怎么了?"

　　陈舟辞看了她一眼:"你觉得呢?大胆地猜。"

　　他的腿有些麻,站了一会儿才想下车,温既白非常贴心地说:"要不我送你吧?"

　　"你觉得合适吗?"陈舟辞偏头瞥了她一眼,"我要去上厕所。"

　　"合适啊,怎么不合适?"温既白眨了眨眼睛,"我是送你去,又不是看你上厕所,这有什么不合适的?"

　　陈舟辞说不过她,只好说:"多谢关心,不用了。"

　　等目送陈舟辞离开了,温既白才坐到座位上,随手翻了翻朋友圈,刷新了一下,第一条就是陈舟辞发的:谁把我家小鸡打成这样的,互删吧。

　　跟着,还发了一张图片。

　　温既白点开了那张附赠的图片,是一个可爱的小鸡,被打得鼻青脸肿,头上被打了好多个红色的包,表情也是可怜兮兮的,旁边有一个对话框,是小鸡说的:"主人,我不怕疼,就是有些想你了。"

　　下面一众人评论。

　　空木痴树:好卑鄙无耻的人!这么可爱的小鸡居然被打了!

　　龙王:哈哈,舟草,你家小鸡咋被打成这个熊样了?

云大作家：妈呀，舟草好接地气，你也玩蚂蚁庄园啊，咱们加个好友吧，我要偷你的能量！

水神江一帆：虽然我知道现在笑不好，但我还是忍不住，哈哈。

温既白看了一眼时间，是他们刚上车不久的时候发的。

温既白退出了图片页面，又看了一眼陈舟辞发的文案。好像透过简单的一句话，就能想象出了陈舟辞说这句话时的表情和语气。

她发现，陈舟辞是真的很可爱啊，不是那种幼稚的可爱，而是那种知世故而不世故、干净而通透的可爱。

距离开学预计还有十天左右，作业基本在学校时就已经写完了，课业任务倒是轻松了不少。也许是很久没回家了，回去的路上两个人心情很好，说说笑笑的，时间过得也快。

只不过推开门时，陈舟辞扫了一眼门口陌生的鞋，站在玄关处立了一会儿，才意识到家里来客人了。

温既白刚换好鞋子，就看到站在客厅与徐清相谈甚欢的一位女士。

那位女士长相偏英气一点，穿着干练利落，颇有职场女性风范，可能是长相的原因，不笑的时候就显得有些凶，但看到温既白时，竟然冲着她笑了一下。

温既白怔在原地，从小到大，她对别人的好感或者讨好尤为明显，愣神间，徐清笑眯眯地向那位女士介绍："郑女士，这位是我的儿子，叫陈舟辞。那个小女孩这段时间在我家借住，她就是温既白。"

温既白注意到，徐清女士介绍陈舟辞时，用的措辞是"他叫……"而介绍自己时，用的措辞是"她就是……"两者的差别就在，前者应该是第一次跟她提到，而后者至少在之前的交谈中不止提到过一次。

第二句话是冲着温既白说的："既白，这位是阿姨的朋友。"

温既白应付过很多这种场面，因此颇为得心应手，徐清阿姨的话音刚落，温既白就乖巧地喊了一声："阿姨好。"

郑琳保养得很好，骨相极佳，仍能看得出年轻时的风韵。她上下打量了一番温既白，最终眸光落在了小姑娘略微有些迷茫和不知所措的脸上。

"小姑娘长得很漂亮。"看了半天，她只说了这一句话。

温既白也不是自来熟的性子，打完招呼后便回了自己的房间。

郑琳没有在家里多待，晚饭都没吃完，便说有一个很重要的会议需要参加，便离开了。

不知为何，温既白总觉得有些奇怪，但又说不清哪里奇怪。

徐清阿姨习惯于在晚上七点钟左右拉着陈延行叔叔去体育场散步，偌大的家中便只剩下了陈舟辞和她。

大约七点半，温既白实在静不下心来写作业，去喝了一杯热牛奶后，温既白后随手戳开朋友圈看了一眼。

最顶端的就是老段的发那条：你们这群兔崽子，能不能管好你们家的小鸡，咋还来我家偷吃呢？偷吃就偷吃，还发朋友圈内涵老师说什么"互删吧"，是谁我不说。

下面的评论都笑疯了，纷纷在老段的朋友圈评论区里炸开了锅，热闹非凡。

数学课代表龙王：搞了半天，打舟草家小鸡的是老段啊，哈哈！

空木痴树：哈哈，互删，快把舟草叫过来！

水神江一帆：陈舟辞，陈舟辞，打你家小鸡的罪魁祸首找到了。

甚至还有老师过来凑热闹。

历史老师：哟，我家历史课代表，我都没有他的支付宝账号，好你个老段，背着我跟我的历史课代表串通一气。

苏慧：老段，咱们做老师的，要为人师表，大度一点儿，跟一个小孩计较啥。

简单的一条朋友圈，一片其乐融融，温既白是真的很喜欢这个班级的氛围，是她在以前的班级，或者再从大的角度来说，可以算是她从小到大从未感受过的班级氛围。

在这个陌生的城市，不管是遇到的人，还是发生的事，都在一点一点地治愈着她。

离开学还有十天时间，这两天陈舟辞去舅舅家了。

主要是因为小表弟小升初，又笨又贪玩，舅舅便想着让陈舟辞过来教一教他，小表弟很喜欢陈舟辞，几天不见就嚷嚷着要见哥哥，陈舟辞无奈，便应下来了。

温既白毕竟只是借住在这个家里，也没有去陈舟辞舅舅家的道理，徐清女士不放心她，便也没去。

就这样过了五天左右，闲来无事，也没什么作业，温既白都快养成老年人养生的作息了，每天早晨五点钟自然醒，去体育场锻炼身体，晚上再去滑滑板、打篮球。

陈舟辞在回来的当天上午，给温既白发了个消息：我下午回去，给你发个定位，出来吃饭好吗？

温既白：行，你是直接在餐厅等我吗？

陈舟辞：嗯。

过了一会儿，陈舟辞又给她发了个消息：要不我去接你吧？

温既白戳开了陈舟辞给她发的定位，倒也不远，于是便回：很近，我走路十分钟就能到，你来接我的话还不顺路。

陈舟辞坚持道：在家等着，我去接你。

温既白妥协了，她正在体育场散步，昨天晚上下了暴雨，气温骤降，已至夏末，暑气将消未消，温既白把手机放到口袋里，拎起书包，准备往回走，刚走到体育场门口时，不知道是第六感还是什么，她回头看了一眼，这个时候体育场的人不是很多，大多是穿着运动服来锻炼身体的。

她这几天总感觉有人在跟着她。

于是她把蓝牙耳机取下，加快了脚步。

走出体育场门口是一条长长的街道，因为下过雨的缘故，还有些斑驳水坑，坑坑洼洼积了不少水，道路两边种着树，还有修剪得整整齐齐的草丛。

体育场周边有很多小区，许多小孩在附近嬉戏打闹。

温既白隐隐约约觉得后面有人在跟着她，于是下意识地把肩膀上的书包取下来，抱在怀里，她加快脚步时，后面那个人的脚步也快了许多，而且跟得很近，这条路的岔路口很多，她故意往左绕了一条小路，那儿人多一些，想着这样也安全些。

而后面的那个人还在跟着她。就在岔路口时，温既白掂了掂书包的重量，放慢了脚步，后面那个人的脚步也跟着她慢了下来。然后，温既白一转身就直接把书包砸了过去。

力道很重，动作干脆，直接把后面的人砸得退了两步。

是郑琳阿姨。

温既白蒙了。

一个正常人，怎么可能那么长时间都不说话？还跟得那么近。

温既白蹙了蹙眉，不知道为什么，她对郑琳阿姨总有种奇怪的感觉。

温既白顿了一下，才冷冷地问："跟着我做什么？"

郑琳帮她把书包捡了起来，直截了当地说："小白，我们谈谈吧。"

温既白莫名觉得有件事呼之欲出，但又不知道这种感觉来源自何处，只是问："这两天都是你在跟着我？"

郑琳没有否认："是。"

温既白垂头看了一眼手机的时间，和陈舟辞约定的时间就差十分钟了，回绝道："我有事。"

"就十分钟，小白，就谈十分钟，行吗？"郑琳说，"我有很重要的事情想和你说。"

温既白张了张嘴，她有些慌，又不知道慌在何处，很长时间都没有说话。

她先是拿出手机给陈舟辞发了条消息：直接在餐厅见面吧，我可能要晚十分钟，这边有点事。

陈舟辞：好的。要下雨了，你带伞了吗？

温既白抬头看了一眼天气，确实阴森森的，偶尔有凉风往衣领子里灌。明明是夏末，却让她莫名觉得有些寒意。

温既白回道：就十分钟，应该没什么问题的。

就在这时，郑琳的目光有意无意地扫过温既白的手机屏幕，顿了一会儿才问："是在跟那个小男生聊天吗？"

温既白把手机放回了口袋里，从郑琳的手中接过书包，并没有立即回答她的话，反而问道："你想说什么？"

"你和那个小男生的关系还挺好的。"郑琳笑着说。

"阿姨。"温既白感到有些不解，单肩背起书包，"我等会儿还有事，若是你没什么重要的事的话，那我就走了。"

"小白，我们去餐厅里聊，阿姨保证就十分钟，说完就走，好吗？"

郑琳做事风格强势干练，说一不二。温既白看得出她已经放软了语调，不知为何，透过她的眼神，温既白甚至感觉这是在恳求。

温既白问："是关于什么事？"

郑琳见温既白比较固执，大有一副不说清楚不跟你走的姿态，也拗不过她，旋即叹了口气说："关于你的父母。"

就这么六个字，温既白觉得大脑陷入一片空白。

郑琳说的餐厅不远，就在体育场旁边。

那段路上，温既白一直沉默寡言，一句话没说，垂着头走着。她看着郑琳的背影，竟然眼眶发涩，鼻子发酸。

菜是已经点好了的。

形形色色的菜品映入眼帘，温既白只是大致扫了一眼，没有动筷子的意思。郑琳也没有催她，反而把一份面包冰激凌往她的面前移了移。

那个面包冰激凌在菜单上的名字叫"面包的诱惑"。

其实，成品就是一块四方的面包中间挖空，放上冰激凌，比较讨小孩喜欢。

温既白看着面前的面包冰激凌，握着勺子，始终没有下一步动作。

郑琳看着小姑娘垂着脑袋不说话的模样，没由来地生出几分难过，小姑娘长得本就乖巧，现在一言不发的模样，最让人觉得心疼。

她缓缓地开口："不喜欢吃吗？我听你徐清阿姨说，你好像不怎么挑食，所以我随便点了几道菜，不知道是否符合你的口味。"

温既白这才扬起脑袋看她，眼神有些空，更多的是迷茫，甚至有些无措。她觉得手有些僵，语气有些冷："阿姨，你到底找我做什么？"

直接切入了正题，郑琳也不再兜圈子了，脸色复杂地看了她一会儿，然后从包里拿出了两张纸，放在了餐桌上，很认真地说："孩子，我不想和你兜圈子，也不想骗你。"

温既白眨了眨眼睛，已经完全不知道现在该说什么，该想什么。窗外的风声仿佛戛然而止，是山雨欲来的平静。

温既白下意识地垂下头，只是一下，慌乱中用眼角的余光扫了一眼她放在桌子上的纸，看着上面的黑字，第一反应是不是什么病理报告。

真相仿佛就要从脑子里蹦出来，她没敢看清上面的字。

郑琳说："小白，我找了你很长时间，从福利院找到了温女士那里，然后……很抱歉听闻温女士那件事。我通过多方打听，才知道你是在这里借住。我已经和你徐清阿姨说明了你的情况，不知道她是否提前告知了你这个事情。"

温既白攥紧了手，指甲陷进肉里，嘴唇失去了血色，甚至有些颤抖。

"理由呢？"温既白的声音有些哑，她没去看郑琳现在的表情，更多的是不知道自己该如何去面对她。不知道以什么心态去面对她，不知道以什么身份去面对她。

"我知道现在让你叫我妈妈，你肯定很难接受，我也不想强迫你。"

郑琳的声音依旧很平缓，像是排练了许多次一般，"在来之前，我想过很多种理由，我也可以和你说，是不小心弄丢了你，这样仿佛你能更容易接受我，但是……"

郑琳放软了语气，耐心地劝道："我明白，你迟早有一天会知道的，与其到时候你会怪我骗你，不如我现在便把所有的事都告诉你。"

温既白缓缓地松开了手，手掌心嵌下了几个指甲印，微微泛白。她的眼尾有些红，语气毫无起伏："所以，你只是单纯地不想要我，是吗？"

郑琳的语气一滞，愣了半天，过了良久才开口："不是。"

"当时实在是……"话到嘴边，郑琳又觉得把事实直接剖开有些太过残忍，抿了抿嘴唇，还是说，"当时计划生育政策还在执行，你爸爸当时在考公，如果违反计划生育的话……"

郑琳没有说下去了。

"我还有哥哥或姐姐吗？"温既白呆呆地问了一句。

郑琳说："没有，不过，你现在有一个弟弟。小白，你好好考虑一下吧，你在这个世界上不是没有亲人的，你还有一个弟弟，你还有爸爸妈妈。如果你愿意，随时都可以跟妈妈回家。"

温既白眼眶中的泪水模糊了视线。她咬着牙，忍着不让眼泪掉下来，却还是有些止不住地往下砸。

没有哥哥或者姐姐，却因为这个政策把她丢弃。

答案已经很明显了。只有一个孩子的情况下，他们需要的并不是一个女孩，所以为了那所谓的"儿子"，把自己的女儿丢了。

一句话，打破了支撑她多年以来的所有信念和幻想。

事实远比想象中得更残酷，现在，更是抹杀了她想象的权利。

温既白有一瞬间的意识错乱。她的嘴唇失去了血色，眼里泪花闪烁，餐厅天花板上的白炽灯极亮。安白市的天气反复无常，貌似是雷阵雨，窗外的雨雾时间全部倾泻下来，"噼里啪啦"地砸在地板上。约莫过了五分钟,雨声才渐渐减弱。

她站起来时,居然有些腿软。温既白拼尽全力忍着泪水,嘴唇有些发抖,眼尾泛红,无措、无助的情绪像是要把她溺死。

郑琳看着温既白,眼里满是心疼和愧疚。她缓缓起身,想要揉一下温既白的发丝,就像是万千家庭中的父母那样对待自己的儿女。

温既白没有躲,但郑琳的手还是没有落下去。

她深吸了一口气,抬头望了望天花板,突然觉得有些头疼。

眼泪逐渐淹没了视线,温既白的手指有些僵硬,抹了抹眼泪,声音有些颤抖,问:"你想让我跟你走?"

一听温既白主动说话了,郑琳也深吸了一口气,平复了一下情绪,轻声安慰道:"我们……我,你,还有你爸爸和弟弟,以后我们一家四口在一起生活,妈妈带你回家,好吗?"郑琳的眼里也有泪花,"对不起!孩子,当时妈妈和爸爸太年轻了,一时冲动才做出了这样的事。事后我们也一直很后悔,所以找了你很长时间,以后的时间还有很长,你可以不可以相信妈妈一次,让妈妈补偿你,好吗?"

温既白呆愣在了原地。

郑琳见她没有反应,便想伸手把温既白拉过来,可是手还没碰到她,温既白就躲开了。

"小白,我知道你现在还很难接受。"郑琳的眼泪掉下来,哽咽道,"妈妈不想骗你,所以才把这些事全都和你说了。世界上有哪个妈妈不爱自己孩子的啊?这么些年,我们都在愧疚中度过,后来我们不是没有找过你,只是知道你被一户人家收养,过得很好,我那时不想打扰你的生活,所以才没去找你。"

"可是温女士她现在……"郑琳哽咽着,因为声音有些哑,还咳了一声,清了清嗓子,说,"我那天在徐清家看到你时……看到你都长那么大了,还长得那么漂亮,我当时就在想,要是你在我身边长大就好了。"

温既白只是怔在原地,听着她的话,脸上没有任何情绪。

"小白，你好好考虑一下，好吗？以后我们一家人在一起，好吗？"郑琳抹了抹脸上的泪水，声泪俱下，"跟妈妈回去吧，好吗？"

温既白垂下眼睛，眼角的余光扫了一眼玻璃窗外渐渐变小的雨，又瞥了一眼桌子上离她最近的面包冰激凌。她看了片刻，终于抬起眼睛，看向痛哭的郑琳，顿了一下，才缓缓地开口："我不是不挑食。"

没头没脑的一句话，郑琳顿时愣住了。

温既白拎起书包，把书包抱在了怀里，另一只手把那盘面包冰激凌往里面推了推，这才说："如果可以，我也想挑选我喜欢的食物。"

在福利院的那段时间，万事都要看别人的眼色，要小心翼翼地，时刻不能放松自己，只能一遍又一遍地告诉自己"将就一下""差不多就行了。"

她不是不挑食，只是在很长一段时间里，根本没有人关心她到底喜欢吃什么。

"如果可以，我也想不被挑选。"温既白捏着书包带子，目光呆滞、迷茫，不知道该看向何处，"为了我好，你可以让我在一个陌生的环境生活，美其名曰，不想打扰我的生活。"

郑琳张了张嘴，没有说话，只是看着她。

"你刚刚所说的每一句话，每一个字，看似是把主动权交到我的手上。"温既白闭了闭眼睛，语气冷淡，"可是你自始至终都没有问过我的想法。你说你告诉我真相，是不想骗我，是不想伤害我。"她的语气依旧很平缓，却一字一句像刀子掷到郑琳的身上，"可是……只有你在一直伤害我。"

温既白叹了口气。她好不容易觉得自己的生活慢慢回到了正轨，好不容易遇到了那么好的家庭、那么好的陈舟辞，为什么偏偏要在这个时候站出来对她说，她的存在本身就是个错误呢？

她的存在只会给父母带来烦恼，所以才被丢弃。

她这些年遇到的所有人、所有事，受过的所有委屈和不甘，误解和偏见，却妄图用一句"对不起"或者"我是为了你好"而抚平。

凭什么？没有这样的道理！

温既白张了张嘴，却不知道该说些什么，思绪混乱间，又掷出一句："你为什么要抛弃我？"

明明已经知道了答案，却还是忍不住想要问。

"你说世界上有哪个妈妈不爱自己的小孩。"温既白说，"可我从来没有感受到你的爱。"

温既白说完，把书包背上，抬脚就往门口走，径直走了出去。

郑琳感到有些惊讶，震惊之余，慌乱中想去追温既白。可是移步的瞬间，手把桌子上的一杯热水打翻了。滚烫的水泼在了手上、衣服上，她感到一阵疼痛，一边慌张地抽出餐桌上的纸去擦拭自己的衣服，一边不住地喊着："小白，等等……"

温既白并没有因为她的喊声而停下脚步，或是回头。

郑琳慌了，她把擦过的纸巾扔进垃圾桶，便慌不择路地去追温既白。

第六章

把好运分给你

温既白走出餐厅时,雨已经停了。

道路上,那些坑洼处都积满了水,偶尔有行人撑着雨伞踩过水坑时,雨水溅得人的鞋子湿透。

夏末的余温随着一场雨散了大半,她一出来就吸了一口凉气。

手机还在响着,是郑琳打来的。

她握着手机的手紧了紧,烦躁不堪。挂掉,她又打来。

最后,温既白干脆把手机关了,像是斩断了与外界的一切联系,甚至想随着暑气在这个世界上蒸发。

此时,她脑子里唯一的想法是,她想一个人待一会儿。

独自生活了那么长时间,她早就习惯了用时间治愈伤口,只要一会儿就好,一切都会过去的。

到了第二天,一定就像是什么都没有发生一样。

她低垂着头,抬了抬脚,本来想绕过水坑,犹豫了片刻,还是朝着水坑踩了下去。

水渍溅到了她的鞋上,白色的帆布鞋顿时颜色深了一点,沾湿了袜子。

小时候,她每次踩水坑,只要被温越女士看到了,就会被骂一顿。

她下意识地抬起头,以为的念叨声没有出现,取而代之的只有风声、雨声。

她又像是突然回过神来,在这个世界上,她已经没有妈妈了。

就算不乖巧,就算不听话,就算不懂事,也没有人再来管她。

她没有办法形容这种感觉,只想逃离这家餐厅,甚至想暂时逃离这个世界。

恍惚间,她又回到了体育场。

她站在看台上躲雨,看着下面三三两两的行人路过,有的是爸爸骑着电动车,穿着雨衣,小孩坐在电动车后面,紧紧地拽着爸爸的衣服,电动车在小雨中驶过。

她看到卖杂粮饼小摊的老板一手推着小车,一手艰难地举着雨伞,为了生存奔波;她看到有小情侣走在一把雨伞下,被一场雨拉近了距离,微笑着聊天。

不知道看了多久,雨还没停,黑暗就慢慢笼罩着大地。

万家灯火,每一盏都有归处,但她好像一个多余的人。

起身时,口袋里的手机滑落,"啪嗒"一声,摔在地上,像是瞬间把思绪收回了一样。她突然觉得呼吸一滞。

她记得和陈舟辞说过,等她十分钟。

可是刚刚的思绪完全被郑琳占据,让她没想起来这件事。

陈舟辞还在等她。

人们常说祸不单行,果真如此。

温既白慌张地把手机开机,扫了一眼上面的时间。

和陈舟辞约定的时间,已经晚了将近两个小时了。

未接来电有三十个,大部分都是陈舟辞打来的。

温既白觉得眼睛发涩,一股说不清道不明的情绪在心里蔓延开来。她的手被冻得有些僵,拨了回去,一言不发,听着手机里播放的铃声。

"你在哪儿?"声音有些冷,像是压着火,温既白从来没听过他这般生气地同她说话。

"体育场。"温既白的声音有些哑,满是愧疚,"对不起!"

电话那头一阵沉默。

陈舟辞似乎也感觉到了自己刚刚的语气不善。到了约定的时间,见温既白并没有来,他还专门跑回家看了一眼,却没有找到。

打电话不接,也找不见人。他都快急死了,先不说一个女孩子在外面安不安全,这会儿雨下得那么大,天色渐晚,他是真怕她出了什么事。

本来是想凶一下她,让她长长记性的。

但是温既白一开口,明显听出是哭过的声音,他突然有些不忍心。

陈舟辞叹了口气,像是妥协了一般,放软了语气,低声说:"我去接你,在那等着。"

温既白轻轻地"嗯"了一声。

电话一直都没有挂断。但一路上,他们一句话都没有说。

温既白透过手机,听着陈舟辞那边的车流声、水流声,还有奔跑时轻微的喘息声,莫名觉得有些心安。

陈舟辞没让她等很长时间。

大约十分钟后,温既白就遥遥望见了陈舟辞打着一把伞,往这边跑来。

陈舟辞穿着一件长袖外套,可能是跑得有些急,鞋子都有些湿了。

他走到她面前时,一句话都没说,表情有些冷。温既白眨了眨眼睛,她不知道该怎么开口,也不知道陈舟辞问起来了她应该如何回答。她不想骗他。

还在思考着,她突然觉得肩膀一轻,书包被人抽走了,然后陈舟辞把身上的外套脱了下来,连着伞一起递给了她。

温既白开口,声音还是哑的:"我不冷。"

"遮腿。"陈舟辞的声音很轻,已经没了刚刚电话中的冷淡,安抚似的碰了一下她有些泛红的眼尾,有些心疼地说,"不哭了。"

"没哭了。"温既白捏着雨伞杆,愣了一下才问,"遮什么腿?"

话音刚落,就见少年微微弯腰,蹲在她面前,做出一个要背她的姿势。

犹豫片刻,温既白把外套系在腰间,搂住了他的脖颈,趴在了他的背上。陈舟辞的背很宽厚,很有安全感。

"下雨了。"陈舟辞背着她就往回走,"别把鞋子弄湿了。"

温既白轻轻地"哦"了一声,整个人趴在他的背上,下巴支在他的肩膀上。

她突然觉得,万家灯火,好像也有一盏在等她。

那一路上,陈舟辞没有问她原因,只是沉默着,好像在等着她主动开口说。

温既白搂着他的手臂紧了紧,有些受不了他们之间沉默的气氛,觉得有些煎熬,于没话找话似的,她低声问:"你折过纸星星吗?"

"我怎么会折那个?"陈舟辞回复她。

"我妈妈以前说,只要能折九百九十九个纸星星,所有的愿望都能实现。"温既白低声说,"可是我手笨,又是半吊子,纸星星折得很丑,就没再折了。"

陈舟辞沉默了片刻,轻声问:"想妈妈了吗?"

温既白没有说话。

通过她的表现,陈舟辞也猜了个七七八八,便不再多说什么。到家后,把她放了下来,他抚了抚她的眼角,轻声说:"先去洗个澡,想吃什么我出去给你买。"

温既白慢吞吞地点了点头。

"温既白——"陈舟辞无奈地叹了口气,"有些事,你若是想和我说,我都在的。"

温既白垂下眼睛,沉默了一会儿,眼眶有些湿,眼尾红通通的,像是受了很大的委屈。

陈舟辞有些受不了她这个样子,便想上前两步去安慰她,揉了揉她的发丝。

温既白突然抬起了手。

陈舟辞顿了一下,很自然地把自己的爪子也递了过去。

温既白抬手就拍了一下他递过来的爪子,吸了吸鼻子,忍不住笑道:"我有鼻炎,你给我递张纸,一哭鼻子就不透气。"

"递纸就递纸,你怎么还打我?"陈舟辞有些不悦。

温既白四下看了看,不禁问:"阿姨和叔叔呢?"

"今天是他们结婚纪念日,出去吃饭了。"陈舟辞去旁边的餐桌上拿纸。

温既白突然明白为何晚上陈舟辞要单独把她约出来吃饭了,原来是要给徐清阿姨和陈延行叔叔创造单独相处的机会啊。然后她不禁又想,如果郑琳当时没有丢下她,那她的家庭是不是也会像陈舟辞家这样是一副美好的,让人羡慕的样子。

她接过陈舟辞递过来的纸,缓步走到了沙发上坐着,靠着枕头,歪着脑袋躺了一会儿。闭上了眼睛,然后又突然开口:"我晚上好像没吃饭。"

"嗯。"陈舟辞抬眸看了她一眼,"想吃什么,我出去给你买。"

温既白睁开眼睛看了一眼窗外。天空阴沉沉的,不知何时就要下一场大雨。她有些不放心陈舟辞出去,便问:"你……会做饭吗?"说着,还露出期待的表情,"我想吃你做的饭。"

"行呀。"陈舟辞被她那个期待的模样逗笑了,"但是要单收费的。"

温既白问:"怎么收的?"

"那要看你喜欢吃什么了。"陈舟辞走到冰箱面前,打开冰箱大致扫了一眼,偏头问她,"菜不是很多了,我给你做碗面吧?"

温既白颇感惊讶:"你还真的会做饭啊?"

"嗯,你能不能对我点信心呀?"陈舟辞叹了口气,有些无奈,"去洗澡吧,不然会感冒。"

温既白的头发的确被雨淋得有些湿,但陈舟辞也没好到哪里去,他身上的衣服也湿了大半,现在还在给她做饭,温既白于心不忍,便说:"你先去洗澡吧。"

"到这时候了还跟我客气呢?"陈舟辞把鸡蛋放下,瞥了她一眼。

温既白淡淡地笑了笑,很自然地说:"那不是觉得你是瓷娃娃,娇气得很，我要让着你。"

"也是。"陈舟辞说，"但是看在温小仙女这么可怜的分上，那今天就先让小仙女当一回瓷娃娃吧。"

"洗澡去吧，今天我让着你。"

温既白突然笑了一下，把手中的海绵宝宝抱枕放下，快步跑上前，又拽住了陈舟辞的袖子，这好像是他们之间一种独特的默契一样。

她想收起锋芒的时候又不知道如何开口，就会用这种小举动来表达。

陈舟辞微微一怔，垂眸看了一眼温既白拽着他袖子的手，顿时笑着说："你拉着我，我怎么给你做饭？"

温既白紧紧地拉着他的袖子，闭了一会儿眼睛，只是说："明天的这个时候，我和你说好吗？"

陈舟辞轻轻地"嗯"了一下。

"你上次和我说'没什么不能告诉我的'，我现在也把这句话送给你。"温既白认真地道，"只是现在不行。给我一天时间，我整理一下思绪好吗？"

"都行。"陈舟辞叹了口气，安抚似的揉了揉她的发丝。

"对不起！"温既白低声道歉，"我应该提前和你说的，你找了我很长时间吧。对不起！"

"没必要道歉的。"陈舟辞轻声问，"你是故意不告诉我的吗？"

"不是。"温既白忍着眼角的泪，她不自觉地又想起了今天和郑琳的对话，莫名觉得心里难受，嗓音有些发颤，"我是因为……我忘记了。"

"那不就行了。"陈舟辞笑着说，"我相信你做一切事情都有你的道理，有误会说清楚就行了，去洗澡吧。"

温既白点了点头，

等她洗完澡后，头发还有些湿，她随手用毛巾擦了擦，还在滴水，便想问问陈舟辞家里有没有吹风机，没想到陈舟辞正一个人闷闷不乐地坐在沙发上，有些郁闷地盯着茶几上的面条。

温既白："……你咋了？"

"早知道你洗澡那么慢,我就晚些下面条了。"陈舟辞说着,还叹了口气,显得非常郁闷:"面条放时间长了,影响口感,我平时厨艺不是这样的。"

陈舟辞又勉为其难地瞅了一眼那碗面条,最后忍不了了,缓缓起身:"我给你重做一份吧。"

"不用了。"温既白觉得他现在的样子有些可爱,也不想麻烦他,便说,"就这份吧,我太饿了,再等会饿死。"

陈舟辞抬眸看了一眼头发还在滴水的温既白,这才想起来什么,便说:"我帮你擦头发。"

说着,陈舟辞便从温既白的手中接过了毛巾,然后把她推到了沙发上坐着,很自然地站在了她的身后,很耐心地帮她擦着头发上的水,半句怨言都没有。

温既白捧着面条,慢条斯理地吃了起来,其实做得还挺好吃的,打了两个鸡蛋,还放了火腿肠,陈舟辞没怎么放辣,边擦头发边问:"平时看你不怎么吃辣,我就没放,合口味吗?"

"很好吃。"温既白说,"我不喜欢吃辣,这个味道就刚刚好。"

原来也会有人注意她的忌口。

温既白的食量不大,吃了大半碗,还是剩了点碗底,陈舟辞没多说什么,收拾完碗筷后,自己也去洗了个澡。

大约晚上八点半,所有事才做好。

两个人都闲了下来,突然不知道做什么,与其尴尬地聊天,还不如找一部电影看,温既白在电视的推荐页面上翻了半天,发现许多电影都是恐怖片,便下意识地问:"你看恐怖片吗?"

问完才想起来,这人好像害怕看恐怖片。

"你别折腾我了,我不看这玩意儿。"陈舟辞说。

"那就看喜剧片。"温既白也不挑,便随便找了一个喜剧片

电影评分中规中矩,好歹也及格了,可是也不知道是今天两个人的

心情沉重还是怎么回事,电影里抖的梗,两个人都没有笑。

气氛一度很尴尬。

没过多久,玄关处的门便传来了一阵开锁的声音。

门被推开,徐清女士抱着一捧玫瑰花,和陈延行叔叔说说笑笑走了进来,徐清看到两个人都坐在客厅时,还略微有些惊讶:"你们俩没出去吃饭啊。"

温既白解释:"在家吃的。"

"啊。"徐清边把手中的花和包放下,边换上拖鞋往里走,稍稍有些疑惑,情绪又很快转换成了欣慰,"这淮凉山补一次课还真有用,这俩孩子现在关系那么好了。"

"俩孩子年龄相仿,自然共同话题多,很正常。"

徐清女士笑眯眯地看了他俩一会儿,可算把儿子看顺眼了许多,她一开始还担心俩小孩不好磨合,现在看来,磨合得不是挺好的。

上次还撞到俩人在书房一起看书,这次又在一起看电视。

徐清洗漱好回到房间后还在和陈延行夸自家儿子:"我觉得舟舟不是挺会照顾人的吗,你看这俩孩子关系多好。"

"挺正常的。"陈延行揉了揉眉心,把手边的书放了起来,"舟舟小时候就是那种好说话的性子。"

"你知道他好说话还天天说他叛逆,你图什么?"徐清看着他,非常不解。

"现在小孩大了,个性突出了,难免会发生争吵。"陈延行说着还提醒道,"你也别太关注他俩,这个年龄段的小孩除了叛逆期,还正在青春期。"

她突然又想起来昨天郑琳说的那件事,便把被子扯了下去,好声好气地与陈延行商量道:"你说,小白会和郑琳回去吗?"

听到"郑琳"这个名字时,陈延行还有些陌生,蹙了蹙眉:"你是说既白的母亲?"

"嗯。"徐清点了点头,"她上次来找我,说了这件事,我担心会影响小白学习,便和她说等高考过后再和小白说这个事吧,她也同意了。"

"怕就怕……"徐清也有些发愁,"我担心小白承受不住。"

"那小孩真不容易,父母重男轻女,便把她扔到了福利院,没人关心,后来大了一点儿后被我大学同学领养,还没养多少年,我大学同学也去世了。我当时就在想,如果小白是我家女儿就好了。"徐清忍不住畅想,"我一定把小白打扮得漂漂亮亮的,不让她受一点欺负。"

另一边,温既白也正在趴在床上,回想着晚上发生的事,那些画面一帧一帧地在脑海里翻过,像是一场无声的电影,按了循环播放,一遍又一遍从开头演到结局。

最终定格在了陈舟辞在体育场找到她,把她背起来的画面。

陈舟辞没有逼她解释原因,也给了她足够的空间和时间去消化发生的事。

她想了许久,最终拿起手机,打开备忘录,缓缓地打字:

陈舟辞:

当时我给你发消息,说你不用来接我了,等我十分钟,我很快就过去,并非虚言。我本也以为,十分钟我可以解决这个事情。

我遇到了那天我和你一同回家撞见的那位郑琳阿姨。

她把我约到了一家餐厅,告诉我有很重要的事情要同我说,我想你应该猜到了一些。

她说,她找了我很长时间。她想补偿我,想让我跟她回去。她说,她会对我很好。

但是当初抛弃我的也是她。

我不是被弄丢的,只是因为他们不喜欢我、不需要我,所以才把我抛弃的。

我不想和她回去,我也不喜欢那样的家。

说实话，当时刚知道这个事时，的确有些崩溃，所以才慌不择路地逃出了餐厅，又因为不想被她找到，把手机关了机。事情发生得太过突然，我完全忘了你当时与我的约定。

说到这里，我再和你说一次"对不起"吧。

谢谢你今天晚上的话。

最后，晚安！

打完字后，温既白又从头到尾检查了一遍，确认没有错别字和其他问题后，便把备忘录截图，直接给陈舟辞发了图片。然后她又点开聊天框的图片，又看了一遍，这次是代入了陈舟辞的视角，猜想着陈舟辞看到她发的这些话时会怎么想。

那些文字是她一口气写下来的。

但回头看时，只要一看到"抛弃"二字时，便会觉得格外刺眼，头皮发麻。

等待他看完的时间显得格外煎熬。

温既白平躺在软绵绵的被子上，仿佛越陷越深，望着天花板中央的吊灯，灯光散发的光圈一点一点向外扩散，她伸出手，遮了一点儿光，又想抓住光一样，透过指缝，光落在了她的眼中。

大约过了五分钟，手机依旧没有反应。

大概是睡着了吧。温既白心里默默地想着。

就在她掀开被子想钻进去睡觉时，卧室的门被人敲了敲。

温既白缓慢地起身去开门。

门外站着的是陈舟辞，他低着头看手机，另一只手里拿了一杯热牛奶，见到她开门后才放下手机，抬眸看她。相视无言，又是一阵沉默。

温既白莫名觉得现在的气氛有些尴尬，只好率先开口："你还没睡？"

"睡了。"陈舟辞笑着说，"但听到了手机铃声，被你吵醒了。"

还是那个欠揍的语气，并未与平常不同。

"哦，那你受委屈了。"温既白也松了一口气，笑着说，"是我的错。"

"嗯，知道就好。"陈舟辞把热牛奶递到她的手上，懒洋洋地说，"那为了弥补过错，替我喝杯牛奶吧。"

温既白接过牛奶，又碰了一下自己的脸，说："这样下去不行。"

陈舟辞扬眉："嗯？"

"我已经胖了三四斤了。"温既白觉得站在门口聊天不太合适，便把陈舟辞拉了进来，"你说，你是不是故意的。"

陈舟辞坐在了房间内的书桌前，看着她的脸，的确多了些肉了，但还是笑着说："现在更好看。"

温既白："陈舟辞，你直男啊，你现在不应该夸我怎么样都好看吗？"

"你不是直女，那我考考你。"陈舟辞笑着说，"我和云羡掉到水里了，你救谁？"

"我拿两个大板砖，砸死你俩，让你俩沉得快些。"温既白毫不犹豫，说完自己也笑了出来。

陈舟辞笑："你没良心啊。"

气氛渐渐活跃了起来，此时已经快到十二点了，整个房子只有她和陈舟辞的房间还没熄灯，偶尔能听到街上车流的鸣笛声，声声入耳。

温既白抿了一口牛奶，把水杯放回了书桌上，问他："你来找我，想问我什么？"

"嗯。"陈舟辞答得坦荡，他向来如此，有什么说什么，每次在外面气氛比较尴尬或者焦灼时，他也能用看似不经意的一句话，打破僵局，对什么事都有明确的认知和分寸感，他问，"其实我们每个人心中都有一把尺，去衡量事情对错，我猜你给我写那篇小作文时，便已经做了决定了。"

他说话总是能一针见血。

温既白点了点头："对。"

"我相信你的决定。"陈舟辞笑着说，"我是来安慰你的。谁说没人关心温既白的？我看又不是摆设，过来，我哄哄你。"

温既白看了他半晌,轻声笑了一下。

陈舟辞想起来晚上的时候温既白还磕到了膝盖,便一直垂着眸看她,手指碰了一下她膝盖泛红的地方,轻声问:"还疼吗?"

温既白摇摇头:"不疼,我真的没那么娇气,小时候磕着碰着都是常事。"

陈舟辞垂着脑袋,看着她的膝盖,没有说话。

"我不想和她回去。"温既白小声说,"因为我觉得没有必要。"

陈舟辞的声音很轻:"怎么说?"

"其实那么多年没来找过我,我想过无数种可能,她只是我众多安慰我自己的理由中的一种,在成长的过程中,我已经安慰了我自己千千万万遍,也在心中排练了许多次,所以真到这一天时,我竟然发现,我也没那么难过。

"况且我都十七岁了。"温既白说着,顿了一下,声音竟然有些哽咽,"我早就不需要她了。"

因为在成长的过程中,我每一次需要你时,你都不在。

所以,我早就不需要这个家了。

这天晚上,温既白做了一个很长的梦,在来安白市那么长时间,也是第一次睡了一个懒觉。

陈舟辞见昨天晚上温既白心情不好,就没去叫她,想让她睡个好觉。

其实,陈舟辞平时没怎么想过上哪个大学和专业,他是比较随性的人,没有什么特别想去的学校。徐清有时问他的意见,陈舟辞也没给出什么明确答案,徐清说他对自己不负责任,他也不想反驳。

可是最近陈舟辞想得越来越多了,总是睡不安稳。今天一起来,就打开电脑,对比了好几个学校历年的分数线和专业,看了好半天,又把温既白那几次的考试成绩拿出来算了一下。

温既白属于偏科型选手。

高一的时候，数学老师总是夸她，她也比较喜欢那个数学老师，所以对数学来说就更上心一点，数学成绩是比较稳定的。不管试卷什么难度，她都能考一百四十多分，在这一科有着绝对优势。

　　但问题是，她的地理和历史不好。

　　陈舟辞又把自己前几次的月考成绩拿出来看了一下，他的各科分数均匀，每次总分要比温既白的总分多个十分左右，全都归功于文综。

　　想到这儿，陈舟辞想趁着这个上午把地理考点给温既白梳理一下，至少先把能得的分得到，把分数差拉平。

　　他想和温既白上一所学校。

　　大约写了快到一个小时，客厅的门铃响了。

　　陈舟辞把笔放下，扫了一眼时间，慢悠悠地过去开门，门拉开，映入眼帘的便是那天从淮凉山回来，遇见的郑琳阿姨。

　　陈舟辞想到昨天晚上温既白说的话，微微蹙了蹙眉，大致能猜出她是想来做什么的，握着门把手的手也紧了紧，沉默了半响才开口："阿姨，有事吗？"

　　郑琳的目光掠过陈舟辞，在屋里扫了一圈，并没有看到温既白的身影。她抿了下嘴，才开口问陈舟辞："舟辞，请问既白在家吗？阿姨有事要和她说。"

　　陈舟辞把门推开了一点儿，瞥了她一眼，冷淡地说："在睡觉。"

　　"这样啊……"郑琳面露难色，她干笑了一声，看着面前十七八岁的少年，竟然第一次有一种不知道如何应付的感觉，她斟酌了一会儿，才慢慢开口，"阿姨可以进去等一下既白吗？因为真的有很重要的事情需要跟她说。"

　　对于她的回答，陈舟辞毫不意外，便把门彻底推开，语气依旧冷淡："可以，那阿姨您在沙发上坐一会儿吧，我去叫她。"

　　一听陈舟辞要去叫醒温既白，郑琳赶忙阻止："别，等一下。"

　　陈舟辞回头睨她："怎么了？"

"让她多睡一会儿吧，别打扰她了，我可以等。"郑琳说。

陈舟辞没多说什么，便进厨房给郑琳倒了一杯茶，刚放到茶几上，郑琳又叫住了他："舟辞，我可以和你谈谈吗？"

其实陈舟辞不是那种沉默寡言的人，平时遇到亲戚或者认识的叔叔阿姨，不管聊学习还是聊新闻八卦，都能聊两句，但是今天面对郑琳时，莫名不太想和她聊天。

更何况跟她能聊什么？温既白吗？他也不想在外人面前谈温既白。

陈舟辞坐在了另一处的沙发上，偏头看着郑琳，抬眸看了一眼楼上温既白的房间，然后又收回视线，冷冰冰地丢下一句："谈什么？"

"就是……既白现在在学校怎么样啊？成绩呢？平时有没有什么喜欢的东西一类的，阿姨想多了解她一点。"郑琳坐直了一些，眼睛直直盯着陈舟辞，期待着从他口中得到什么有用的信息。

陈舟辞垂着头，微微蹙了蹙眉，过了一会儿才抬眸看她，没头没尾地问了一句："阿姨今天来，是想让她和你走吗？"

郑琳微微一怔，陈舟辞从始至终都没有什么表情，一直都是平平淡淡的，松松懒懒地靠在沙发上，很有礼貌，也没有打断她说话，很耐心地听着，等她说完才开口。

郑琳现在大约也能猜到，温既白应该和他说了。

其实她还挺惊讶的，她本以为像这种事情，再加上昨天温既白的反应那样大，本以为她不会和任何一个人说。

可是她和陈舟辞说了。

郑琳也岔开了话题："你和既白关系挺好。"

闻言，陈舟辞只是轻轻地"嗯"了一声。

郑琳看着他冷冷地反应，又追问了一句："有多好？"

陈舟辞没有回答，只是掀起眼皮看了她一眼，看着郑琳现在的反应，觉得有些好笑："阿姨，您想让我劝她？"

被猜中了心思，郑琳顿了一下才说："舟辞，阿姨知道你是个好孩子，但你要理解阿姨。"

陈舟辞只是靠在沙发上，静静地听她说。

"阿姨找了既白很长时间，但是既白她现在……不愿意接受阿姨。"郑琳说着，情绪也有些低落，清了清嗓子，"所以，你可以帮阿姨劝劝既白吗？"

陈舟辞问："徐女士知道吗？"

"知道的。"郑琳忙回答，第一遍说得有些急促，第二遍才稳定了情绪，"我之前和她提过这个事情，她是知道的。"

"我是说……"陈舟辞看着她，语气冷淡，"我妈妈知道你和温既白说这个事了吗？"

郑琳愣在了原地，抿了抿唇，没再说话。

当时和徐清说这个事时，徐清怕温既白一时间接受不了这个消息，嘱咐她再等等，至少等高考结束再说，要不然多影响她学习。

但是那天晚上见到温既白后，看着小姑娘满脸迷茫、不知所措的样子，又觉得很心疼，心疼她寄人篱下、小心翼翼的样子。

她放心不下，也舍不得等那一年了，所以情急之下，就把这个事情全都告诉了温既白。

看着郑琳那欲言又止的表情，陈舟辞也猜了个七七八八。其实，他一开始就怀疑徐清根本不知道，不然以徐清女士的性格一定会去找温既白谈话，不可能只字不提，如此淡定。

郑琳也垂下眼睛，沉默着，不知道想到了什么，好像是感受到了陈舟辞压着火，语气也有些不悦和冷淡。她之前只觉得这是一个很有礼貌和教养的小孩，应该会很好说服，倒没想到这人软硬不吃。

于是，郑琳便继续打感情牌："小白现在需要的是家庭，和亲生父母在一起，她还有一个弟弟，她年纪小不懂事，很多事情说开了就行。"

"她这样说的吗？"陈舟辞也从沙发上靠着姿势变成了坐起来，就这么看着她，语气格外平静，"阿姨，今年温既白是高三的考生。"

如果你真的为她好，就应该知道高三对现在的学生来说有多重要。

如果你真的为她好，能不能试着站在她的角度考虑一下。

"正是因为今年高三，我才想带小白回去，想给她一个安稳的学习环境。"郑琳的语气也冷了下来。

"嗯。"陈舟辞又靠回了沙发上，好像是意识到了根本和郑琳说不通这个事情，垂下眼睛，顿了一下，才说，"你有问过她的想法吗？"

郑琳蹙了蹙眉，没理解陈舟辞说这话的意思。

"从她记事起，她就是被抛弃，被挑选，寄人篱下，被误解，所以这样的小孩，天然没有安全感，她们会为丢弃他们的父母找许多理由，设想过很多种假设，甚至可以说……"陈舟辞抬眸看了一眼郑琳，观察着她的表情，一字一句地说，"在自己的心里不断洗白父母的过错。"

郑琳闻言，彻底愣住了。

"然后，她被收养，这样过了几年，养母也去世了。"陈舟辞的声音不紧不慢的，像是在叙述一个故事，"人生中的第二件重要的事无非是告诉她，拥有也会失去，那干脆不要了，所以不敢上前，不敢争取。"

郑琳张了张嘴，没有说话。

她之前打听过温既白的去向，知道温越待她很好之后，也比较放心，偷偷去看过她几次，却忽略了温既白心中的看法。

"阿姨，我不能帮温既白做决定，所以很抱歉，这个事情我帮不了你。"陈舟辞说，"任何人都没有权利替别人做决定。"

说完，陈舟辞便缓缓起身。他知道自己的一番话估计也很难改变郑琳那么多年对于此事的看法。

但今天说那么多，更多的原因是，他在替温既白感到委屈。

郑琳的一字一句都是在阐述家庭的重要性，但是她当初的做法又与现在的理由相悖。说到底，她到现在还以为孩子是她可以凭借自己的喜好而决定的"物品"。可是孩子不是"物品"，他们是有独立思想的人。

郑琳是在温既白醒来之前离开的。她回去之后，反复琢磨了陈舟辞的话，也试着代入了一下温既白的视角，也想试着与她共情。可若是真的离开，真的放弃的话，那就代表着，在温既白这个事情上，她连补偿的资格都没有了。

那天晚上，她退而求其次，把温既白再次约了出来。

她发了很多消息，温既白都没有理，直到最后那一条：既白，妈妈不会逼你回家了。我明天就要回去了，如果可以，我想和你最后见一面。

对面沉默了很长时间。

在郑琳快要放弃时，温既白突然回了消息：在哪里见面？

那个瞬间，郑琳的眼角有些湿润。她突然想，当初的那个决定是否真的值得，放弃了自己的女儿，给她带来那么多伤痛。

若是当初没有把温既白送走，那么他们一大家和和美美，是否是另一番景象？

可是世界上没有后悔药。

她选择了学校旁边的一个餐厅。

在吃晚餐时，郑琳开口的第一句话就是："既白，妈妈以后不会逼你了。"

温既白看着这满满一桌子的菜，只是轻轻地"嗯"了一声。

"高考之后，若是你想通了，想来找妈妈，我们随时都欢迎你。妈妈对不起你，一定会补偿你。"郑琳见这次温既白情绪稳定了许多，又说。

温既白突然开口："我现在过得很好。"

一句话，彻底浇灭了郑琳的念想。

她似乎已经知道再怎么劝说也无法改变温既白的想法，便也叹了口气，有些无奈，又妥协般地点了点头，似乎是自言自语地小声说了一句："过得好就行。"

郑琳又叹了口气，很认真地说："抱歉，是妈妈没有考虑到高三，一时冲动，便找了你。

"既白，我听你徐阿姨说，你的学习成绩很好。"郑琳夹了一块肉到温既白的碗中,"妈妈相信你,高考一定能取得好的成绩。"

温既白看着碗里的肉,深吸了一口气,用筷子拨了一下,然后夹起它,轻轻咬了一口,咸淡适中,唇齿留香,却有说不上来的酸楚。她低声说:"谢谢关心。"

郑琳拿着筷子的手颤抖了一下,鼻尖有些酸。

不管她在这件事情上多努力,温既白的态度始终是客气而疏离的。

原来,温既白已经用自己的态度回答了无数遍那个问题的答案。

也许,她和温既白之间最好关系,就是陌生人。

后来,这件事情渐渐翻篇。高三学习时间紧张,往返学校的路上浪费时间,温既白和陈舟辞都希望住校。

谈及高三,难免会谈及高考。日子越来越近,温既白思考未来的频次也越来越多,她想起陈舟辞曾经脱口而出的法律条文,便在一次走到教学楼下时提及此事:"你以后想学法律专业吗?"

其实,陈舟辞还真没想过这方面,便回:"熬夜背法律条文,会不会影响颜值?"

温既白也意识到这人是在说笑了,便笑着说:"你有毛病啊。熬夜都影响颜值,你有本事别熬夜看书啊,要不然变丑了该怎么办?"

"哦,你果然是看脸。"陈舟辞不悦。

下午考数学,温既白在最后一个考场,她大致扫过去,这个考场大致有三类学生。

第一类就是躺平型的,睡觉的睡觉,发呆的发呆,试卷基本上空白,混到考试结束就算完事。

第二类是态度认真型的,虽然不会,但毕竟是文科,试卷总是要填满的。

第三类就是属于上一次没参加考试,或者像温既白这样的转校生,但转校生好像也只有她一个。

考数学之前，整个考场都乱哄哄的，比上午考语文时可热闹多了。温既白进考场时还以为自己走错了，陈舟辞是跟她一起来的，还不忘问："比赛吗？这样吧，我们均衡一下，谁数学考得高，谁去打一星期水。"

温既白第一次听说这打赌还能反着来的。

谁分数考得高谁接受惩罚？

行吧，不愧是舟草。

"比就比。"温既白显得格外硬气，"我争取给你打水一星期。"

"没必要。"陈舟辞也很配合，"我考完试就去充水卡，争取给同桌打一学期的水。"

温既白睨了他一眼："你还真不让我。"

"去吧。"陈舟辞看了一眼教室后面的时间，也不准备再逗她了，临到嘴边，还是妥协了，"等着同桌给我打水，加油！"

她叹了口气，临走前，扯了扯陈舟辞的袖子，道："那我蹭一下第一名的好运，希望我的数学能超常发挥。"

陈舟辞懒洋洋地说："那我多分给你一点儿，温小朋友，别紧张了。"

听到这种哄小孩的称呼，温既白没忍住，笑了一下："我还以为你会说我幼稚，扯一下袖子就能传播好运来着。"

"放心吧，好运也只分给你。"陈舟辞笑着说。

两天考试，时间过得很快，考试结束那天晚上没有上晚自习，下午四点钟就放假了，陈舟辞发现自己的衣服少带了两件，现在已至初秋，一场秋雨一场寒，徐清女士只给他和温既白带了夏天的短袖。学校的住校生一般都是半个月回去一次，陈舟辞便和温既白回了一趟家拿衣服。

陈舟辞回宿舍时已经是晚上了。袁飞龙刚对完答案，心态炸裂，各个宿舍都逛了一下，秉持着不能只有自己心态崩溃的原则，就把数学答案传播了个遍。

刘城西觉得他缺德，一见陈舟辞进门就诉苦："舟草，你可算回来了！我刚刚对历史答案，就错了一道题，给我高兴坏了，结果我定睛一看，那是政治答案。我告诉你，我完蛋了，历史就对了一道题，吉吉国王非把我的皮扒掉不可。"

袁飞龙此时刚从别的宿舍回来，也在哀号："跟我比惨？我是堂堂的数学课代表，数学选填扣了五十分！我现在连上一百的机会都没有了！大题也空了两题，我才完了！"

"舟草，你对数学答案了吗？"

陈舟辞把书包和行李箱放下，坐在书桌前揉了揉手腕，淡定地回了一句："我把答题卡涂错了。"

俗话说，惨不惨的都是对比出来的。袁飞龙顿时高兴了，笑嘻嘻地安慰陈舟辞："没事，选择题涂错五道，顶多扣二十五分，还有机会上一百。"

"就是！你其他科那么好！这次数学那么难，砸了就砸了！"刘城西也安慰道。

陈舟辞抬眸看了他一眼，淡淡地说："我大题没扣分。"

…………

整个寝室只有江一帆的心态最好，他其实是宿舍里除了陈舟辞成绩最好的，特别是数学，刘城西随口提了一句："江一帆，你呢，你数学估的多少？"

江一帆刚对完答案，便实话实说："一百三十八分。"

袁飞龙又崩溃了："你们还是人吗？这题目你们能考一百三十多分？我这数学课代表当不下去了。"

陈舟辞没说其他的，把手边的快递盒缓缓拆开，刘城西有些好奇，便凑过去看："你买东西啦？买的啥呀？衣服还是练习册——"

还没说完,就看到陈舟辞从快递盒里拿出了一盒星星纸。

刘城西:"……我的天。"

"陈舟辞,你买星星纸干啥啊?这一般不是班里女生玩的玩意儿吗?"

陈舟辞打开手机,查了折星星的教程,冷淡地回了一句:"折着玩。"

刘城西挠了挠头发,回头看了一眼袁飞龙,觉得有些奇怪:"哎,我记得高二的时候运动会,肥龙买了好多女生穿的裙子,说舟草长得漂亮,打扮成女生好看,你冷了他一天,怎么现在想起来叠星星这种东西了。"

一提这事,陈舟辞也有些不高兴,抬眸瞥了刘城西一眼,冷冷地道:"穿裙子跟这玩意儿能一样吗?"

袁飞龙也觉得稀奇,又想起来在淮凉山时玩的那个梗,笑嘻嘻地凑近:"那如果温小仙女说,今天晚上宜穿裙子,舟草穿不?"

"袁飞龙,你想死直说。"陈舟辞这次看都没看他一眼,语气依旧冷淡,还在搜叠星星的视频看,手边已经抽了一张星星纸,有模有样地照着学。

可惜陈舟辞手笨,叠出来的星星被捏得歪歪扭扭的,陈舟辞把那个失败的星星放到手心,觉得怎么看怎么丑。连他自己都说服不了自己,这个畸形的星星太丑了。

陈舟辞叹了口气,想把这个星星扔到垃圾桶里,消灭这个失败品,结果还没扔就被刘城西给抢了过去,刘城西毫不留情地大笑:"哈哈,舟草,你要拿这玩意儿给你同桌,我赌一包辣条,她当场跟你绝交!"

一听"打赌",袁飞龙也来劲了:"我赌两包辣条,不但绝交,她还要锤你两下。"

陈舟辞靠在了椅子上,突然被他俩这幸灾乐祸的样子逗笑了,烦恼地道:"服了,把星星还给我,洗手了吗?"

"这玩意叫'星星'?侮辱它了吧,哈哈!"刘城西躺在床上笑得前仰后合,其间还被自己的口水呛着了,咳嗽了半天。

陈舟辞抄起一个抱枕便扔了过去,其实是对着他身上扔的,刘城西当时正想坐起来喝口水,顺顺嗓子,结果正好砸到了他脸上,他在寝室"嗷呜"了一声，委屈地说："啊！陈舟辞，你打我！你知道这对一个十八岁的纯情男高中生的影响有多大吗？"

陈舟辞被吵得头疼："别吵。"

"陈舟辞，你这个渣男。"刘城西觉得更难过了，"爷爷说，永远也不要嫁给打你的男人，希望你永远都不懂。"

袁飞龙差点没被这句话恶心得把晚饭给吐出来，只觉得这个寝室实在待不下去了，又偏头看了一眼正趴在床上玩手机的江一帆，一个"大鹏展翅"蹦到了他的床上，凑过去看："江一帆，只有你正常！"

结果就看到江一帆的手机屏幕上播放的《回家的诱惑》。

江一帆见袁飞龙过来了，还非常真诚地问："要一起看吗？"

袁飞龙："我……"

他们刚开学，先是月考，还没收手机，老段这方面管得不算太严。只要不被老师撞见，都好说，撞见了就肯定没收到高考结束。

陈舟辞虽然手笨，但是学东西还是很快的，多叠了几个就已经像模像样了，至少不是个畸形了。

刘城西哀号了半天，没有人搭理他了。他自知无趣，也不叫唤了，突然瞥见陈舟辞手边还有一个快递盒，便好奇地问："你还买啥了？"

陈舟辞垂着眼睛，安安静静地叠星星，理都没理他，甚至还把离刘城西手边最近的几颗星星往自己这边移了移，大有一副跟他划清界限的样子。

刘城西见陈舟辞不搭理他了，问道："你真生气了啊？咱们两年的同学情谊呢！"

陈舟辞见状，又把星星往自己这边移了移，继续不理人。

宿舍又迸发了一阵哄笑，袁飞龙都快笑岔气了，大笑的间隙，瞥见刘城西一脸哀怨地趴回了自己的床上，拿出毛线和针，默默地织起了围巾。

江一帆和袁飞龙对视了一眼，一阵沉默。

宿舍里形成了这样一个诡异的场景，陈舟辞在一盏暖黄的灯前，认认真真地看着手机中的教学视频，折着纸星星，时而书桌上发出笔划过纸页时的沙沙声。

刘城西低着头，靠在床头，默默地织着围巾。

江一帆趴在床上看《回家的诱惑》为林品如的悲惨遭遇痛苦流泪，时而怒骂洪世贤和艾莉这对无耻的狗男女。

只有袁飞龙一个人抱着自己满是红色打叉的数学试卷，觉得自己像是一个小丑。

温既白当晚回宿舍的时候已经不早了，她们宿舍在三层，刚走到楼梯口，就听到了走廊上传来一阵吵闹声，伴随着女生有些刺耳的尖叫。

温既白当即觉得不对劲，加快了脚步，发现竟然是自己的宿舍发出来的声音。

站在她们宿舍门口的是两个陌生的女生，同这个人争吵的正是云羡和小丸子。

小丸子的性格内向一点，所以基本上是云羡一个人对着两个人吵，竟然丝毫不落下风，温既白都忍不住感慨云羡的战斗力惊人。

离得近了，才听清云羡在说什么："你当我瞎？我今天看着你抄的舟草的数学！你现在给我装什么？你数学几斤几两心里没数？仗着新教学楼还没装摄像头，就抄呗？我看你高考抄不抄得上？装啥啊！"

对面那两个女生，一个披着头发，一个梳着高马尾。

披头发的女生往后站了站，避开了云羡的唾沫星子，然后才嗤笑道："你有本事去老师那边告状啊，你有证据吗？就说我抄袭？"

温既白站在原地听了两句，大概就知道发生什么事儿了。

考场里有人作弊的事并不新鲜。现在云羡之所以那么生气，是因为这次数学本来就难，那两个女生趁着交试卷时抄了陈舟辞的数学答题卡不说，还在出考场时大言不惭地说："这次数学可真简单。"

那语气还有些轻松得意，脸上洋溢着微笑。

云羡当时就站在这俩人身后,差点没被气吐血。

云羡:"你要脸吗?我们亲眼看到你抄了!"

温既白觉得,这件事再争辩下去已经没意义了,便拍了拍云羡的肩膀,安抚道:"你刚刚说她抄了陈舟辞的数学选择题?"

"对!"云羡生气地说,"当时舟草走得早,她上去交试卷时,直接把舟草的放在讲台上,是第一份答题卡,她抽过来改选择题,监考老师还不管……真是气死我了!"

温既白轻轻点了点头,又瞥向对面的两个女生,笑了一下才说:"哦,那正好。"

云羡被她这种淡定的态度搞得有些不解,问:"你怎么一点儿也不急呢?抄的可是你同桌的答案啊。"

温既白冷冷地看着那两个人,轻声道:"因为陈舟辞的数学答题卡涂错了。"

其中一个女生嘴角一僵,大脑顿时一片空白,张了张嘴,半句话都没说出来。慌乱间,她只能看向另一个女生。

云羡脸上的气愤一扫而空,取而代之的是惊喜和雀跃。她激动地跳了一下,笑着说:"真的吗?舟草的答题卡涂错了?这次数学第一终于不是他了!"

温既白看着云羡激动的样子,又想到了陈舟辞考完后说自己答题卡涂错时的郁闷表情,心想:陈舟辞要是在这里,看到别人知道他的答题卡涂错还能那么开心,肯定又得郁闷了。

温既白扬了扬眉梢,忍不住笑:"你傻啊,这能是重点吗?"她说完,又看向对面的两个人,"还去办公室吗?"

云羡顿时恍然大悟:"对哦,只要对一下她俩和陈舟辞的答案就行了,如果错都错得一样,肯定能当证据!"

铁证如山,这两个人再也无法狡辩了。想服软,可是现在走廊上那么多人,刚刚她们嚣张跋扈的样子被很多同学都看见了;可若是不服软,被老师知道了又该怎么办呢?

女生咬了咬牙,低声说:"我们进寝室说。"

温既白扫了她们一眼,并不理会她说的话,冷冷地说:"何必多此一举呢,明天直接在办公室见吧。"

第七章

九百九十九颗星星

陈舟辞叠星星叠到了半夜，但也没成功几个，反而没睡好。第二天到教室自习时，精神状态不是很好。

他昨天第二个快递盒里装的买的印章。

吉吉国王让买的，主要是不放心学生们交上来的大事年表反复使用，便提议让他每收到一份盖上印章，这样就能分得清了。

温既白一般早上去教室比较早，一落座就学习，不关心其他的，她这人一做数学题就入迷，只要别人不打扰，她能算一上午。

现在正是下课时间，班里该睡觉的睡觉，该玩的玩，乱哄哄的，温既白全都当白噪音了，刚算好一题，便想喝口水润一润嘴唇，还没碰到水杯，手背上就突然一凉，被什么东西盖了一下。

"神奇海螺说，盖了我的章，就是我这边的。"

陈舟辞的声音满含笑意，传到了她的耳朵中。

温既白这才反应过来，刚刚陈舟辞拿着印章在她的手背上盖了一个章。

手背上的红色印记是一个海绵宝宝的图案。

温既白看着手背上的海绵宝宝，又抬眼望着陈舟辞，过了良久才笑着说："幼稚。"

"看到你手上的章了吗？"陈舟辞不理会她的话，懒散地靠在墙上，笑着说。

温既白忍不住笑着问:"我又不瞎,怎么会看不到?"

"嗯,这是只有聪明人才能看到的印章。"陈舟辞笑着说,"所以,同桌你还挺厉害。"

"那你给我用一下。"温既白从陈舟辞手中接过了印章,然后毫不客气地在他的手背上也盖了一个海绵宝宝。

"把印章还给大帅哥吧,大帅哥要工作了。"陈舟辞笑够了,便从温既白的手中把印章拿了回来,在上星期收到的大事年表上盖章。

温既白刚抿了一口水就被他这个自称噎了一下:"自恋死了,哪有人自称大帅哥的?"

陈舟辞又"啪"的一声盖了一个章在大事年表上,抽个空瞥了她一眼,笑着说:"没你自恋啊,某人还自称小仙女呢。"

温既白开始反思,为什么自己总是说不过这个人啊……

可能是陈舟辞不怕丢脸吧。

温既白在心里默默地安慰自己,于是说:"绝交一天。"

陈舟辞盖章的手一顿,黑眸看向她,笑着问:"你还要赖呢?说不过我就要赖啊。"

温既白深吸了一口气,没理他。

"不说话?"

温既白沉默不语。

"真生气了?"

温既白这会儿有了动静,有些不耐烦地把试卷翻了个面,然后把笔帽扣上,才认真地说:"我在生气,你见过谁生气了还是话痨的?你能不能安静一会儿,先让我生气一会儿。"

陈舟辞慢吞吞地"哦"了一声。

"那就先给你两分钟,两分钟后我就跟你说话,不能再多了。"陈舟辞很认真地在和她讨价还价。

温既白真的连两分钟都没忍住。

她把写完的数学作业收了起来,叹了口气,更像是妥协:"算了,刚刚我装的。"

陈舟辞反手捏了一下她的指尖,笑着说:"两分钟都忍不到,还说要绝交一天?"

成绩出来后,云羡就拿着陈舟辞的答题卡跑去和三班老班说明了情况,其实不只是那两个女生,三班很多在第一考场的同学都作弊来的。

高三作弊又是各科老师都比较忌讳的事情。

三班老师知道后,不止找了那些学生谈心,通报批评了一下,还向学校领导反映了这件事,也是从这儿开始,五楼的空教室也装上了摄像头,偶尔还有监考老师拿着扫描仪检测学生是否携带电子产品进入考场。

自此以后,考试作弊这个事情才彻底翻篇。

这次陈舟辞的数学考得不算好,还是犯了涂错答题卡这么低级的错误,成绩出来当天就被老段叫到了办公室,陈舟辞理亏,一进办公室就垂着脑袋,显得非常乖巧,没想到的是,温既白也在。

陈舟辞站在门口愣了一下,想起来温既白这次数学估分估的是一百四十五分,比他高了二十多分,那这次第一应该是她吧。

这样的话,老段找她也说得过去。

想到这儿,陈舟辞的心情好了不少,正准备等出办公室恭喜一下温既白时,就见隔壁桌的吉吉国王痛心疾首地把成绩单拍到桌子上,那表情就像琼瑶剧里受委屈的男主,仿佛下一秒就要咆哮"你为什么要离开我"一样。

陈舟辞心头一惊,顿时觉得没什么好事。

果然,吉吉国王抽出卫生纸擦了擦鼻涕,靠在椅子上,气得都要七窍生烟了:"温既白!你怎么回事啊?"

温既白眨了眨眼睛,瞥了一眼老段,老段也叹了口气,看着温既白的成绩单,还是先选择护犊子:"你凶什么?这不第三名吗?数学考了一百四十五分呢，考得多好。"

吉吉国王更生气了："你就看到数学成绩了，你看看这个历史成绩，五十九分啊，都没及格啊！"

陈舟辞没忍住，笑出了声。

这也是个人才，历史没考及格，还能考到年级第三，偏科偏成这样也是没谁了。

老段可能也觉得这科偏得太狠了，作为班主任，还是要说两句的，便语重心长地说："温既白啊，你背历史了吗？"

温既白很诚实，低声道："背了一遍。"

说完，好像注意到了办公室门口的视线，她微微偏头，用眼角余光扫了一眼在门口看热闹不嫌事大的陈舟辞，仿佛满眼写着——你还是人吗？就在那儿站着？

陈舟辞觉得再观战就显得太不地道了，于是很自然地为温既白吸引火力，缓缓地开口："老班，我的数学答题卡涂错了。"

吉吉国王又叹了口气，喝了口茶灭了灭火，抬头便看到他心中的最佳历史课代表来了。瞅了一眼他的历史成绩，九十三分，也还行，便突然没那么生气了。

老段睨了一眼陈舟辞，气不打一处来："你还挺得意的，是吧？数学一百二十分，考得挺好啊？"

陈舟辞心道：那我不能哭着进来吧。

于是，偏科型选手温既白小声提出建议："要不重新进来一次吧？"

陈舟辞顿时觉得自己一片好心喂了狗。

虽然心里是这么想的，但陈舟辞还是乖巧地回答了一下老段刚刚问的话："不好，一点都不好。"

"你知道不好还站在门口摆什么造型？给我过来，别挡其他老师的路。"

陈舟辞觉得自己被二次伤害了。

老段的话音刚落，就见陈舟辞也垂下了脑袋，站到了温既白旁边，来了还非常有礼貌地问了一句:"你站左边,还是右边?"

温既白认真地提意见:"左边吧,你的头应该再低一点,要不然显得不真诚。"

"你还挺有经验啊。"陈舟辞笑着说。

温既白翻了个白眼,心道:我进办公室的次数比你多多了。

看着这俩孩子同款低头认错的模样,老段没忍住,叹了口气,也不吓唬他俩了,笑着说:"你俩也别低着头了,搞得跟挨批评了似的,我今天找你俩呢,主要是想谈谈话。你看看这次,第一名是江一帆,人家数学、文综都没掉链子,你看你俩,患难同桌。但是吧——"

平时老师没少找他去办公室,陈舟辞觉得自己都被找出来经验了,一听"但是",顿时觉得后面没好话。

为了把老段"但是"后面的批评扼杀在摇篮中,他毫不犹豫地回了一句:"我错了。"

温既白的反应也很快:"我也错了。"

老段差点没被自己的口水呛着。他看着这俩孩子那么乖巧认错的样子,心里莫名添了一份罪恶感。

"好了,错什么错,不就考差了一次,搞得跟你俩咋回事了,云姜上次和我说了第一考场作弊的事,影响挺严重的。"老段把手里的成绩单放下,压到了书的最下面,抬起眼睛扫了这俩小孩一眼,缓缓地问:"陈舟辞,你知道这个事吗?"

陈舟辞也有所耳闻,但当时他交卷交得早,根本就不知道有人抄他的答题卡了,便回答道:"我后面五题选择题全错了,如果错都错得一样的选项的话,那是否太巧了?"

"嗯,就想找你俩说这个事呢。这次成绩单不贴了,等下星期再周练一次,算重新考,你回去通知一下他们。"说到这儿,老段显得格外忧愁,"你说现在的小孩怎么回事,都高三了还作弊,对自己一点责任都不负,想当年——"

一听"想当年"三字，陈舟辞和温既白两个人陷入了沉默，然后就听着老段从"学生作弊"的话题扯到"自己的高中生活"再扯到"先辈们如何辛苦奋斗"。

温既白真怕老段扯出来个中华上下五千年。

走出办公室的时候，温既白都觉得自己快得颈椎病了，刚刚为了显得自己乖巧一点，一直耷拉着脑袋，陈舟辞也没好到哪里去，一出办公室也在揉脖子，还提了一句："你的脖子疼吗？"

温既白一脸"我不是脖子疼，我是脖子快断了"的表情，高冷地吐出了两个字："废话。"

高冷完了，温既白突然意识到下周好像还有周练。

这次因为历史考砸了，差点被吉吉国王打包从四楼扔下去。

下次再考砸就真的完了。

于是她也不装高冷了，冲陈舟辞道："教教我历史。"

"不要。"

"教一教呗。"

"不。"

温既白心道：咋越说越惜字如金了呢？给你惯坏了吧？

但是这人吃软不吃硬，温既白心一横，又摇了摇他的手腕，小声地叫："哥。"

陈舟辞没搭理她。

"哥哥。求你了，哥哥。你最好了，哥哥。"

陈舟辞叹了口气，拿她没有一点儿办法。

他抬手扯了一下她的马尾，扯完就跑，只丢下了一句："答应你了，五十九。"

温既白还没从被扯马尾的气愤中缓解过来，这人又拿五十九分的历史成绩来嘲笑她，她只觉得自己受到了奇耻大辱，对着陈舟辞的背影说了一句："行啊，那你以后就叫二十五吧。"

陈舟辞不乐意了:"谁考二十五分了,别冤枉人。"

"嗯。"温既白显得很是淡定,"也不知道是谁的数学比我低了二十五分,是谁我不说。"

陈舟辞直接气笑了,站在原地笑了一会儿才说:"行吧,二十五就二十五,至少不是二百五。"

温既白心道:你的心态还挺好。

云羡的心情有些复杂。

老段虽然没有贴成绩单,但是也在班里说了,谁想看成绩都可以去办公室看。

云羡有自知之明,她知道这次考得不咋样,对答案的时候就知道数学考崩了,趁着老段不在时鼓起勇气看了一眼成绩,完蛋,年级直接退步了四十多名。

数学就考了八十五分。

于是连续几天晚自习,云羡隔了大半个教室,给温既白递便利贴,半个手掌大的便利贴被叠成了拇指大小,上面用黑笔写着"To 温既白"。

里面的内容大多是:亲爱的兔兔宝贝,这道数学题怎么做呀?

温既白有点哭笑不得,每次都很认真地给她算答案。

就这么过了两个星期左右,可算是把这次周考给熬过去了。这几天的天气反复无常,没过多久外面就下起了瓢泼大雨,豆大的雨滴砸在地面上,偶尔闪电划过,房间亮如白昼。

最近发生了一件令徐清很苦恼的事,她一脸严肃地趴在梳妆台前,盯着两张便利贴发呆,眼睛一眨不眨的,神情显得格外凝重。

不一会儿,房间里还传来了一声重重的叹息声。那声叹息,忧愁中又带着一丝疑惑,迷茫中又带着一丝不安。

陈延行拿起手机,又放下了手机。大约又沉默了五秒钟,陈延行站了起来,也叹了口气,然后步伐沉重地挪到了徐清旁边。那步伐沉重得像是上刑场一般。

　　房间内的气氛诡异极了,比陈舟辞小时候被徐清拽着扯着抱着看贞子的场景还要诡异。

　　最后陈延行抬头呈四十五度角看了一眼天花板,缓缓地开口:"这便利贴上是长钱了吗?你都看了快一个小时了吧。"

　　徐清的神情恍惚了一瞬,手指微微发抖,颤颤巍巍地拿起便利贴,塞到了陈延行手中,痛苦地道:"完了,完蛋了,公众号上说都是对的!"

　　陈延行把那两张便利贴摊到了手心,才看清了上面的字——

　　第一张是:"兔兔宝贝!天利三十八套卷,第二张最后一题选择题咋算的啊,我不会!宝贝帮我一下!"

　　第二张是:这道题还有这种算法!你太聪明了吧!下课给我亲一口!

　　陈延行看了之后手一抖,又不死心地瞥了一眼图片上面的字,然后才慢吞吞地抬头看徐清:"你翻孩子的东西干什么?"

　　"谁翻啊?"徐清痛心疾首地道,"小白的书包就放在沙发上。今天晚上我想把她的书包拿回房间,刚拎起来,这个就掉出来了,我还以为是什么垃圾,丢之前我想看看是不是重要的东西,这才看到的。"说完,徐清又戴上了痛苦面具,"你说,写这个便利贴的人是谁?"

　　徐清又把便利贴拿回来看了两遍,觉得更难受了:"这字体明显不是舟舟的。"

　　陈延行觉得更加迷惑了:"这……我没搞懂。"

　　徐清丝埋着头又把便利贴上的文字看了一遍:"这人居然叫小白'宝贝',居然还要亲小白!才多大的孩子啊!"

　　今天是周六,陈舟辞和温既白回来得也算是早,两个人约好明天下午两点返校。

　　徐清承认自己有些太着急了,后来陈延行费了半天口舌给她分析了一下利弊,这才彻底平复下来。然后决定,还是先跟陈舟辞了解一下情况。

　　于是,她整理好措辞和表情,便迈着沉重的步伐,敲响了自家儿子的房门。

没开。

徐清想了片刻,又移步到书房门口,敲了敲。

里面终于有了动静,伴随着脚步声,一声懒洋洋的询问从书房内传来:"姑奶奶,才五分钟没见吧,怎么又来了?"

然后随着门拉开,双方陷入了沉默。

陈舟辞的眉梢微挑,显得格外淡定:"怎么了?"

"什么怎么又来了?刚刚既白来了?"徐清站在门口问。

陈舟辞轻轻地"嗯"了一声,把门打开,淡淡地说:"刚刚来这儿还书。"

这个房间的隔音好,刚刚前半句话门没开,徐清根本没听清他说的是什么,随着门被拉开,她也只听到一句"怎么又来了"。

其实,徐清已经很长时间没有和陈舟辞单独待在一起聊天了,男孩子大了,和妈妈的共同语言也渐渐变少。

徐清也不想强求,所以趁着这个机会,想多询问一下陈舟辞在学校的情况,扯了半天无关紧要的话题,她终于可以进入正题了。

徐清清了清嗓子,正在找准机会换下一个话题:"我知道,你现在和小白关系很好,小白也算是你的半个妹妹吧,对吧?"

陈舟辞差点没被水呛着。

半个……妹妹?

也不绕圈子了,直接问:"你们班有没有谁叫小白'宝贝'啊?"

陈舟辞觉得好笑,便说:"谁敢叫啊?"

"你还替她打掩护?不到黄河不死心,是吧?"徐清气得从口袋里拿出了便利贴,拍到了书桌上,指着它,"你自己看。"

陈舟辞拿起便利贴的第一反应是这张粉嫩嫩的便利贴不可能是男生的吧。

看清了上面的字后,心下了然。

云羡。

陈舟辞的额角开始隐隐作痛，最后丢下了一句："你觉得，有没有可能这是个女生呢？云美，你认识吗？"

徐清呆愣在原地，眨了一下眼睛，与陈舟辞对视了足足五秒钟。

陈舟辞见母亲不说话了，便又端起水杯想润润嗓子。

然后徐清欲言又止了半天，最后慢吞吞地开口："你是说，小白是和一个姑娘……"

陈舟辞的手一抖，差点把水杯摔了。

然后在短短的两分钟时间内，徐女士表情生动地展现了"千变万化"。

陈舟辞觉得自己再不说点什么，徐女士就要晕过去了。

于是，他按照小时候与徐女士聊天的流程，很有礼貌地先咳了一下，把徐女士从神游中吸引过来，然后才缓缓地开口："其实，朋友之间这样叫很正常的。"说完，陈舟辞似乎觉得不太严谨，又补充了一句，"我是说女生之间。"

徐清半信半疑地"啊"了一声，她当时上学的那个时代还没有这般开放，但是自家儿子她是相信的，陈舟辞小时候没对她说过谎，也不怎么让她操心。基本上他这么说，徐清信了一大半。

徐清走之前，脸色好了很多。

陈舟辞叹了口气，跟在后面再三叮嘱："别胡思乱想了。"

徐清翻了个白眼："你怎么跟你爸一样，知道了。"

陈舟辞站在书桌前良久，叹了口气。

温既白叼着一根香草味棒棒糖，蹲在门后一角，就像小时候一样，漫无目地看着自己的房间，看了一会儿，她长长地叹了口气，把嘴里的棒棒糖咬碎，又垂头看了一眼手机屏幕。

屏幕上放着一个视频，视频上的小男孩十二三岁左右。

那是一个时间很长的视频，记录了那个男孩从婴儿时期到少年时期的模样，记录着成长的这十几年来他点点滴滴的变化。变的是年龄，褪去的是稚气，不变的却是少年沉浸在父母的疼爱中的笑颜。

视频一帧一帧播放着，场景不断变化，最后定格在一幅亲子照片上。

照片上最左边是郑琳，最右边的那个男人很陌生，不苟言笑，气质清冷，样貌俊朗。最中间被郑琳抱着的便是那个男生。

温既白又剥了一个青柠味棒棒糖，这次没有直接咬碎，而是放在嘴里一点一点融化，慢慢品味着棒棒糖的甜味。

细白的糖棍上咬了一圈小巧的牙印。

她闭了闭眼，仰着头靠在了墙上，把手机放到膝盖上，揉了揉有些麻的脚踝，随着小幅度的动作，手机"咚"的一声被砸在地上。

这是郑琳给她发的视频，她从徐清那里要来的联系方式。

郑琳说，她应该会很喜欢弟弟的。

郑琳说，弟弟很想念她，很想念姐姐。

温既白感到有些茫然，眼角有点湿，视频上的所谓的"弟弟"，从小到大，众星捧月，得天独厚，过着被父母疼爱、宠爱的日子，享受着很好的资源上学，吃着母亲每天亲手做的饭，上下学是父亲接送。

因为他很幸福，所以他永远在视频和照片中洋溢着笑容。

可是……这些别人当作理所应当的爱，却是她穷极一生，都渴求得到的。

她也想在一个圆满的家庭里成长。

郑琳还在给她发消息：你的弟弟叫许愿，他今天还跟我说想见姐姐了，看了你的照片后，就更想了。小白，你看能不能视个频，跟你弟弟说两句话呢？

温既白深吸了一口气，压抑了十几年的情感像是顷刻间要爆发一样，她觉得指尖都有些抖，点了语音电话。

那边很快接通，声音带了一些急促的笑声，还有嘈杂的男声，不知道是谁的。郑琳的声音透过听筒传过来："既白，能开视频电话……"

还没说完，温既白冷冷地打断道："麻烦请你以后不要再打扰我的生活了。"

那边突然沉默了下来，气氛一度陷入了尴尬："小白，你……"

温既白压着火，声音都有些颤抖："你凭什么妄加揣测我的想法？生而不养，当初你在干什么呢？凭什么你一句补偿就能抵消我这些年受的白眼和委屈？凭什么你想把我送走就把我送走，想把我要回去就把我要回去，我是你养的狗吗？"

郑琳那边沉默了许久，只是小声说了一句："既白，是妈妈考虑不……"

"你烦不烦？来来回回就这几句话，对吗？"温既白已经听够了，不管她如何宣泄，得到的回应只有那冷冰冰的一句"是妈妈考虑不周。"

原来"妈妈"二字也可以让人这么难受。

"如果你真的爱我，你就不会把我抛弃；如果你真的把我当成你的女儿，更不会在高三的时候跑来要我跟你回去。"

"既白，你听妈妈说……"那边郑琳的语气有些急，甚至还传来了抽泣声："小愿，快来跟姐姐说两句话，你不是说想姐姐了吗？"

电话那边传来男生不耐烦的声音："烦死了，你没看到我打游戏呢？我哪来的姐姐？"

听了这话，郑琳更着急了："既白，小愿之前不是这样的，你……"

又像是早就预料到一般，温既白把嘴里的糖咬碎，随手把糖棒扔到了垃圾桶里，冷冷地说："我没有弟弟。我的妈妈在两个月前因病去世，我并不认识你，还有你口中所谓的'弟弟'。"她用手指紧紧地握着手机，指腹微微泛白，声音颤抖，"若是你再来打扰我的生活，我将会用法律的手段维权，这是我第一遍告知，也是最后一遍。"

说完，温既白都没给郑琳再开口的机会，把郑琳的微信拉黑删除，也顺便把她的电话号码一起拉黑了。做完这些，温既白瘫倒在床上，她把头蒙上，整个人缩在被子里。

过了许久，房间里传来了微弱的抽泣声。

窗外雷鸣电闪，轰隆隆的雷阵雨再次落下，哭声被掩盖了下去。

这次考试应该是温既白考得最好的一次。数学正常发挥，考了一百四十五分。

历史和地理的考题相对简单，陈舟辞帮她补课，温既白第一次超常发挥，都上了八十分。这两门不拖后腿，她的成绩基本是稳定了，但也没想到能考年级第一。

陈舟辞就比她低了一分。

险胜，险胜。

毕竟数学考过人家了，她本想按照约定给陈舟辞打一星期水，但没想到陈舟辞这么自觉，打了一两次后，他就很自觉地自己去打水了。

温既白问他原因。

他就很郁闷地丢下一句："你说呢？等你打水我不得渴死。"

听到这话，温既白只是"咕咚咕咚"地抱着水杯喝，偶尔偷个闲发会儿呆。在很长一段时间里，她都是这样度过的。自习时闷头学习，下课了也不出去玩玩，连唯一的打水的工作都被陈舟辞给承包了。

陈舟辞不好意思打扰她学习，有时候帮她带杯水放在桌面，落座也开始做题。

在试卷上流逝的时光如水，时间在笔尖流淌。

她好像突然发现，不知道从什么时候起，自己的话变少了，大多数的时候在发呆。

老段那天一进门就说，高三有个数学培训，和 B 大的保送名额挂钩，更加看重数学成绩，想选期末考试数学成绩最高的那位同学去参加。

闻言，很多人觉得不是陈舟辞，便是温既白。

所以在宣布时，班里大多数人的目光都聚集在这两个人身上。刘城西和袁飞龙甚至在打赌，赌注是一包辣条。

温既白没听清他们都押的是谁，也不太关心这件事了。

陈舟辞发现了她的异常。在下课时,他转了一下笔,用手指轻轻点了点温既白的手腕凸出的腕骨,像是在吸引她的注意。

温既白像是突然从数学中抽离出思绪,茫然地看向他:"嗯?怎么了?"

"坐一天了,不累吗?要不要出去转转?"陈舟辞轻声问。

男生的睫毛很长,也很卷,温既白每次看着他时都想去碰一碰,甚至还有些羡慕,这人的睫毛真好看。

可能是见她那么久没回答,陈舟辞这才不急不躁地加了一句:"你的同桌被冷落了,不开心,不哄哄吗?"

温既白被他这个表情,逗得有些想笑,但下意识的反应,居然是拒绝。

不知道为什么,她好像开始排斥社交了。

她沉默了许久,就没有说话。

陈舟辞盯着她看了半天,可能也意识到这是温既白的拒绝,突然叹了口气,低声说:"你最近瘦了。"

温既白怔了怔。

好像是的。

这段时间还好,最要命的是,温既白开始失眠了。

上课的时候怎么都听不进去课,连她最喜欢的数学课也在一直走神。

晚上怎么睡都睡不着,她上网查了许多助眠的方法,开始数羊、数水饺,却都一点儿用都没有。这段时间过得尤为艰难。

然后是那次月考,成绩直线下降,不止文综没考好,连数学都发挥失常了,只考了个一百二十分。

没想到,她还没着急,陈舟辞那天晚自习下课突然叫住了她。

两个人站在教学楼下,来来往往是下课后的高三学子。为了节省时间,她们拎着暖壶,两两结对向宿舍跑去。

陈舟辞整个人拢在黑暗里,摸不清情绪,他问:"状态不好?最近怎么回事?"

温既白只觉得有些累,是那种身心俱疲的那种。每天面对大量的试卷,每天都觉得压抑，她好不容易有点儿困意，现在只想回去倒头就睡。她也不想对陈舟辞撒谎，便说："我最近睡眠不太好，考试的时候状态不行，就没考好。"

"要不要去看看医生？怎么会突然失眠？"陈舟辞有些担心。

"我自己的身体状况我自己清楚，没什么大事。"温既白打了个哈欠，"我真的好困，我们回去吧。"

陈舟辞看着小姑娘满眼疲惫的样子，有些不忍心，便轻轻点了下头，把她送回了宿舍。

之后的几天，陈舟辞故意似的，每天课间不管长课间、短课间都要把她拉出去散散步、说说话，还专门跑了几趟校医务室，开了点治疗失眠和精神不济的药。

之后的几次月考，温既白考得还算是中规中矩，一直在第五、六名徘徊，再也没有考过第一。

陈舟辞则是稳稳地排在了第一的位置。

在期末考试时，温既白的数学比陈舟辞低了两分，是他们班的第三名。

第二名是江一帆。

陈舟辞对保送没什么兴趣，对那个所谓的数学培训也是一副"无所谓"的态度，去与不去都无所谓。而且看温既白最近的状态那么差，他有些不放心。

他思索再三，想把名额让出去，便去找老段。

结果刚站在办公室门口，迎面就撞见了从办公室出来的温既白。

两个人一个往里进，一个往外走，在办公室门口，温既白像第一次在家里见面时那样，一头撞进了他的怀里。

温既白抬头与他对视了一眼，好像是在一起那么长时间培养出来的默契一样，她隐隐约约猜到，陈舟辞想做什么了。

于是她把陈舟辞拉到了五楼空教室门口的走廊上，两个人对视了大概十秒钟，不知道谁先没忍住笑出了声。

陈舟辞的一只手懒洋洋地搭在栏杆上,长长的睫毛微微下垂。

五楼的灯是声控的,安静了一会儿,又陷入了一片黑暗,把两个人藏在其中。只有微弱的月光把两个人的影子拉得长长的。

"陈舟辞,你喜欢 B 大,对吗?"温既白眨了眨眼睛。

上次老段让他们写自己想考的学校到心愿纸上,陈舟辞勾的几个学校中,B 大排在第一位。

陈舟辞沉默了一会儿,像是回答,温既白了然于心,笑着说:"去培训吧,等我同桌保送了,说出去多拉风呀,我要出去炫耀来着。"

陈舟辞的喉结滑动了一下,蹙了蹙眉,没有回答。

温既白摸不清他的意思,只能说:"陈舟辞,不要放弃自己未来的每一个机会,要不然我会难过一辈子。"

过了许久,陈舟辞才问:"那你呢?"

"相信我。"温既白的眼睛亮晶晶的,笑吟吟地说"我和你考一个大学,我答应你。"

陈舟辞缓缓地开口,声音冷淡,还有些闷闷不乐:"不许说话不算话。"

这次寒假很短,学校倒是没有强制要求他们来学校自习,老段倒是在班群里提了两嘴。

因此几乎在开学前十天,班里人就到得差不多了。

每天不上课,疯狂刷题目,周练,做试卷都快做吐了。

陈舟辞是在开学后去培训的。

两个月封闭式训练。

云羑发现,自从陈舟辞走后,温既白就变得沉默了。

好像一天下来,温既白除了上厕所和喝水离开座位一下,她的两眼几乎都离不开试卷,不是写历史,就是算数学。

最糟糕的是,温既白的成绩仿佛陷入了瓶颈期。

这段时间那么努力地学习,还是没见进步,她都替温既白感到着急。

云羑怕这样下去温既白会学傻。于是某天下课,她找了个理由把温既白拉了出去,找话题道:"兔兔!咱俩好久没说话了,你看我最近胖了没?刘城西最近一直给我买奶茶,我都胖了!"

温既白愣了一下,然后才开口问:"你们……什么时候关系这么好了?"

这回换云羡发蒙了。

云羡感到有些奇怪,问:"你怎么了?我们的关系不是一直很好吗?"

温既白认真地在脑海里搜索这些记忆,可是怎么都找不到,这段时间把知识一股脑地往脑子里灌,她只觉得脑袋有点疼,胸口又闷,心情压抑到了极点。

她好像突然发现,已经过去很长时间了。她这段时间的记忆好像断断续续的,还有些错乱。

她仿佛记得云羡跟她说过,但又真的记不得具体是什么时间,什么场景,就像是做了一场梦,梦里的场景有些模糊,打上了马赛克一般,看不真切。

之前陈舟辞在时,总会逗她说两句话,陪她休息,聊聊天,放松一下。但自从他走后,温既白才发现,自己真的已经沉默了很长一段时间。

发呆,一直在发呆。控制不住地想那些乱七八糟的事,又有些分不清梦境与想象。

温既白想到了郑琳,应该是做梦梦到她了,梦到了郑琳没有丢弃她,她也可以像那个所谓的"弟弟"一样,被自己的亲生父母所宠爱、呵护;梦到了温越女士没有去世,温越女士明明答应过自己,要在高考时穿旗袍,要给她做粽子,要在英语考完后给她送花,答应过她高考之后要带她出去旅游。

可是你为什么食言了?

她不知道该如何表达这段时间的心情。

像江淮地带梅雨季节来临时,心情燥热、烦闷,又几近崩溃。

她觉得,自己一定是病了。

后来，为了缓解学生们备考的压力，老段找了学校的心理老师，对学生们进行疏导。

就像是带幼儿园的小朋友一般，让他们到操场的大草坪上，聚在一起，玩游戏放松心情。

男生和女生一起配合，有时玩着老鹰抓小鸡，有时玩地鼠打洞，还玩了其他什么游戏，温既白也记不清了。

她感到有些迷茫，这样的迷茫一直持续了很久。

直到有一天晚上回到家后，她洗完澡，换上睡衣，到书房里找书。

这些都是陈舟辞的书。

她走到书桌前，想拿过那本安徒生童话看，"咚"的一声，玻璃罐摔在了地上。

星星散落一地。

是陈舟辞亲手叠的纸星星。

九百九十九个。

他说，以后所有的愿望，他都会帮她实现。

九百九十九颗星星，保佑温既白平安喜乐。

温既白的眼尾泛红，一滴泪水在眼眶中打转。她深吸了一口气，一滴泪水滚落下来，重重地砸在地板上。

有一段时间，班里掀起了一阵叠星星的潮流，很多女生都折星星，听说寓意好。

送给喜欢自己在乎的人，既是表达感情，又是祝福。

她手笨，折得不好看。等潮流过去了，也懒得碰了，但心里一直对九百九十九颗星星耿耿于怀。

当时，她为了找话题和陈舟辞随口提了一句，陈舟辞便记住了，还真给她折了九百九十九颗星星，圆了她的梦。

温既白看着地上碎了一角的星星罐，有些心疼，便把地上掉落的星星一颗一颗地捡起来，放在手心。想放回去时，她突然瞥见星星罐最下面被压着的四张小卡片。

卡片背面的图案依旧是海绵宝宝和派大星，带着他们的招牌笑容，治愈人心。

她翻开了第一张卡片，字迹工整清秀，是陈舟辞的字。

第一张卡片上写着的是：零岁的温既白小朋友，你好啊！欢迎你来到这个美好且温暖的世界，神奇海螺说，温小朋友一生会平安喜乐、万事顺遂，希望你的人生旅程愉快！

温既白捏着卡片的手指被冻得冰凉，一点儿知觉都没有了。她微微蜷了蜷手指，活动一下，然后才动作僵硬地翻到了第二张卡片，上面写着：三岁的温既白小朋友，你好啊！不出意外的话，温小朋友应该开启了福利院副本了吧。这个阶段，应该是你人生中最难熬的时光，你很优秀，不需要自责，也不需要怀疑自己，我也很感谢这个阶段的你，坚强勇敢，一路坚定不移地走了过来。

温既白的眼角已经有些湿润。她深吸了一口气，抬头望了望天花板，眼泪在眼眶中打转，嘴唇有些发抖，眼尾泛红。她咬着牙，不想让眼泪流下来。

她擦了擦眼角的泪，才翻到下一张卡片，上面写着：十三岁的温既白小朋友，你好啊！不知不觉，已经过去了十三年了。恭喜你，已经熬过了最艰难的阶段。很庆幸，温小朋友也有人疼了，很感谢温越阿姨，很好地保护了你。

在这张卡片上还画了一个卡通兔子，那个小兔子在摔倒后哇哇大哭，一只大兔子掐着腰站在一旁。

陈舟辞的画工不行，小兔子的耳朵画得很短，跟小熊似的。这幅画把她逗笑了，滚烫的眼泪往下砸，一时间，竟然分不清自己是在哭还是笑。

最后一张卡片，是寄给未来的她。

开头写着：二十三岁的温既白小朋友，你好啊！

温既白忍不住"扑哧一笑"，都二十三岁了，还小朋友呢。然后，目光下移,落到了下面的文字上:我是来自二十四岁的陈舟辞,神奇海螺告诉我,二十三岁的温小朋友,已经学业有成。不止被这个世界期待,也开始期待这个世界。十七岁之后的温既白,每天都有陈舟辞的陪伴。

温既白压抑了那么久的情绪突然爆发,失声痛哭。她的眼泪一滴一滴地往下砸,满脸都是泪痕,眼泪顺着脖颈没入衣领,睡衣的领口被打湿大半。

她靠着书架坐在地上,哭得嗓子都有些哑了,之后才慢慢地回过神来。陈舟辞的四张小卡片写了她人生的四个阶段,可是好像少了一个。

第一个阶段是刚刚降临到这个世界。

第二个是被挑选、寄人篱下的福利院时期,是她最不愿意回忆的。

第三个阶段是被温越领养后的时期。

第四个说的是未来,亦是往后余生。

可唯独少了现在。

在思考时,温既白把最后一张小卡片翻了个面,想放回桌子上,却瞥到后面用彩笔写了几个小字,俏皮可爱:神奇海螺说,温既白可以每天拆一颗小星星。

温既白擦了擦泪水,动作稍稍一顿,好像意识到了什么,她慌忙从中拿起了一颗纸星星,轻轻拆开来看,上面写着:恭喜温小朋友抽到了一份好运,请注意查收。

紧接着,她又拆了第二颗,也是对她的祝福:身之固本,自律今,考试加油!

然后是第三颗、第四颗……她拆了许多颗星星,每一颗星星就像是被她摘下的,星光落到了自己身上,一遍一遍地治愈着她心灵的伤口。

最后一颗星星展开,纸上写着:别否定自己,你特别好,特别温柔,特别值得。她拿着星星纸的手微微发抖,顿时明白了为什么四个阶段里唯独缺少了现在。

九百九十九颗纸星星,一字一句,皆是男孩对当下时光的期望。

窗外飘着雪。

那天晚上，温既白哭了很久，好像把所有的郁闷和伤心都释放出来。她把拆开的星星纸又按照原样叠成了星星，然后一颗一颗收进了玻璃瓶里。

第八章

有关于你的上上签

高三下学期的时间过得飞快。

自从那天哭过一次后,温既白仿佛是满血复活,学习比以往更有劲头了。地理和历史两科按照陈舟辞提供的方法和资料去学,也能考一个不错的成绩,至少不再拖后腿了。

像是突破了瓶颈期一样,在一模考试中,温既白直接拿下安白市五所学校中的第一名。

老段看着那张漂亮的成绩单,震惊不已。他知道温既白的成绩会进步,却没想到会进步那么大,于是乘胜追击,找温既白谈了一次话,大多是鼓励为主,让她别有太大压力。

自那之后,她的成绩渐渐稳定。

在距离高考还剩两个月时,陈舟辞的培训考试与二中一名学生并列第一的消息也传回了学校。

温既白并不意外他能被保送的消息。

其实,这场培训对于陈舟辞来说,并不容易。

培训除了笔试,还需要参考各种竞赛的名次而进行综合评估。

多亏了陈舟辞曾经获得的奖项够分量,尤其是在高二。那段时间,陈舟辞整天在数学和英语竞赛题里穿梭,等密集的竞赛考试结束,他去眼科一检查,两只眼睛都近视了一百度。

高三之后,陈舟辞都没怎么参加这种比赛,反正他一开始也没想走保送这条路,而且最后这场培训主考数学,他的数学也不是年级最好的。

一开始有江一帆,后来多了温既白。

只是没想到,温既白居然把期末的数学考试给考砸了。

培训班里基本上是来自各个学校的顶尖学生,都是年级第一、第二,身上带着一股子傲气,谁也不服谁,都拿成绩说话。

第一天去宿舍时,看到那个氛围,陈舟辞很不适应。

再加上手机也被收走了,他联系不上温既白。

每天白天都在进行高强度的数学培训,晚上也不能闲着,要整理错题集、强化考点。有一次晚上做完数学试卷,他抬起头,竟然觉得眼前一片模糊。

近视又加深了。

其实,陈舟辞不太适合题海战术,这种方式让他觉得特别累,效果也不好。

所以说,那段时间他也非常辛苦。

后来,他无意中发现舍友竟然偷偷带进一部手机,是只能打电话的那种老年机。两个人的关系还不错,舍友知道他的情况,很乐意把手机借他用一下。

于是,他几乎每天晚上都会给温既白打一通电话。可惜的是,一次都没有接通过。

那天晚上,他都已经躺下了。隔壁舍友突然低声喊了一句:"陈舟辞!这是你朋友的电话吧?快来接!"

陈舟辞猛地坐起身,生怕温既白把电话挂了,但下床的时候因为宿舍太黑,踩空了,还扭了一下脚。

他顾不上疼,披了一件羽绒服,跳着跑到阳台,坐在阳台的椅子上。脚踝的疼痛感一阵一阵传来,他疼得不行,深吸了两口气后才接通电话他很想问温既白，这段时间过得怎么样。

有好多话想说，又不知道从何说起。

他只想听听温既白的声音。

两个人聊天的时间不长，双方都有意无意地没有提及自己的处境，只言片语中，都在照顾着对方的心情。

那段时间，两个人过得都很差劲。

一通短短的电话，却成为支撑着对方度过最艰难时光的动力。

陈舟辞自选的专业是法学，原本还在经济学和法学两者之间纠结，但最终还是选了法学。

之后的两个月，紧张的高考复习紧锣密鼓地进行着。大家收了心，为自己的未来去奋斗、去拼搏，希望用这两个月的时间创造出属于自己的奇迹。

同学们相处的时光也变成了倒计时。这是他们相处了三年的教室，处处都留下了同学们的身影。

要问高三是什么？也许是下课时随手帮同学打水的善举，也许是数不清的空笔芯，也许是书桌上堆积成山的试卷……最终都定格在一张薄薄的毕业照中。

一场考试之后，说散就散。

在高考前夕，吉吉国王给他们放了一部电影，本来是想看《哪吒》的，U盘却突然出了问题。最后，还是刘城西赶来救场，放了一部英文电影《寻梦环游记》。

温既白记得很清楚，在电影的最后，班里的女生都哭得稀里哗啦的，为了电影所展现的亲情和对梦想的追求，被感动得一塌糊涂。

看到最后一段时，温既白也掉了几滴眼泪。

电影中说，世界上永久的死亡，便是遗忘。

她想，也许妈妈从未离开过，只是换了一种形式保护她。

在高考前,她坐了两个小时车,到温越女士的墓碑前看了一眼。

墓地打扫得很干净,没有落灰。墓碑前,放着几束妈妈生前最喜欢的郁金香,应该是刚刚有人来过。

她看着照片中的妈妈,笑容依然是那么自信、安然。温越女士向来都是这样的人,强势却细腻,嘴硬心软,处处保护着她,不让她受到一点儿伤害。

温既白的眼眶渐渐红了,然后,眼泪止不住地往下掉。她突然有些情绪崩溃,像个孩子一样哭了起来。

说到底,她一直没有长大。

她哽咽着说:"妈妈,我好想你呀!好想你呀!妈妈。如果可以,我还想吃一次你做的饭;如果可以,我不会再与你顶嘴,惹你生气;如果可以,你能不能再……再理理我。我现在过得很好,每天的生活安逸又充实。你可以放心了。小白长大了。"

高考前夕某一天的晚自习,老段把手机还给了他们,让他们自由地合影留念。众人唱着班歌,整个班级热闹得像个 KTV,方圆十里都能听到他们的闹腾声。

云羡组织同学们在黑板上写下自己的名字。

空木痴树和袁飞龙直接在黑板最中心占了个位置,画了个圈,用粉笔写下了大大的几个字:**无敌舰队**。温既白仿佛在耳边听到了那句台词:"燃烧吧!我的'中二'之魂!"

行吧。

然后,刘城西在"无敌舰队"的下面填上了"空木痴树"四个大字。

袁飞龙也写上了"DK"这个熟悉的称号。

江一帆则写的是"水神"。

他们宿舍只有陈舟辞死活不愿意上去写。因为他觉得这种行为太蠢了,丢人得很。

刘城西还在呐喊:"舟草!来呀!我们无敌舰队男团不能少了门面呀!"

袁飞龙甚至还冲他抛了个媚眼:"我们男团的门面,快来呀!"

陈舟辞更崩溃了。

最后,在同学的起哄中,陈舟辞才不情不愿地跑去合了个影,温既白隔得老远都觉得陈舟辞被气得不轻。

晚自习结束,也标志着他们的高中生涯渐渐落下帷幕。老段红了眼睛,站在门口听着学生们哽咽着唱着最后一遍班歌,心中万般不舍。

吉吉国王也笑着来班里鼓励他们:"都好好考啊,别给咱们创新班丢人!"

同学们异口同声:"好!"

看着此情此景,温既白突然想起陈舟辞作文中的一句话:"人们总说着世界之大无奇不有,千百奇闻无所不可,可为什么不相信自己作为世界的一分子,也可以创造奇迹呢?"

少年本身就是奇迹。

今年的高考日居然没有下雨,暑气蒸人,热得人满头大汗,显得格外狼狈。唯一值得庆幸的是,考点教室里已经装了空调。

安白一中高三年级组的女老师穿着旗袍,男老师穿着印有"高考必胜"四个大字的红色衣服,站在考点外给同学们加油鼓劲。

老段甚至买了两面小旗子站在门口摇,像导游似的,看到本班学生就喊:"别紧张!好好考!发挥自己的正常水平!"

"袁飞龙,数学课代表,做做榜样,别粗心!"

"刘城西,你记得试卷上别写错名字了!你姓刘,听到没?"

"温既白,你稳定发挥就行!别紧张,老师在外面给你们加油!"

…………

徐清阿姨专门抽出两天时间，推掉了所有的事，给温既白做爱心便当，专车接送她考试，还穿了件大红色的旗袍，站在考场门口顶着炎炎夏日，为孩子们祈福。

在这一天，陈舟辞专门花了六个小时车程回了一趟淮凉山，绕了一圈山路，到地方的时候都下午了。

淮凉山二十八摄氏度，气候适宜、空气清新。他先是去淮凉山上课的地方看了一眼，听着别墅外"哗啦啦"的瀑布水流声，竟然有一种恍如隔世的感觉。

这个许愿币是每人每年一个的纪念品。

过了一年，景区又给他发了一枚硬币。

绕了一大圈，他来到了大广场中央的许愿池前，把两块许愿币放在手里。

银色的许愿币在阳光下发光，上面印着的画像正是许愿池中央的女神像，圣洁高雅。

"扑通"一声，许愿币落入池中，溅起点点的水花，掀起阵阵的涟漪，硬币在水中缓缓落下，坠入池底。

他的运气向来很好，从箱子中抽出了一个木签——上上签。

"希望今年所有的高考生，得偿所愿，考入自己心仪的大学。"

"扑通"一声，又一枚硬币抛入池中。

又抽出了一个木签，依旧是上上签。

在这个夏日，凡是关于你的，皆为上上签。

是天作之合，是命中注定。

少年双手合十，虔诚地许愿，低声道："愿凛冬尽散，星河长明；愿温既白不忘初心，不枉此行。"

今年夏日的烈阳耀眼夺目，阳光干净温暖，蒸发了男孩的汗水与泪水，点亮了他们人生旅途的点点灯火，也照亮了他们脚下的康庄大道。

舟行白云间，归乐携欢颜。

考完最后一门英语，徐清紧张地在门口等着，她把陈延行也拉了过来。

陈延行看着她跟没头苍蝇似的乱转，不由得笑道："怎么感觉比你儿子高考还要紧张呢？"

"废话。"徐清白了陈延行一眼，"我早就把既白当女儿了，自家女儿高考当然紧张。回去我得给既白做一顿大餐，犒劳一下咱家的小公主。"

"你要下厨？"陈延行瞪大了眼睛。

"你这是什么表情？我下厨不行啊？你有本事别吃，还嫌弃起我来了。"徐清不乐意了，生气地说。

陈延行咽了下口水，默默地打开手机，挑了几家看着还不错的外卖，有备无患。

"唉！两个孩子都要上大学了，以后见面的次数就少了……"徐清望着这来来往往的家长，忍不住感慨。

陈延行靠在车旁，无奈地笑了："咱俩现在也算是儿女双全了吧？"

"嗯，这倒是。"这话徐清爱听，嘴角压都压不住，又解开锁屏看了一眼时间，约莫着英语考试快结束了，心脏怦怦直跳，紧张得不行，突然又想起来一件事，"坏了！我忘了买花了！"她又看了一眼时间，异常着急，"哎呀，怎么办？时间也不够了！不行，必须买花，我现在去买……"

陈延行有点蒙："现在时间也来不及了啊，要不等孩子出来再买吧。"

就在这时，一个声音从她的背后传来："不用了。"

徐清的身形稍顿，就看到陈舟辞抱着一大捧香槟玫瑰缓步走了过来。

陈舟辞今天穿了一身黑衣服，样貌出众，身材高挑，脸上洋溢着笑容，还抱着一捧花。果然，帅哥走在哪儿都是引人注目的，周围的人纷纷侧目，议论纷纷。

徐清松了一口气，欣慰地说："今天还挺靠谱的，没想到你这么会照顾人。以后你可要好好关照小白，知道吗？"

"会关照的。"

时间飞逝,最后一场英语考试也结束了,结束了这届考生长达十二年的寒窗苦读。考生带着满面笑容从考场中缓缓地走出来,校门口顿时涌过来许多家长,都探着头等待着自己家孩子。

陈舟辞抱着花的手也紧了紧,突然,他看到远处出现一道熟悉的身影。

女孩背着单肩包,笑眼弯弯,朝着他的方向挥了挥手。

是对未来招手,亦是对过去做道别。

高考结束后的这段日子过得尤为闲适。

大大小小的同学聚会、师生聚会,把他们的空闲时间填满。

温既白也成了一个闲人,没了作业和数不清的试卷,一时间竟然还有些不适应。

她向来自我感觉很准,高考后对了下数学答案和文综选择题,数学一百四十分左右,文综的历史和地理在这段时间陈舟辞的补习下见效明显,就错了一道选择题。

当老段问她估了多少分时,她只报了一个数学分数,差不多一百四十分左右。老段也不意外,反而是吉吉国王知道她的选择题没错后,激动得想去放鞭炮庆祝,被老段给拦下来了。

没过几天,刘城西便把袁飞龙、江一帆、云羡和温既白、陈舟辞给约了出来,单独吃烧烤,算是高考之后的一次小聚餐,不谈成绩,只谈八卦。

高考结束后,温既白去舅舅温诚家住了一段时间。

刚一回来,就被刘城西约到了烧烤摊。

算算时间,她也与陈舟辞将近十天没见面了。

这是美食街最热闹的一家网红烧烤摊,生意极好。烟火气息在这条长街铺展开来,熨烫着一幅喧嚣的人间画卷。

陈舟辞属于那种站在人群中一眼就能望见的人。他站在门口低头看手机,穿着白衣球鞋,身形高挑清瘦,肩宽背直,仿佛浑身上下都透露着无法遮藏的锋芒。

温既白站在不远处看了一会儿,就见到两个姑娘红着脸去要微信。

温既白翻了个白眼。

就在这时,她口袋里的手机振动了一下,她很自然地划开,是陈舟辞给她发的消息:陈舟辞:**温同学,好看吗?**

看到消息,温既白笑了一下,把手机丢回了口袋里,走到陈舟辞旁边,直言:"好看呀,那两个女生长得挺好看的,怎么不加微信啊?"

"吃醋了?"

陈舟辞揉了揉温既白的头发,力道很轻,像是安抚一般。

温既白今天化了淡妆,五官显得更加精致了,唇瓣嫣红,睫毛又卷又翘。她的瞳仁颜色很浅,琥珀色的,像小玻璃珠,在白炽灯下显得明亮清澈,干净纯粹。

温既白就是这样一个人,有什么说什么,不会拐弯抹角,却也很会隐藏自己的情绪。但是现在看来,比起第一次见面时略微有些呆萌迷茫的小冰块,倒是沾了一些人情味。

刘城西和云羡因为堵车来晚了,袁飞龙便先点了烧烤。

烧烤摊后面的小巷子中,黑漆漆的一片,只有一盏昏暗的路灯,周围还有飞虫盘旋,嗡嗡作响,这儿貌似刚刚装修好,空气中还夹杂着一股清淡的油漆味。

有人在美食街中品尝着各式各样的美食,有人在为高考结束而庆祝,有人在为生计和未来发愁,有人在昏暗的弄堂中接吻……

温既白气得牙痒痒,问他是不是故意的?

陈舟辞还挺无奈的。

看着陈舟辞,温既白的思绪被带到了那四张小卡片还有数不清的星星传递的祝福,她蜷了蜷手指:"谢谢你的星星。"

陈舟辞想了一下:"你说那罐纸星星?"

温既白点了点头,暖黄的路灯照着少年的侧脸,他的皮肤冷白,温既白抬手摸了一下，正好摸到了他凸起的喉结，她的心脏怦怦直跳，好像第一次觉得，陈舟辞也可以与"性感"二字挂钩。

温既白愣了半天，还想再摸一下，被他握住了手腕。他的力道不大，声音却有些哑了，懒懒散散地问："你还摸上瘾了？"

温既白回过神来，鼓了鼓腮帮子，有些生气："小气鬼。"

"我还小气？"陈舟辞扬眉，觉得好笑，又觉得她现在这样踮着脚有些累，便弯了一点儿腰，轻声问，"温既白，你真是未成年人吗？懂那么多？"

温既白一副"你瞧不起谁呢"的表情："我成年了！我的生日过完了！"

陈舟辞微微蹙眉："你过完生日了？"

温既白点了点头："对啊，怎么了？"

陈舟辞有些蒙，顿了一会儿才说："你身份证上的生日不是十二月份吗？"他本来还想着十二月份等温既白过生日的时候给她准备一个惊喜，给她过一个生日，结果这人突然跟他说她过完生日了？

"身份证上是我妈妈领养我的日期，不是真的生日。"温既白没好气地说，"我的生日是儿童节，六月一号，高考之前就过完了。"

陈舟辞更蒙了，愣在原地看着她，睫毛微微颤抖着，显得有些闷闷不乐。

温既白软着语气哄道："我不喜欢过生日的，你也别给我过了，麻烦。所以你不必因为这个不开心。"

再说了，她都那么大了，过个生日相当于再过一次儿童节，她的脸皮也没那么厚呀。

回到烧烤摊，袁飞龙正低着头打游戏，江一帆用手机刷新闻，见他俩来了热情地打了个招呼，让人意外的是，刘城西和云美还没来。

袁飞龙点了一桌烧烤，过了不久，服务员便端着烧烤盘走了过来，把三个大盘子摆在桌子上，一股孜然味和烤肉味扑面而来，袁飞龙干脆不等了，拿起一串烤肉便先吃了起来。

他们还点了啤酒。冰的，刚从冰箱里拿出来的，瓶子周围的水雾还没化开，瓶盖被开瓶器"咔"的一声撬开，还有咕噜噜的白沫冒上来。

刘城西和云羡因为堵车姗姗来迟，两个人上学的时候就打打闹闹，高考结束后就这么看对眼了。温既白听说，云羡这次高考超常发挥，数学只错了一道题，上一百二十分应该不成问题。

云羡写了一年的小说也发表了。

她先是内投找了编辑，她的语文成绩好，文笔也好，写的是都市言情小说，虽说是霸道总裁，但是女主有颜、有智商，算是半个爽文，又甜又虐渣，还是很符合市场，现在流量也不错。

刘城西则负责给云羡提供素材，这人写诗的确有一套，有时候还会在期刊上发表。

这顿饭的前半段几个人天南海北地聊着，趣味横生，笑声连连，中半段少年们开始憧憬未来，各个职业轮番上阵，一点一点用想象建立起一座乌托邦，到最后还是回归现实，因为几个人心里明白，这顿饭结束后，他们很快就要各奔东西了。

去不同的城市，不同的学校，不同的班级，学不同的专业，向过去的一切挥手告别。

天下没有不散的筵席。

袁飞龙红着眼睛，直接开了一瓶啤酒："干了！我不会忘记兄弟们的，喝！"

刘城西的眼角也有些红，哽咽了一下，也单开了一瓶对嘴吹："干！我空木大诗人不会忘了各位的，日后多多联系，苟富贵勿相忘！"

云羡也掉了几滴眼泪。

刘城西和袁飞龙两个人因为喝酒上头，脸红得像猴屁股一样，不禁破涕为笑，也举起酒杯："苟富贵勿相忘！"

温既白以前是滴酒不沾的,可是兴致都到这儿了,她悄悄抿了一口。

嗯,没尝出来味道,然后她又喝了一大口,这一大口直接喝了半杯。她喝得有些急,差点呛着了,这才引起了陈舟辞的注意,他直接把温既白的酒杯拿了过去,给她倒了一杯果汁。

温既白:"小气!"她明明都成年了。

"还过儿童节的小朋友不能喝酒。"陈舟辞笑着说。

温既白坚持道:"我成年了。"

陈舟辞偏头瞥了她一眼,懒洋洋地说:"哦。"

温既白又说:"可以喝酒了。"

"女孩子外面喝酒不安全,懂吗?"陈舟辞见她这么坚持,只好耐心地解释。

温既白看着他:"可是,你不是在吗?"

陈舟辞抬手揉了揉温既白的头发,力道不重:"那也不行,不安全就是不安全,养成习惯。"

温既白不是不讲理的人,觉得他说得有道理后,便也不说什么了。

可是对面的两个人却喝上头了,越喝越起劲,两个人的脸都红得滴血,还在比赛猜拳唱歌当麦霸,云羡都看不下去了,只觉得丢人。

最后,温既白实在看不下去了。今天的烧烤其实口味比较重,放了太多辣,不太符合她的胃口,便和陈舟辞说了一声,想去旁边的蛋糕店再买几块蛋挞,解一下馋。

蛋糕店不远,就在附近。

陈舟辞本来想陪她,却被她拦下来了。她怕陈舟辞走了袁飞龙和刘城西两个人趴在地上打滚没人拦得住。

温既白买了两盒蛋糕,扫完码付款,便拎着塑料袋往回走。

温既白回去时,看见袁飞龙和刘城西两个人已经烂醉如泥,趴在桌子上不省人事。

云羡和江一帆面面相觑，特别想装作不认识这两个货。

摊位上还有没开封的一打啤酒。

云羡才不会浪费钱，临走前，硬是把酒都塞给了温既白，让她带回家。她要带刘城西回去，江一帆送袁飞龙回家，两个人都不方便拿。与其浪费钱，还不如让温既白和陈舟辞带回家呢。

回到家后，温既白发现家里空无一人了，对了，徐清阿姨和陈延行叔叔这两天出差。

温既白先洗了澡，换上了睡衣，坐在客厅里一边看电视，一边吃蛋挞。蛋挞是刚出炉的，外酥里嫩，香酥可口。

陈舟辞在浴室里洗澡。她瞥了一眼浴室的方向，听着"哗啦啦"的水流声，又低头看了一眼桌子上刚刚云羡硬塞给她的一打啤酒。

她偷偷地拿出了一罐，"呲啦"一声，易拉罐被拉开，白沫往上冒。她小小地抿了一口，没尝出是什么味道，又喝了一口……就这么一小口一小口地喝着，很快，一罐啤酒就见了底。

小时候，妈妈总不让她碰这些东西。如今，她已经是成年人了，便也想尝试一次。

她把空的易拉罐扔进垃圾桶。没过一会儿，就觉得自己的脑袋晕晕乎乎的。温既白靠在沙发上，手里抱着海绵宝宝靠枕，听着电视中男女主角激烈的争吵声，小憩了一会儿。

等陈舟辞洗完澡出来，边擦头发边往客厅走，听着电视剧里的声音，脚步一顿，便看到了躺在沙发上缩成一团的温既白。

小姑娘的脸颊微红，鼓了鼓腮帮子，轻轻地喘着酒气。因为睡着的姿势，领口开得有些大，露出一截雪嫩的皮肤，锁骨漂亮显眼。

陈舟辞扫了一眼桌子上开了封的那打啤酒，便知道小姑娘做了什么了。他在心里慢慢地叹了口气，把电视关掉，怕温既白睡在沙发上不舒服，便把人很轻松地横抱了起来，往她的卧室走，小姑娘睡得很香，他帮她掖了掖被子，把空调温度调高了两度，轻手轻脚地把门关上了。

他其实没有熬夜的习惯,基本上十一点就困了,躺在床上,还没睡一会儿,房间的门便被推开了。

他睡眼惺忪地睁开眼睛,骨节分明的手指穿过额前的碎发抓了一下,微微瞥了一眼门口。

温既白赤着脚,抱着一只兔子玩偶,乖巧地站在门口,一声不吭,就这么一眨不眨地看着他。

陈舟辞缓慢地起身,问:"怎么醒了?"

"哥哥。"小姑娘的声音软软糯糯的。

陈舟辞蹙了蹙眉,明白过来后,无奈地叹了口气:"你一杯就倒吗?"要不是喝醉了,为什么要大半夜地来折腾他?

温既白眨了眨眼睛,赤着脚就往里跑,陈舟辞坐在床上看着她越走越近,直到她站到床边,开始掀他的被子。

"我,我想和你一起睡。"温既白边掀被子边说,声音也软软的,显得特别可爱。

陈舟辞握住了她掀被子的手腕,被她磨得没了脾气,不禁笑着道:"别耍流氓,喝醉了也不行。"

温既白此时像一个耍赖的孩子一样,不管不顾地先把兔子公仔扔到了床上,然后得意地笑了一下,声音软糯:"求你了嘛。"她小声说,"我怕黑。"

陈舟辞感觉头有些疼,心道你在这儿我怎么睡?

两个人僵持不下,陈舟辞先行妥协:"我去客厅。"结果他刚起身,温既白又把他拉住了:"陪陪我,行吗?我不想一个人。"

小姑娘越说声音越小。

离得近了,陈舟辞看到她的眼尾有些红,心里有些难受,像是被小针一点儿一点扎着,密密麻麻地疼,竟然鬼使神差地"嗯"了一声。

温既白躺在床上还不安分,一直往他的怀里钻。

陈舟辞受不了她这样,便把她的手抓住了,叹着气道:"老实点儿,还睡不睡了?"

"睡。"温既白说。

"笨蛋温既白。"陈舟辞在黑暗中转过身,抱着手臂看着她,歪了歪脑袋,认真地道,"我睡这儿吃亏的是你,你还真以为是我被占便宜了?以后不许喝酒了,听到没?"

温既白乖乖地点了一下头。

"也不许喝完酒乱叫人。"

温既白只是懵懵懂懂地"哦"了一声。

陈舟辞先是把温既白那个房间的空调给关上了,然后从另一个房间抱了一床被子,铺在了地板上。

温既白怕黑也缠人,他便想陪着她,至少在一个房间里睡,让她安心一点儿。

铺好被子后,小姑娘还没睡,就在床上趴着,看着他忙东忙西。

陈舟辞给她倒了一杯温开水,坐到床边,低声说:"醒酒,不然明天头疼。"

温既白看了一眼他手里的杯子,好脾气地问:"你可以喂我吗?"

陈舟辞觉得自己养了个祖宗。

"行,祖宗,张嘴喝水。"陈舟辞没多说什么,格外有耐心。

陈舟辞是真的困了,铺完被倒头就睡,后半夜有些凉,空调的温度低,睡衣裤很短,膝盖露在外面,空调太凉了,陈舟辞怕她这样吹下去会得关节炎,便一直睡得不踏实,多次起来给她掖被子。

凌晨三点以后睡去,一觉到天亮。

第二天早晨,温既白是被闹铃吵醒的。她记得自己没有定闹铃啊,迷迷糊糊地睁眼扫了一眼床头的闹钟。

才六点半。

她被烦得不行,伸手把闹铃按掉,变成了平躺着,瞄了一眼天花板的吊灯,准备再睡个回笼觉。刚一闭眼,她猛然惊醒过来。

她房间里的吊灯不长这样,或者换个说法,这不是她房间。

她愣了一秒钟,然后猛地坐了起来。环顾四周,然后,心里的一块大石头落了下去,摔得粉碎的那种。

这是陈舟辞的房间!

她怎么会在这儿?

救命啊!

她强迫自己冷静下来,复盘了一下现在的情况。

衣服穿得好好的,床上也只有她自己。

这种情况,大概率是她霸占了陈舟辞的房间,睡了一晚。

她刚叹了口气,又突然瞥到了在地上睡着的陈舟辞。此时,他还没睡醒,估计是昨晚也没睡好,一直蹙着眉,额前的碎发有些乱,遮住了大半个额头。他翻了个身,手指伸进刘海向后抓了抓,露出眉骨和额头。

温既白觉得自己的行为真是恶劣,罪过,罪过。

地上铺着一层被子。她干脆下了床,坐在他的旁边,就那么看着他睡觉的模样。陈舟辞睡觉很老实,也不乱动。她微微俯身凑上去,他却突然醒了。因为两个人的距离太近了,陈舟辞刚睡醒,还有些蒙,被她的举动吓了一跳。

反应过来后,陈舟辞笑了一下,抬手便捏住了她的脸,笑着调侃:"干什么?占便宜没完了是吧?"

他刚睡醒,眸子漆黑,亮得像被水浸过一样,温既白只觉得他的眼睛太干净了。

温既白真诚地提建议:"要是当律师不赚钱,你去当明星吧……"

"以后别喝酒了,酒量不好,女孩子喝多了,容易吃亏。"陈舟辞说。

温既白点了点头。

两个人又聊了一会儿,温既白觉得有些饿,想出去洗漱,吃饭。她赤着脚往外走,结果刚拉开门,就听到徐清阿姨的声音传来:"舟舟,我和你爸不放心你俩,提前回来了,你还在睡觉吗?"

那个"吗"字卡在了嗓子眼,徐清就愣在了门口。她先是看了一眼站在卧室门口,表情有些迷茫的温既白,然后目光往后一扫,便看到了她的宝贝儿子正在叠被子,头发还有些乱。

徐清的表情凝固了。她僵硬地扯了扯嘴角,冲着身后的陈延行说:"陈延行,给我拿根棍子来。我今天非打死这个兔崽子!"

陈延行正在晾衣服,听到徐清的声音便缓步走了过来,手里还拿着晾衣架:"你说什么?怎么了?"刚走近,就看到两个孩子穿着睡衣,站在一个房间里。

陈延行的目光落到陈舟辞的身上,颇为震惊。他默默地把手里的晾衣竿递给徐清,问:"这个行吗?"

徐清接过晾衣竿,点了点头,气得嘴唇都发抖:"行,打这兔崽子,够了!"

接着,徐清对着儿子大喊道:"陈舟辞!养了你那么多年,养出来了你这个混账玩意!"说着,手里的棍子就打向了陈舟辞。

陈舟辞刚睡醒,还有些蒙,被子叠了一半,后知后觉地明白了事情的经过,知道父母是误会了。刚想要解释,徐清那棍子便打到了他的手上。他疼得缩了一下手,生气地问:"打我干什么啊?"

温既白也蒙了。

徐清以为陈舟辞会躲,结果他就傻站在原地,硬生生地挨了一棍子。她又转身走到温既白的面前,耐心地询问:"小白,陈舟辞那兔崽子是不是欺负你了?"

陈舟辞直接说:"你都不听我说话,就直接给我盖棺定论啊?哪有你这样的?"

温既白也反应过来,赶紧解释:"没有!阿姨你误会了,什么都没有发生!是我昨天喝——"

"醉酒"两个字还没说出口,陈舟辞便替她含糊过去了:"她房间的空调坏了,就到我屋里睡的。我打的地铺,睡的地板。"

陈舟辞知道徐清是什么脾气,他看得出来,徐清真是把温既白当作自己的亲女儿看待,如果知道她偷着喝酒,还因为喝醉跑到他的房间里睡觉,估计温既白少不了被徐清骂一顿。

温既白看了他一眼,觉得现在陈舟辞的确冤得不行。昨天晚上被她折腾了一通,大早晨刚起来就被人打了一棍子。

徐清低头看了一眼地上还没收拾好的被子,意识到自己可能是真的错怪儿子了,又半信半疑地回头看陈延行:"空调怎么突然坏了?"

陈舟辞面不改色心不跳,显得很是淡定:"不知道,昨天就是打不开,出故障了吧。"

徐清抿了抿嘴,又看了一眼温既白,叹了口气,认真地向陈舟辞道歉:"哦……是妈妈错怪你了,妈妈给你道个歉,对不起啊!"

陈舟辞觉得自己很冤枉,本来还在气头上,便闷闷地说了一句"没事了",就继续叠被子。

等温既白洗漱结束,徐清和陈延行已经不在他的房间里了。陈舟辞好像真被气着了,洗漱完就在房间里没出来。

温既白决定等会儿再用几颗糖哄一哄男朋友。

其实,陈舟辞不是那么爱记仇的人,洗完漱发了会儿呆,也就不生气了。

现在是七点半左右。刘城西昨天耍酒疯耍到半夜,今天早上格外精神,一起床就给陈舟辞发信息。

空木痴树:我的天,昨天我到底喝了多少酒?今天早上起床的时候,我的头特别疼。

陈舟辞:下次再聚会,少喝点成吗?你好意思让云美给你扛回去?

空木痴树:这不是高兴吗?能怪我啊,昨天你和仙女咋不喝啊?下次聚餐说什么都要一起喝点!

陈舟辞：她酒量差，你可别灌她啊。

空木痴树：喊，不过，你对温既白是真好。

陈舟辞：你要没事我就先下了。

空木痴树：等等，我有正事呢。咱们有时间商量一下填志愿的事呗，我和云美准备在一座城市上大学。

陈舟辞：嗯。

就在这时，敲门声响起，陈舟辞便也不聊了，赶紧去开了门。温既白站在门口，已经换上了平常的衣服，简单的T恤、短裤，露出白嫩的小腿，又细又直。她说："还生气吗？手还疼吗？"

"早就不生气了。"陈舟辞说。

温既白给陈舟辞剥了一颗青柠味棒棒糖，递到了他的嘴边。陈舟辞没和她怄气，很自然地接过来，把她领进房间。温既白顺势坐在了书桌前的椅子上，陈舟辞坐在了床边，慵懒地靠在床头，叼着棒棒糖，吃了一会儿才说："你就用一根棒棒糖哄我？我在你的心里就那么好哄？"

温既白抿了抿嘴，她实话实说来的目的："那个……徐清阿姨把妈妈留给我的钱都交还给我了。"

陈舟辞抬眸看她："所以呢？"

温既白站了起来，往他那边走，坐在他旁边，笑着眨了眨眼睛："所以，我现在是个小富婆，我们大学出去租房子吧，怎么样？"

陈舟辞是真的没想到，还没等他提出这件事，温既白倒是先耐不住性子问了。

"你自己留着花。"陈舟辞把棒棒糖咬碎，把糖棍丢进了垃圾桶里，笑着说，"我一个大男人，还能花你的钱？"

"别想多了，我们一人一间卧室，继续好好学习。"

温既白抬手捏一下他的脸，陈舟辞没躲，只是喉结滑动了一下，长长的睫毛垂着，看不清情绪。他叹了口气，说："温既白，你是不是因为没有安全感，所以才这样的？"

怕失去，怕她感受不到自己的爱，所以才用这样的方式来给予安全感？

温既白有些无奈，其实自从那次心理治疗后，她已经释怀了，但是陈舟辞对她的印象貌似还停留在……他去培训之前？

她只好退了一步："那算了，大学四年咱们都在学校住吧，有空的时候再见面。"

"哪有你这样的？温既白，逗我有意思吗？"陈舟辞有些急了，揉了揉她的头发，力道很重，把她的发型都揉乱了，声音还有些闷。

温既白忍不住直笑："陈白甜，我骗你的。"

陈舟辞划开手机，看了一眼时间，却发现刘城西那个二货还在孜孜不倦地发消息：舟草，人呢？聊着聊着人就没影了？陈舟辞！再不回消息我就去找温既白了！

陈舟辞干脆把他屏蔽了，把手机丢在了一边，想了想才问："你有什么喜欢的专业吗？"

"有。"温既白说，"心理学。"

陈舟辞见她回答得那么干脆，颇感意外："你喜欢心理学吗？"

温既白点了点头："为了赚钱。"

温既白在高三那段时间进行心理治疗的时候就发现了，心理医生是真赚钱啊，两个小时两千块钱……

陈舟辞忍不住说："你赚钱，那我干什么？"

"你？"温既白想了想，"你负责貌美如花吧。"

陈舟辞揉了揉她的头发，笑得肩膀都抖了两下。他的声音很轻，满含笑意："少来，不给你这个机会。"

温既白抿了抿嘴唇："怎么了？"

"你一个人赚钱不得累死啊？"陈舟辞说，"你觉得我舍得吗？"

温既白才发现，和他谈了那么久，竟然是在谈未来。

她的"陈白甜"向来干干净净、坦坦荡荡。原来，他早就开始规划属于他们的未来了。那是她以前从未敢想过的事。

"陈白甜,我以后不说你是傻白甜了,哪点傻了?"温既白抬手捧住了他的脸,笑着说,"明明只甜不傻。"

"又怎么了?"陈舟辞不知道她想到哪里去了,还有些蒙,又问,"你打算考研吗?"

"考啊,本科生不好找工作,现在的大趋势都是考研吧。但是就不考博了,毕业太晚了。"

"嗯,有道理,看来温同学也把人生规划得差不多了。"陈舟辞笑着问,"就是不知道,有没有陈白甜的位置呀?"

"有呀!"温既白比画了一下,很配合地说,"你占的位置最大了。"

"嗯,算你有良心。"陈舟辞也笑了。

"陈白甜,我想拜托你一件事呢?"温既白紧张地咽了一下口水,看着他说,"我妈妈的忌日要到了。"

陈舟辞微微一怔,也稍微敛了笑容,严肃了一些,轻声问:"要我陪你一起去吗?"

温既白轻轻地点了点头:"我不想一个人去了。"

她很想把陈舟辞带给妈妈看一看,让妈妈放心。

她也想告诉妈妈,这个世界上也是有人爱她的,她也可以过得很好。

陈舟辞抬手轻轻抚了下她的眼角,明明知道她没有哭,却像是在给她擦眼泪似的,他很认真地说:"当然可以了。神奇海螺说,十七岁以后的温既白,每天都有陈舟辞的陪伴。"

第九章

神奇海螺说，温既白有家了

在去给温女士扫墓前最重要的一件事，应该就是查分了。

那一天，全家人都挺紧张的。

徐清阿姨甚至专门大老远地去拜佛上香，保佑温既白高考超常发挥，查分顺利。

温既白没敢看，便让陈舟辞帮她查了。

陈舟辞输入准考证号时，温既白感觉自己的牙都有点隐隐作痛。她没敢看电脑屏幕，反而时刻盯着陈舟辞的神情。陈舟辞当然知道温既白很紧张，因此也没故意逗她，输进去后松了一口气。

温既白赶忙问："考得怎么样？"

"恭喜温小朋友，估计能上七百分。"

温既白从床上跳了下来，感到有些惊讶，凑近电脑屏幕看了一下，怪不得不说具体分数。

省前五十名今天不公布分数。

她松了一口气，是前所未有的放松。陈舟辞倒是显得淡定多了，他站起身来，张开双臂，是一个拥抱的姿势。

温既白直接扑进了他的怀里。

温越女士的忌日在查分后不久。

温既白和陈舟辞花了两个小时的时间才到墓园。

温既白把花放在墓碑前，尽管高考之前她才来过，但再看到妈妈的墓碑时，她的鼻头还是忍不住发酸。

她全程没有说一句话，只是呆呆地望着墓碑上妈妈的照片，就这么看了十几分钟。

临走前，她让陈舟辞在这里等一会儿，她要去上厕所。

陈舟辞看着女孩远去的背影，半晌才收回视线，视线落在了面前的墓碑上。

他微微弯腰，把墓碑前的花扶正了些。

正值夏日的清晨，阳光还没有变得很灼热。城市临海，风时而卷着湿气拂来，竟然觉得清爽舒适。

他的声音也仿佛是夏天的风，温柔至极："阿姨，您好！我是陈舟辞。温既白很优秀，今年高考，考了全省前五十名，可以选择一所很好的学校，也可以选择心仪的专业，不辜负自己，也不辜负您的期望。

"温既白是一个不善言辞的人，因为童年的经历，做事总会小心翼翼的，也经常会患得患失，没有安全感。但是在您的面前，她从未说过这些感受。您待她很好，是她人生中第一个待她如亲人的人，遗憾的是，您没能看到她最终走进大学的样子。

"人们都说，明天和意外不知道哪一个会先来。在身患重疾的那段时间，您一直在替温既白找可以托付之人，您说，最不放心的也是她。现在，她身边有了很多关心她的朋友，有负责任的老师，也有家人，她并不是孤零零地独自活在这个世界上了。

"阿姨，感谢您这么多年对温既白的呵护和培养，如果可以，或许您也可以对我放心一点儿，我和我的家人，还有温既白的朋友和老师，都会很好地照顾她，会一直陪伴着她。"

话音刚落，不远处便传来了脚步声。温既白低低的声音飘来，她喊道："陈白甜，走吧。"

陈舟辞冲着温既白的方向说了句"好",又回头看了一眼墓碑,在临走前,他又低声说了一句:"阿姨,再见!"

温既白看着陈舟辞有些犹豫的样子,还有些奇怪,边走边问:"你干什么?不想走了?"

"没。"陈舟辞牵住她的手,偏过头问,"怎么以前没听你说过和阿姨的事?"

"你想听呀?"温既白有些惊讶。

一开始不说,是因为还没能适应妈妈的离去,况且当时和陈舟辞也不算熟悉,没有向外人说这些的道理。

可是她现在已经平静了许多,更多的是释然。她好像慢慢地接受了这个事实。

温既白笑了一下,反手握着陈舟辞的手,晃了两下,说:"路上跟你说,不过要交钱。哪有白听故事的道理?"

"行呀,你想让我怎么付?"陈舟辞也笑了,学着她的语调。

"回去给我看腹肌。"

"你能不能有点新意呀?"

"还能有什么新意?"

"哼。"

"你还敢哼?不跟你玩了。"

"就哼。"

"幼稚鬼。"温既白说,"陈舟辞,你幼稚死了。"

袁飞龙这次高考成绩算是中规中矩,但意外的是,他的志愿没填好,本来报的法学,结果被调剂到了历史学,他当场就变了脸。

吉吉国王打趣道:"那不挺好的,以后来当我的同事。"

就因为这句话,袁飞龙差点选择复读。

云羡和刘城西虽然没考进同一所学校,但好在是同一座城市,两个人便在外面租了房子,也不算异地恋。

江一帆是他们班级里第二个进了全省前五十名的人,报了 A 大。

温既白如愿以偿地和陈舟辞上了同一个学校,还考上了她喜欢的心理学专业。

B 大所在的城市距离安白市的路程,大概坐飞机需要一个小时。

徐清不放心两个孩子,开学时,说什么都要送他们入学,还眼泪汪汪地看着他们。陈舟辞硬生生地劝了半天,才让她把眼泪收回去。

临走前,还发生了一个小插曲。

云羡、刘城西、陈舟辞和温既白聚在一起玩了一晚上扑克,没想到,温既白的运气特别差,输得最多。愿赌服输,温既白答应了云羡的要求,要去染蓝色的头发。

陈舟辞还落井下石,看了她半天,说:"要不把头发也卷一下吧,小卷王?"

温既白瞪了他一眼,气鼓鼓地说:"你真是烦死了。"

原本云羡也只是想戏弄一下温既白。没想到,温既白染了一头雾霾蓝的卷发。走出理发店,云羡看到后直接愣住了。

温既白全程都面无表情,就差把"我不高兴"写到脸上了。

然而,她的皮肤很白,额前还剪了刘海修饰脸型,雾霾蓝色的卷发衬着鹅蛋脸,小巧精致,漂亮得像个小精灵。

云羡眨了眨眼睛,忍了半天,在理发店门口就忍不住在温既白的脸上亲了一口,激动地说:"兔兔,你好漂亮啊!再给我亲一口!"

这可把温既白吓得不轻,正要把人推开,就被扯着手腕拽到了另一边。陈舟辞笑着说:"住嘴。"

云羡"哼"了一声,不服气地说:"喊,女生之间亲一口怎么了?还不给亲啊。"

刘城西也"哼"了一声,开玩笑道:"我看,我干脆去理发店染个绿色吧……"

众人忍了半天，发出一阵哄笑。伴随着安白市街上车辆的鸣笛声与人烟气息，把一卷绚烂多彩的中学生涯试卷，勾上了一个圆满的句号。

温既白和陈舟辞跟学校申请外宿后，就着手看房子，看了两天左右，整理好行李，一星期后就可以在校外住了。

温既白的宿舍里有三个女生，分别叫林依依、周双双、张珊珊，她们很快无话不谈。

但温既白还是想早点搬出去，她私心是想多和陈舟辞在一起，安静的环境也更便于她看书。

陈舟辞倒是不急。他这两天很忙，学生会的事儿一堆，又是班里的班长，每天晚上都要写资料写到半夜。那天傍晚，他刚吃完饭，云羡居然给他发了一条消息。

云大作家：舟草，兔兔在你旁边吗？怎么不理我啊？

陈舟辞：上课呢吧，你找她有事？

云大作家：创作到了瓶颈，我准备给男主写个有抑郁倾向的设定，可是又不知道这是什么症状、什么心情，就想问问兔兔。

陈舟辞看着手机屏幕上的字，视线最终落在"抑郁"两个字上。他蹙了蹙眉，有些不解：抑郁倾向？

云大作家：对呀，我准备找人咨询一下来着，思来想去，只有兔兔能帮我了。

陈舟辞心里的不安越来越强烈，有一种预感像是要蹦出来一样。他想起自己去培训的时候，温既白给他打的那通电话。带着哭腔，还有些发抖的声音，还有莫名其妙的成绩退步。难道是因为她那段时间心情不好，已经有了抑郁的倾向吗？

想到这里，他点开了和徐清的微信对话框，给她发了一条消息。

那天晚上，他们是去租的房子住的。

温既白觉得陈舟辞今晚有些不对劲。

一路上,竟然一句话都没有说,始终保持着沉默。

到家后,温既白先去洗了个澡,她今天总觉得,陈舟辞的心情不太好,但不知道原因。等他洗完澡出来后,她便把电视的声音调小了一点。

客厅没有开灯,只有电视中五彩斑斓的画面在她的脸上忽明忽暗。温既白偷偷打量着陈舟辞。他还是没有搭理她。

她忍不住开口,问:"你为什么不理我?"她莫名有些紧张,问完之后,垂下眼睛,无意识地扫了客厅一圈,就是不愿再看他。

陈舟辞沉默了一会儿,坐到了她旁边的沙发上,帮她整理了一下头发,才低声说:"没有不理你。"

他靠在沙发上。灯光太暗,温既白偏头看他,只能看到他低垂着眼睛,不知道在想什么。

"你怎么了?"温既白小声问。

"温既白——"陈舟辞的声音有些冷,像是压着火。

温既白莫名觉得紧张了起来,只听他问:"高三下学期,你的成绩为什么退步那么大?"

她不擅长说谎,也不想对陈舟辞撒谎,只能用沉默来回答。

"在我培训的那段时间,你给我打电话的时候,你是不是……"他的喉结滚动了一下,嗓音还有些哑,"过得一点儿也不开心?"

听到这个问题,温既白只觉得身体一僵。那段时间,是她人生中最迷茫的阶段,浑浑噩噩地过着枯燥无味的生活,每天像是被那些负面消息凌迟一般,陷入无限的痛苦中。所以,她下意识地会回避这件事。

到头来,好像只有陈舟辞不知道。

温既白没有说话,只是沉默地看着他。

陈舟辞也不急,等她主动开口。过了半晌,也没等到她说话。

"我是最后一个知道的,对吗?"陈舟辞的声音又低又哑。

温既白抬眸看他,竟然看到陈舟辞的眼角闪着的泪花,眼尾泛红,她怔住了。

"陈舟辞。"温既白眨了眨眼睛,"你都知道了,对吗?"

陈舟辞轻轻地点了一下头:"我想听你说。"

"那如果我不想提,你还会问吗?"温既白问。

陈舟辞垂下眼睛,思忖片刻,想到把之前的伤疤揭开的痛苦,有些不忍,又妥协了。他说:"那就等你想说的时候,我再问。"

温既白拿起遥控器把电视关上了。客厅彻底陷入了黑暗,她在他的耳边小声说:"那段时间发生了太多事,我好像绕进了一个死胡同出不来,状态很不好,所以就去看了心理医生,他说我……我可能得了抑郁症。"温既白带着浓重的鼻音,哑着声音说,"我很怕,很怕你知道。"

那段时间她情绪跌进低谷,几乎像一个异类。她不想让陈舟辞知道自己的状态是这么糟糕的。

"对不起!"温既白深吸了一口气,哑着声说,"我应该早点跟你说的。"

陈舟辞的眼尾泛红,还有些湿润,胸口缓缓起伏着:"不用道歉。"

陈舟辞深深看着她:"你别不跟我说,把我当摆设了吗?再相信我一点儿,行吗?"

相信我一点儿。陈舟辞不止一次和她说过这句话,就是想给她安全感。然而,温既白却几次三番地推开他。

"你生气了吗?"哪怕知道,温既白还是想再次确认,她的陈白甜,从来没生过她的气,脾气好到让她觉得有些抓不住。

"本来是想气一气的。"陈舟辞抓着她的手,说,"还是算了。"

温既白小声问:"怎么了?"

陈舟辞低声说:"有点舍不得……"

温既白不止一次有错觉,她总觉得陈舟辞好像在这段感情中更没有安全感。

"你实话告诉我,你是不是哭了?"

自从认识以来,她从来没有见过陈舟辞哭过。

陈舟辞似乎一直都是随性洒脱的性格，没有太大的情绪波动，就连生气都很少。

可是，他居然因为……因为她而哭了吗？

陈舟辞的睫毛忽闪了几下，还是嘴硬："没有。"

温既白心道：嘴硬就嘴硬吧，不想说便不说了。

其实，倒也不算是哭了。

只是当时从云羡那儿听到那个消息后，关于那段记忆忽然浮现出来。他不敢想象，那两个月的时间，她到底是怎么熬过来的，承受了多少心理压力，却还在为能和他上一个学校而拼命调整自己的状态。

想到这儿，陈舟辞闭了闭眼睛，带了一丝恳求的意味："以后有什么事，告诉我好吗？我想和你一起。"

温既白竟然听出了一丝委屈。她顿了顿，带了些开玩笑的口吻，想缓和一下现在的气氛，问："陈白甜，我怎么感觉你怕我把你扔了呢？"

"嗯。"陈舟辞没有反驳，低低的声音从头顶传来，"我怕。"

温既白突然感到有点酸涩，好像终于发现，原来自以为为了别人好而做的隐瞒，其实也是一种伤害。因为她觉得，这些事情很糟糕、很差劲，不想让自己最在乎的人知道。

如果陈舟辞不问，她真的打算一辈子都不说这件事。

可是正因如此，才差点造成了彼此之间的隔阂。

温既白撑着起来了一点儿，低声说："我答应你，以后再也不这样了。"

温既白直接睡到了第二天中午，反正是周日，也没课。

陈舟辞陪她出去吃了饭之后，又陪她在这座城市转了转。毕竟开学那么长时间，两个人还没有出来玩过。

回学校的路上，陈舟辞突然开口："温既白，你选心理学也是因为这个吗？"

温既白一怔，其实她只是想多赚钱，仅此而已。

"没,你该不是因为这个问题,欲言又止了好几次吧?"温既白忍不住说,"陈白甜,别想那么多了,别担心我。我现在过得特别开心。"

陈舟辞眸光一闪,望向她:"特别开心?"

"是呀!因为你。"

温既白能看到陈舟辞眼中的自己,能看到男孩眼中的亮光,明亮纯粹。

"其实我挺知足的,你上次给我写贺卡,写了人生的四个阶段,但是每一个阶段的起承转合,除了在福利院以外,都有一个很重要的人陪着我。我以前在想,我希望我快些长大,不用依赖别人,不用麻烦别人,只希望时间过得快一点,再快一点……"

陈舟辞顿了一下,握住了她的手:"现在呢?"

"现在?"温既白笑着说,"我不怕当下了。"

陈舟辞轻轻地"嗯"了一下:"那就将昨日事归欢喜处,以后岁岁年年,温既白都不是孤身一人了。"

这个学期过得很快,如白驹过隙,一闪而过,转眼就到了新年。

舅舅温诚在新年前就几番暗示,想带着温既白回姥姥姥爷家过一次年。她听出了温诚的意思,也不好让他为难,毕竟也算是名义上的亲人。

徐清和陈延行带着陈舟辞也回老家过年。

原本只是想去吃一顿团圆饭,但架不住姥姥姥爷热情非凡,非让他们留宿一晚,至少过完大年初一。

不止他们来了,舅舅也带着喜提过男女混双合打的小表弟来了。

陈舟辞这才发现,现在的小孩是真的卷啊。原本他和温既白聊天聊得好好的,就被舅舅拉过去给小表弟辅导功课了。

从下午到现在,辅导了近两个小时,等快吃年夜饭才辅导完。

舅舅他们打着麻将,倒是玩得不亦乐乎,陈舟辞觉得,自己就是来帮忙照顾小孩的。

刚辅导完小表弟的功课,便又得空摸出手机给温既白发消息。可能是新年的气氛使然,小表弟一直都心不在焉的,偷闲时就悄悄地捯饬着自己手腕上的电话手表,还兴致盎然地跟他分享:"哥哥,你看我都有一千多积分了!哪个主题的界面好看呀?"

陈舟辞放下手机,很认真地帮他挑了一个。他之前听过,如果别人和对方分享时,那一定是特别喜欢的东西,所以陈舟辞一般都会很认真地聆听,也算是一种习惯使然。

帮小表弟挑完主题之后,温既白给他打了个电话。

陈舟辞拿着手机去阳台接。温既白那边很吵,似乎是有人在吵架,还有尖锐的叫喊声。他蹙了蹙眉:"你不是在姥姥家吗?怎么那么吵?"

"就是在姥姥家才吵架的啊。"温既白蹲在门口的小角落里,无聊地在墙上刻字。

刚说完,陈舟辞听到电话传来一个女生凄惨的哭声,由远及近。

他问:"因为什么吵架?"

温既白已经见怪不怪了,本来就是跟温诚一起回家过年,姥姥姥爷问了她的高考成绩之后,就不再跟她说话了。吃完饭,她就蹲在家门口看小孩子们玩摔炮,看天上的烟花,反正总比待在屋里强。

"这是一个狗血的家庭伦理故事。"温既白刻完最后一个字,拍了拍手上的墙灰。老弄堂这边灯火通明,充满着老旧的气息,好在年味浓厚,小孩子们到处打闹嬉戏的声音又增添了些烟火气。

她从冰箱里拿出了上午温诚买的糖葫芦,又蹲回门口,看着不远处忽明忽暗的烟花爆竹,小口小口地咬着糖葫芦。糯米纸的味道扩散开来,她缓缓地开口:"你想听吗?"

陈舟辞温柔地说:"嗯,你想说就说。"

温既白回头瞥了一眼屋内还在争吵着的几个人。其中,一个年龄与她相仿的女孩几乎快要哭得背过气去,小姨也在哭,温诚逮着姨父一顿揍。

温既白神色淡漠地看了一会儿,移开视线:"很狗血,我姨父出轨了,跟一个女大学生。吃年夜饭时,那个女生找了过来,我小姨就一直在哭,舅舅看不下去，就把我姨父打了。现在的情况是……"她又回头看了一眼现在的战况，"那个女生好像要跳楼，被我姥姥拉了回来，目前在做心理疏导。"

陈舟辞实在没想到，那边竟然是这种状况。

"你那么淡定？"陈舟辞忍不住笑着问。

温既白倒是一副习以为常的样子："因为我姨父出轨这件事儿，全家都知道，气的是那个女生大过年跑来闹，仅此而已。家家有本难念的经了，我之前也很好奇过，为什么小姨知道姨父出轨还不离婚，后来才知道是在为了我表弟在将就。所以我说，爱情这个东西，想想就行了，最终会被柴米油盐冲淡的。"

陈舟辞及时打断："温同学，那么悲观吗？"

"嗯。"温既白很诚实，"我不希望为了结婚而结婚，每个人过的生活都不一样，不一定要千篇一律，也没有人规定一定要结婚，所以我对这方面没什么太多的想法……"

陈舟辞听了半天，后知后觉地问："温同学，都到这会儿了，你跟我说不想结婚？谈一辈子恋爱？"

温既白一噎，忙解释道："没，我只是单纯地表达我对婚姻的看法。你看过那部叫《小妇人》的电影吗？"

陈舟辞轻轻地"嗯"了一声。

"我很喜欢里面的一个观点是，女子的归宿不是婚姻。"说到这时，温既白手中的糖葫芦已经吃完了，她把签子扔进旁边的垃圾桶，又说，"其实，我对恋爱这件事还挺悲观的，可能是受妈妈的影响，不想谈恋爱，不想结婚，但是吧……"她顿了顿，笑着说，"我很喜欢和你在一起。因为喜欢你，所以想和你谈恋爱，更愿意和你结婚。陈白甜，感动吗？"温既白说完，自己都觉得被感动了，假装哭着说，"感动死了，呜呜，这辈子赖定你了。"

那边沉默了许久，才听到陈舟辞的声音："是呀，感动死了。看来不负责是有点缺德了,要不然温既白同学要孤单一辈子。"

"嗯,此话不假。"

"你帮我问问神奇海螺呗。"

"问什么?"

"什么都行。"

"好。"陈舟辞说,"神奇海螺想和你道一句'新年快乐'。"

温既白很配合:"好的,我会快乐的。"

陈舟辞开始得寸进尺:"它还说,温既白爱上陈舟辞了,再也爱不上别人了。"

温既白忍不住笑:"好的,我知道了,会好好爱你的。咱们先把这个话题跳过去。"

陈舟辞又说:"神奇海螺还说了……"他顿了一下。

温既白忍不住问:"神奇海螺还说什么了?"

"它说温既白有家了,不用再寄人篱下,流离失所了。所以温既白要好好长大。"

温既白蹲在家门口,在墙上刻字的手指微微一顿,紧绷着的身体突然放松下去,一点一点地往后倾,最终靠在墙边。她发现,陈舟辞每一次都能精准地看出她所言的背后含义是什么。

在过年时,温既白所处的位置实在太尴尬了。陈舟辞要陪着徐清阿姨回姥姥家过年。她就算陪舅舅温诚回去,那也不是家,那些人都不是她的亲人。她与那个所谓的"家"唯一的联系纽带便是温越女士。

温女士已经走了,她觉得无所适从,觉得自己像是一个多余的人。在热闹的新年中,只能把自己藏在角落,看着那些幸福的人敲响新年的钟声。她一点一点地消磨着这些艰难的时光。

陈舟辞却说,以后温既白就有家了。

除夕夜,原本应该是阖家欢乐的日子,温既白却是在无休止的争吵声中进入梦乡的。

她不知道,也不关心小姨后来怎么样了。她想,如果没有舅舅,她以后应该也不会再回去了。

温既白觉得,总在徐清阿姨家里住着不太好,毕竟当时说要借住到高三开学,结果阴差阳错的,因为情绪低落,状态不好又被徐清阿姨照顾了很长一段时间。所以,她用在舅舅家住当理由,糊弄了陈舟辞,自己则是偷偷摸摸地跑回在大学外租的房子里。

她觉得,那一块和陈舟辞在一起的小天地也勉强可以算作家吧。

就这么待了半天,她出门随便买了一份关东煮,吃完了在街上散了会儿步,便回了家。

卧室里一片漆黑,温既白环顾了四周,竟然觉得这里处处是陈舟辞的身影。

莫名觉得有些想他。

唉,真没出息,才几天没见啊……

温既白叹了口气,觉得这个春节自己过得确实是太冷清了一些。

她漫无目的地转了一圈,坐到书桌前,抽了几本书来看。都是陈舟辞的书。

他真的爱看书,温既白不禁感慨着。

没看一会儿,手机便振动了,是陈舟辞给她发的微信消息。

陈舟辞:你在吃饭吗?

温既白:对呀。

她看了一眼窗外的万家烟火,又垂下头打字:我在吃饺子,是肉的,姥姥亲手包的饺子。

那边沉默了一会儿,温既白盯着"正在输入中"那几个字盯了很长时间,心里还在嘀咕着:这人干什么呢:于是她问:搞什么呢?打字打那么长时间?

陈舟辞:没,我在默默地妒忌呢,我都没饺子吃。

温既白：惨。

她其实更想说，我们一样惨。

陈舟辞：温既白，想我没？

温既白：有一点点想吧。

陈舟辞：只有一点点吗？

温既白：那你还想要多少，我说我想你了，你就能出现在我的面前吗？

陈舟辞：你不试试怎么知道？

温既白轻轻地"哼"了一声，心道：你这人脸皮怎么那么厚呢？结果还在打字，门口居然真的传来了敲门声。

她先是一愣，又怕是坏人，便随手拿了一根晾衣竿往门口走去。

从猫眼往外看了一下，没有人，她小心翼翼地打开门，手里紧紧握着晾衣竿。就在这时，陈舟辞推着行李箱出现在她的视线里。

他穿着一件白色的羽绒服，笑容干净，额前的发丝上还沾了几点寒霜。

楼道里的灯光很暗，只有一束昏暗的月光，洒在他的身上。

刚刚他还在给她发消息，温既白竟然觉得有些恍惚。

她的陈白甜真的来了。

他没有骗她。

他说，只要她想，他会永远陪着她。

见她还在发愣，陈舟辞笑着说："喂，备受冷落的男朋友都快要冻死了，还不让我进去啊？"

听着他熟悉的语气，温既白回过神来，这才有了陈舟辞来陪她过春节的真实感。她笑了，帮他把行李箱搬了进来，就扑进他的怀里。

陈舟辞的手很冰，看来是真的冻坏了。

温既白抓着他的手，想给他渡一点儿热乎气。陈舟辞却抽了回去，轻轻地勾了一下她的下巴，笑着说："温既白，长本事了？两头骗？跟舅舅说来我这儿，跟我说去舅舅那儿？"

温既白被他弄得下巴有些痒，缩了缩脖子，并没有反驳，只是把人扯到了沙发上。

陈舟辞由着她，就这么被她压在沙发上，甚至连羽绒服都没来得及脱。他反手扣在了她的后脑勺上，本来想用力揉一下她的脑袋，却听到小姑娘小声说："那能怎么办呢？我又不知道去哪儿？"

听到这句话，陈舟辞有些心疼，轻轻地揉了揉她的脑袋，落下的吻也轻了许多。

温既白歪着脑袋靠在他的肩上，鼻头有些发酸。她说："怎么办？我真的好难受。"

陈舟辞垂眸看她，一寸一寸地捏着她的指节，嗓子没由头地干涩起来。

"我好像……"温既白闭了闭眼睛，声音也有些哽咽，"只有你了。"

说完这句话后，她觉得自己有些难过。这种情绪就像是小时候妈妈答应她考第一名后给她买海绵宝宝的手办，却只考了第二名的苦涩。

是那种失去了很重要的东西之后的空落落的感觉。

或者再准确一点，是本该可以得到的东西，却失去了的感觉。

这一生，她好像都在失去本该属于自己的东西。

到头来，她竟然分不清，是她抛弃了他们，还是他们抛弃了她。

"笨蛋温既白——"

陈舟辞的声音很低，却恰好传入她的耳中。

温既白苦涩地笑了一下，好像……是有点矫情。

好像自从和陈舟辞在一起之后，自己也变得娇气起来了。

本以为会听到陈舟辞的责怪，没想到的是，他缓缓地开口，说出来的却是："对不起！"

温既白搂住了他的腰，把头埋进他的怀里，闭上眼睛，感受着他身上独一无二的气息："别跟我说'对不起'，你从来没有对不起过我。"

陈舟辞垂下眼睛，又说了一句："对不起！我来晚了。"

她的睫毛颤抖了一下，并没有听懂这句话是什么意思。到底是说太晚来这里找她，还是说太晚出现在了她的人生里，无从考究。但她也没有问为什么。

她只知道，那晚的雪特别大，似鹅毛，白得仿佛可以让世间的一切昏暗都褪色。

而她的陈舟辞永远干净、炙热，温暖了她整个寒冬。

这两天，温既白醒得早，睡眠不足。趁着陈舟辞去洗澡了，她悄悄躲进了他的房间里，趴在被窝里躺了一会儿。

陈舟辞洗完澡后刚进房间，就看到被窝里鼓囊囊的，缩成一团，像个毛茸茸的小兔子。

小兔子是趴着睡的，只露出白皙的后颈。

他站了一会儿，想给她扯一扯被子，结果被反握住了手腕。

"怎么还是那么凉啊？你不是洗过澡了吗？"温既白不悦，便把陈舟辞连扯带拽地拉进了被子里。

"天气冷，可能是你太暖和了。"陈舟辞笑着说。

"哦……那我给你暖一暖。"

"你没睡？还是我吵醒你了？"陈舟辞躺在了她旁边问。

"想睡，但睡不着。"温既白很诚实。

陈舟辞直接吻上了她的唇……

又是一觉睡到了中午。

她坐了起来，觉得不太舒服，又躺了回去。

人们都说，大学是最逍遥快乐的时光，她却有点儿期待毕业。

"醒了？"陈舟辞的声音从门口传来。

温既又翻了个身，把被子扒拉掉，看着他，委屈巴巴地说："饿。"

陈舟辞靠着门，看着她那副样子，不免觉得可爱，便笑着问道："那我给你下面条？"

温既白也笑了："好呀。"

陈舟辞刚转身要走，温既白突然叫住了他："陈舟辞——"

"嗯？"

"下午陪小仙女去堆雪人、打雪仗，好吗？"

"好。"

温既白赶忙起床洗漱，换好衣服后就乖巧地坐在餐桌前，拿着筷子等着。

热气腾腾的一碗面端上来，温既白觉得心里都暖和了不少。

她捧着那碗面吃了一会儿才问："偷偷学厨艺了吧？比第一次好吃多了……"

"嗯，要把小仙女留在地球的，光是抓住小仙女的心有什么用，肯定要把小仙女的胃一起抓住。"陈舟辞洋洋得意地说。

温既白抿了一口面条汤，觉得自己精神了不少，又被美食所折服："算了，看在你给我做饭的分上，就不拆你的台了。"

陈舟辞一手托着腮，专注地望着她，过了半晌，他把手边的一个透明玻璃杯往温既白那边推了推。

温既白瞥了一眼那个杯子，好像是……雪碧？

目测只有两口的量。

"干什么？"

陈舟辞很认真地说："解渴。"

"雪碧？"

"嗯。"

温既白看着陈舟辞这么认真且无辜的样子，信了大半，然后把玻璃杯拿过来，小口地抿了一口。

那玩意儿火辣辣地顺着嗓子直入肺腑。她咳了半天，吐了吐舌头。

陈舟辞没想到她的反应会那么大，赶忙过来帮她拍背顺气。

只听温既白气鼓鼓地说："好辣！这分明是酒！"说着，她就转头捶了陈舟辞一拳,"你哪来的酒?还是白的。"

"早上出去的时候买了一瓶,本来是想尝尝味道,后来也没觉得多好喝,然后……"就想逗一逗你。

可能也是觉得自己做得有些过了,平白惹得小姑娘不太高兴,便说:"那我给你打一下?"

温既白"哼"了一下,继续吃面条,也学着陈舟辞之前的样子闷声道:"不打!你别装可怜!"

陈舟辞忍不住笑起来,用手拢了一下她的头发,提议道:"那我给你扎头发,好不好?算是赔罪了。"

"你会吗?"温既白显然不信。

"以前不会。"陈舟辞很认真地说,然后去卧室拿了梳子,他把她头发上的皮筋扯掉,一点一点地给她梳头发,动作很轻,也很温柔,"后来学了一点儿,准备给你编头发呢?"

温既白也吃得差不多了,把碗推远了一些,还是不太放心地问:"你还真会?"

"嗯。"

不一会儿,陈舟辞还真的给她编了一个鱼骨辫,扎得也很紧,怎么晃也不散。温既白很满意,便也想夸一夸男朋友:"你怎么那么厉害呀?"

陈舟辞上手捏了一下她的脸,笑着说:"还不是为了哄你吗?"

两个人吃完饭,收拾好碗筷,温既白便拉着陈舟辞下楼去了。

昨晚下了一夜的雪,地上铺了厚厚的一层,踩上去软绵绵的,陷出来一个又一个小脚印。

温既白故意跟在陈舟辞的身后,踩着他走过的地方。她的脚要小一点儿,就这么亦步亦趋地踩着、跳着往前走。

"陈白甜——"

陈舟辞转身,眼神明亮:"在。"

"陈舟舟——"

"在。"

"陈甜甜——"

"在呢呀——"

温既白见他回答得那么干脆,也笑了笑,然后三步并作两步往他的身上扑,陈舟辞很自然地就接住了她,帮她拍了拍发丝上的雪,又帮她理了理额前的碎发。

"怎么办,好喜欢你呀。"温既白眨了一下眼睛,又假装呜咽着说,"喜欢不上别人了怎么办……"

"这样啊……"陈舟辞很认真地听完,喉结滚动了一下,好声好气地跟她商量着,"既然这样,那就只喜欢我吧。"

"你好贪心呀,还想独占我的喜欢,对不对?"温既白笑了片刻,踮着脚,也帮他理了理额前的头发,手指沿着他的眉骨的纹路摸了一遍,过了半晌才说,"好看。既然如此,那我勉为其难地答应你这个无理的请求吧。"

温既白今天才知道,陈舟辞还真有不擅长的事——堆雪人。他弯着腰滚了好长时间的雪球,手被冻得通红。但滚出来的雪球,既不规则,也不好看。

陈舟辞站在原地看着勉强到膝盖的大雪球,陷入了沉思。

他总结道:"丑。"换了个角度,又看了几眼,似乎是在说服自己,"还是很丑。"

说服自己失败。

温既白站在他的身后觉得哭笑不得,笑得肚子都有些疼,踏着雪小跑过去。

今天她和陈舟辞都穿的白色的羽绒服,似乎能和雪地融为一体,弯腰滚雪球时,更像两个团子。

温既白也不会堆雪人。她眼疾手快地滚了一个小雪球,堆在陈舟辞那个失败的雪球上,两个不规则雪球堆在一起。

"更……"丑了。陈舟辞终究是没忍心把后面两个字说出口。他随手捡了两根树枝。

温既白看着他忙东忙西的样子,忍不住问:"你干什么呢?"

"丑是丑了点……"陈舟辞把两根树枝插到了下面的大雪球上,摆得很对称,他说,"总不能是个残疾吧。"

温既白笑着说:"行吧,陈白甜一定是要追求完美的。"

陈舟辞听出了她话里话外的嘲笑之意,想了半天才说:"要不再堆一个雪人?"

"干什么?"

"一个是你,一个是我。"

温既白不满地说:"我在你的心中就长这样?"

"多好,陈白甜亲手堆的雪人当然是最完美的。"说完,陈舟辞往后退了两步,似乎早就猜到温既白会炸毛一般,笑着说,"不正好配你?"

温既白气得不行:"你还不跑?"

"嗯?"

温既白见人不动,便弯腰从雪地上捧起了一团雪,攥成雪球,往陈舟辞那边砸过去。

陈舟辞还是没跑。温既白见雪球的威力太小,又跑上去踩了他的白鞋几脚。

陈舟辞这会儿是真的觉得心疼了,站在原地心疼了一会儿自己的鞋。

温既白扯着他的袖子晃了晃,撒娇道:"陈舟舟,别心疼了,我们把雪人堆完好吗?"

"……我真是上辈子欠了你的。"陈舟辞叹了口气,把自己围在脖子上的围巾解了下来,给小雪人围上了。

温既白掐腰看着眼前的小雪人,顿时觉得有点人样了。她又给它戳了两个眼睛,看久了竟然觉得还有些可爱。

"舟舟——"

陈舟辞顿了一下,偏头看她,虽然没有说话,但眼睛里写满了"肯定没好事。"

温既白笑吟吟地指着这个雪人:"我在叫它呢,没叫你。"

陈舟辞觉得无语至极。

然而,温既白却逗他逗上瘾了。

"舟舟怎么不笑?

"舟舟为什么一点也不可爱?

"舟舟为什么脸脏兮——"

她还没说完,就被陈舟辞给抱进了怀里。温既白躲闪不及,便也不挣扎了。这会儿正是人多的时候,来来往往皆是行人,还有几个小孩在旁边打着雪仗。

"这里那么多人,咱还要脸。"温既白又推了一下陈舟辞,没推动,便干脆放弃,她扬起脑袋看着他,带了些恳求的意味,"好多人看着呢!"

陈舟辞眸光微闪,像是摸清楚了温既白怕什么似的,强行将她拦腰抱了起来。温既白下意识地捂住了脸,然后把脸埋在他的怀里,假装委屈地说:"以后出去别说咱俩认识,没脸见人了。"

玩也玩够了,陈舟辞干脆直接把她抱了回去。

起初,温既白还挣扎两下装样子,后来,干脆躺在他的怀里,扯他的羽绒服的拉链。有时候往下扯得多了,还能看到陈舟辞的锁骨,从这个角度再往上看,就是清晰的下颚线和喉结。

她想起来昨天晚上没少咬他。一时间,昨晚的场景又不受控制地浮现在脑海中。

回到家后,她就被陈舟辞压到沙发上亲,亲得她脸色红润,眸子里泛着水光。

她往窗外瞥了一眼,回来得还真是时候,外面又开始飘雪了。许是又想起外面冰天雪地里那个孤苦无依的小雪人,还不忘嘲讽他一下:"你不要刚刚堆的舟舟了？"

陈舟辞垂眸望她，直言道："为什么不叫白白？"

"白白不好听，像狗的名字。"温既白笑着说，"而且那个雪人那么丑，凭什么和我同名。"

"你小心把你的男朋友气死。"陈舟辞忍不住捏了一下她的脸，"那个玩意儿那么丑，你给它起我的名字？"说着，陈舟辞干脆把她抱在了怀里，碰了一下她的唇。

温既白心道：你这人什么毛病，生气了既不吵架也不闹腾，就过来亲她？

而且这招是真好用，像是撒娇。温既白这才发现，不知道从什么时候开始，他们之间主动的一方变成了陈舟辞。

之前推着这段感情往前走的人，更多的是她。

"别叫陈舟舟了……"

"怎么了？"

"那个丑了吧唧的雪人不是叫舟舟吗？你还不如叫我陈白甜呢。"

温既白忍不住笑着说："你跟一个小雪人吃什么醋？"

"幼稚死了。"

临开学之前，他们俩和袁飞龙、刘城西、云羡、江一帆约好一同再去淮凉山转悠一圈，定的时间是上午八点出发。

温既白收拾好行李，想带两本书消磨时间。总是对着手机，也有些伤眼睛。她便去陈舟辞的小书房里转悠了一圈，挑了半天，还是选了几本童话故事。

她在书房里待了很长时间，目光扫过了房间的每个角落，把书架上的书名快速地看了一遍，目光突然定格在那盒被拆开的星星纸上。

她又把盒子扯出来，脚还不小心踢到了书桌旁边一个大箱子上，发出"咚"的一声。

很重。

什么时候冒出来的箱子？以前怎么没见过？

像个精致的礼品盒，直到温既白凑近了一些，才看到上面还写着几个小字：*温既白小朋友亲启*。

是陈舟辞的笔迹。

温既白想起来之前陈舟辞知道自己的生日是六月一号时的沮丧表情，难不成他当时说的准备了很长时间的礼物就是这个吗？

没送出去的十八岁生日礼物。

她把礼品盒慢慢拆开，让人意外的是，里面有很多小礼品盒，各式各样、琳琅满目地堆在一起。

温既白的眼眸闪了闪。她随手拿出一个礼品盒，上面写的是：*五岁的温既白小朋友，生日快乐！*

她微微怔了怔，心里有一种预感像是要蹦出来，她垂眸看着这成堆的礼品盒，然后一点一点地数着里面礼品盒的数量。

温既白小朋友，一岁快乐！

温既白小朋友，两岁快乐！

…………

直到最后一个盒子，最上面放着一张贺卡：*给十八岁的温既白小朋友，一岁一礼，一寸欢喜。*

一共十八个礼品盒，象征着她的十八岁，是他没参与过的，她之前的人生。

她捏着贺卡的手指微微颤抖，眼角有些热。

眸光流转，扫过每个礼品盒，又有些不知所措。他到底准备了多长时间啊……她把十八岁的礼品盒打开，里面是一个模型，被积木、木头、塑料护栏等其他材料一点一点地拼成了一个小型比奇堡，里面有海绵宝宝的凤梨屋，有蟹堡王餐厅，有章鱼哥、派大星、小蜗，每一个比奇堡原住居民都在里面，栩栩如生。是一个小巧的，海绵宝宝的世界。是陈舟辞一点一点亲手拼凑起来的"家"。

这么大的工程量，温既白根本想象不到，陈舟辞究竟花了多长时间、耗费了多少精力才拼起来的小模型。

为什么没送出来？

是因为上面的生日日期，仍然是十二月十二日，温既白忘了跟他说自己的真正生日了。

那天晚上，陈舟辞都已经睡下了，温既白突然敲了敲他的房门，赤着脚跑到了他的房间。

"陈舟辞，我有点想哭。"

陈舟辞没醒过神，还有些蒙。温既白便凑近吻了一下他的喉结。

不是咬，是亲，很小心翼翼地亲。

温既白的眼睛微微发红，身上带着清甜的草莓香气。陈舟辞很快就掌握了主动权，揽过温既白的腰，吻着她白皙的脖颈，语气很软："哭什么？"

"好喜欢你啊。"温既白的话也变得瓮声瓮气，像是在撒娇。

"我知道的。"

"特别喜欢你。"

"嗯，我知道。"

"特别、特别喜欢你。"

"我也是。"

陈舟辞清醒了不少，轻轻地把人搂进怀里，在她的发丝上落下一吻，感受着她的情绪，细细密密的心疼一点点地放大，吻也变得越来越深。

那晚，温既白任由着他亲了好久，她只是紧紧地捏着陈舟辞的衣袖。他把温既白揽进怀里，克制又温柔。

可是等了半天，大男孩始终没做下一步动作，就只是亲她，温既白忍不住问："不……吗？"

不知道在别扭在什么，她不太好意思真的说出来，只是脸颊有些红，明亮的眼睛眨巴着,满是不解。

"什么?"陈舟辞似乎是故意逗她,耐心地问。

温既白显然听出了他是故意的,气得推了一下他,干脆勾着他的脖子又亲又咬的。然而,陈舟辞只是眸光暗了暗,真的没有下一步动作。

"你今天怎么了?"温既白颇有些不解。

"明天八点钟的车,六个小时的车程,不累吗?"

温既白眨了眨眼:"所以?"

"还有什么所以!"陈舟辞敲了一下她的脑袋,"睡吧,今天晚上好好休息就行。"

温既白发现,陈舟辞是真的了解自己,还带了一个小靠枕。

温既白一上车就想睡觉,陈舟辞怕她不舒服,还帮她垫了一下。这一路上,她睡得昏天黑地的。

淮凉山依旧是每年暑期都有两个班级在夏令营兼学习,更迭换代,同样的教室里已经换了一拨人,换了一群朝气蓬勃、意气风发的少年。

她看到少年们在那条吊桥下的河里摸鱼,也有一个男生抓了一条大鱼,笑着大喊:"我抓到鱼了!"

看到此情此景,江一帆"扑哧"一笑,以往的回忆瞬间涌上心头:"我也摸过,还是大鲵呢!"

还有几个小女生摘了一堆野果子,从山上兴致勃勃地跑下来,笑得神采飞扬:"我摘了好些果子!要尝尝吗?"

"算了吧,你不记得前几届有几个学长吃完了食物中毒啊!"

"哈哈哈!"

袁飞龙不好意思地挠了挠头,心道:这种糗事你们记那么清楚干什么啊。

刘城西不服气地说:"总要有第一个吃螃蟹的人吧!嘲笑我们干什么?那分明是名传千古!"

云羡笑:"得了吧,我还记得你们仨的香肠嘴呢,臭名远扬还差不多!"

说完,云羡拔腿就跑,刘城西就在后面追她,边跑边喊:"你有本事别跑啊!"

陈舟辞陪着温既白绕过了教室走廊,站在澄亮的玻璃窗外看着学生们的朗读声此起彼伏,看到同样的座位上坐着和当年的他们年龄相仿的同学。

讲台上站着的也不是老段,两个人站在教室门口,相顾无言,却又相视一笑。

兜兜转转,温既白绕到了当时陈舟辞帮她编花环的大石头下,微风细暖,夏日蝉鸣。

"温既白——"

一如三年前,男孩喊她的那句一样。

温既白下意识地回头,撞上了陈舟辞黑漆漆的眼睛。她的男孩,好像一点儿都没变,不管何时,望向她的眸光永远专注且温柔。

他把花环戴到了她的头上。

这一次,花环的大小刚刚好。

"手。"

温既白乖乖地把手伸过去。

陈舟辞一个印章盖下来,在她的手心印下了浅浅的红:"归我了。"

温既白眨了眨眼睛,笑着说:"又来,幼稚鬼。"

陈舟辞又盖了一个:"下辈子也是。"

"好吧,下辈子也勉为其难吧。"

又盖了一个,陈舟辞认真地说:"生生世世。"

"嗯。"温既白弯唇笑道,"生生世世。"

往日的故事如同碎片,一点一滴地在温既白的眼前飘过,最终定格在陈舟辞清那双澈明亮的眼眸中,像是可以容纳满天星河,可以容纳山川万物。

最后,她看到了陈舟辞眼中那个被温柔包裹着的自己。

淮凉山的风好像格外香甜,烈日当空,却丝毫不觉得燥热。

番外一

大学时光

其实，大学四年过得很快，后来忙起来了，主要是陈舟辞参加了许多比赛，都是国家级的。

这人整天忙东忙西的，还要参加答辩，两个人见面的时间少了许多，最后拿了一堆奖。相较于陈舟辞，温既白的大学时光更加悠闲，经常在宿舍里追剧追到半夜，直到大三，才开始复习考研，只不过她后来发现，自己的社会实践学分竟然不够。

最主要的原因是她懒，压根不参加社团，自然就没有拿到学分。

所以，那几个月里，温既白一直积极参加创新创业和社会实践活动，熬夜写策划，很长一段时间没回两个人同租的房子里了。

那段时间，两个人都很忙。

他俩都是拎得清的人，如果对方有事，也不会太黏着彼此。

转折是因为有个学长想追温既白。即便温既白已经三番两次地表明自己有男朋友，那个学长还是穷追不舍。

偏偏这个学长还是创新创业活动的负责人，温既白每次都要跟他对接。

那几天，温既白可谓是身心俱疲，食不下咽，瘦了不少。

后来不知道是怎么回事，那个学长突然不再来烦她。

温既白很是不解。没过多久，似乎有人在传，说陈舟辞和学长起了争执。

温既白更不解了,因为她觉得,陈舟辞不是一个能跑去和人吵架的人。于是那天晚上,温既白回到出租屋。她刚想开口询问,陈舟辞却直接将她扯进怀里。他的吻先是落在她的眉心,又印在红润的唇瓣上。

确实已经有段时日,没有单独相处了。温既白心想:她有些冷落男朋友了。

于是,温既白格外配合,抬起一只手搂住了他。另一只手也没闲着,毫无章法地抚摸着他的脸,似乎这些动作就代表着无形的思念。有时候还会碰一碰他的眼睛,边碰边想着,这人的睫毛好长。

陈舟辞忍不住说:"看来……你真看上的是我的脸啊。"

温既白笑着回道:"哈哈哈,那你可要小心,保护好这张脸。要是你变得不好看了,我就不要你了。"

陈舟辞揉了一下她的头发,眸子一暗,似乎有些生气:"肤浅。"

于是,吻变得更急切了。温既白却还故意气他:"其实,那个学长是也还行。"

"温既白,过分了啊……"他不乐意了,轻轻地咬了一下她的脖颈。她的气势瞬间就软了下去,整个人紧紧地抱住他。

"你属狗的吧……"温既白也被他紧紧地抱住,她说,"亲可以,但不许咬。"

"疼了?"陈舟辞抚了一下她的眼角,问。

"你说呢?"温既白一点儿不跟他客气。

"下次不会了。"陈舟辞帮她理了理额前的发丝,很认真地回答。

那晚,两个人都因为思念而变得缠绵。

洗完澡后,温既白瘫到床上,嗓子微微有些嘶哑。见陈舟辞不睡觉,她哑着声音说:"睡吧。"

"嗯,好。"陈舟辞轻声应着。

温既白闭上眼睛,过了一会儿,才后知后觉地问道:"你是不是吃醋了?"她还真没见过陈舟辞因为别的男生而吃醋。

"没有。"陈舟辞也笑了,他抬眼看她,喉结忍不住滚动了一下,"太久没见,有点想你了。"

"哦,那个学长是怎么回事,你打他了?"温既白想起了那个传言,问。

陈舟辞捏了一下她的脸,啧了一声,问:"把你男朋友当什么了,我是那种人吗?"

"好吧。"温既白耸了耸肩,无所谓地说,"那是怎么回事?学长突然想通了?"

"上次不是举办篮球赛了吗?你们学院是他带队参加的。"

嗯,输得挺惨,还是在全校同学的面前。以至于那个学长自觉丢了面子,就不再去纠缠温既白了。

温既白白了他一眼,道:"你去打篮球又不跟我说?"

"当时你正在准备创新创业活动的策划书啊,我怎么敢让你分心?"陈舟辞觉得自己有点冤。

"唉……这倒是。"温既白叹了口气。

"对了。"陈舟辞突然想到了什么,便开始兴师问罪,"那个学长的事儿怎么不跟我说?"

温既白轻轻地"啊"了一声,用了同样的措辞:"你那段时间也正在忙啊,我也不敢去打扰你啊……"说完,她自己都觉得这个解释苍白无力。她又想凑过去,想亲一下自家的男朋友,却被陈舟辞躲过去了。他说:"我现在生气呢,还得有一会儿呢。"

"哦……"

是了。温既白差点忘了,她的男朋友特别好哄,又特别乖。

"别生太长时间哦。晚安啦,陈乖乖。"

"别乱起外号,温白白。"

温既白就当没听见,闭上眼睛准备睡觉。

陈舟辞见她要赖的样子,忍不住笑了。笑够之后,还是低声在她的耳边说了一句:"晚安。"

大四的下学期,温既白因为成绩优秀,直接被本校保送研究生。陈舟辞更没问题,还没毕业,就拿到很多奖,他的专业教授逢人就夸,参加什么讲座都想把陈舟辞带上。

刚上大学的时候,很多人都不太看好他们俩的这场恋爱。

追陈舟辞的女孩很多,追温既白的男生也不少。结果,其他同学分分合合,他们俩连吵架都很少。

大四上学期的期末考试好不容易结束了,刘城西以过生日为由,把陈舟辞、袁飞龙、江一帆约了出去,说是要搞一个男生的毕业狂欢,结果转头就带他们去了鬼屋。

这可把陈舟辞气得不行,除了温既白,没有人知道他怕鬼。果然,陈舟辞刚走进去,就看到了门口站着的"鬼娃娃"。他果断地退出来了。

刘城西不明所以:"哎?舟草,你咋出去了?走啊!"

"我不去。"陈舟辞说。

"走啊,走啊,一个男生怕什么……"

"舟草,你不会怕鬼吧?"

"你才怕呢。"陈舟辞显得很不耐烦。

"那一起进去啊!"

"别烦我啊……"陈舟辞真的是被气到了,"你们自己进去吧。"

等温既白知道这件事时,笑得不行。后来有一次,她拉着陈舟辞去游乐场玩,看到鬼屋时,也问:"如果我想去,你愿意陪我吗?"

陈舟辞明显犹豫了一下:"你是故意的吧?"

"可是我真的很想玩。"温既白扯着陈舟辞的袖子,说。

陈舟辞又不死心地看了一眼面前阴森森的鬼屋——好像也不是很恐怖……

要不试试?

其实,温既白就是想逗逗他,便说:"其实我很怕鬼屋,但又实在好奇，你不陪我进去，我也怕。"

陈舟辞认命地叹了口气，道："走吧。"

"你真去？"温既白感到有些惊讶。

"你不是害怕吗？总不能让你一个人进去吧……"

温既白眨了眨眼睛，笑着说："哎呀，我的男朋友真的长大了，都不用哄了。"

"不是。"他答得很干脆，"我想的是，反正到时候害怕了哄我的人是你，我也不亏。"

番外二

新婚快乐

大四毕业的那一年,温既白收到了云羡和刘城西订婚的消息。

其实,自从上大学后,温既白和云羡联系的就变少了,只是偶尔聊两句,放假的时候聚一聚,跟进一下对方的学习或谈恋爱的进度。

当时,刘城西选择了在云羡穿毕业服拍照的那一天求婚。具体情况还是由陈舟辞转述的。

听说,刘城西写了一首缠绵悱恻的爱情诗歌,在宿舍楼下用玫瑰花摆了一个大大的爱心,自己站在中央,抱着一束玫瑰花,边念诗边求婚,周围来看热闹的人纷纷祝福着他们。

温既白不知道云羡当时是什么心情,反正她暗下决心,如果陈舟辞敢这么跟他求婚,自己绝对先冷他两天才能同意。

可是陈舟辞貌似没有提过这个事。

温既白甚至以为,陈舟辞该不是真的想跟自己谈一辈子恋爱吧?但也只是想上一想,过了一段时间,又被那些杂七杂八的事情填满,她也就不在意了。

后来,陈舟辞又去给温女士扫了一次墓。温既白惊奇地发现,陈舟辞竟然比自己这个当女儿的还要积极。

在毕业的那一年,温既白和陈舟辞回母校看了一次老段。老段似乎没怎么变,依旧是那般幽默风趣。聊天间,老段还打趣着说:"温既白,你俩记得吃饭的时候别接电话啊。"

温既白和陈舟辞对视了一眼,不明其中之意。

然后,他们就听老段吐槽:"你们上一届有个学姐,吃饭的时候接了个电话,因为太激动噎死了。真够离谱的,死得也太憋屈了……"

温既白一时语塞,这的确是够憋屈的。

陈舟辞拿着相机给温既白拍了很多张照片,甚至给温既白一种错觉,他是不是今天要在这儿求婚呢?

唉,又想多了。

直到回去的那天晚上,温既白刚刚躺到床上,门就被什么东西挠了几下。

她缓缓地起身,打开门后,看到的是一只毛茸茸的英短,猫咪的脖子上挂了一个小铃铛,走起路来叮当作响,还喵呜喵呜地乱叫。

哪儿来的小奶猫?

那只猫咪很温顺,温既白把猫咪抱在怀里,一边揉它的脑袋一边往外走。

她平时在家习惯了赤着脚走路,再加上出来得急,连鞋子都没穿。

走到客厅,突然两个炮筒炸开,里面的彩片飘在空中。

温既白吓了一跳,小猫咪也"喵呜"了一声,从她的怀里跳了出去。这里的氛围像是准备给谁过生日,客厅的桌子上,放了一大簇玫瑰花。

她四下望了望,并没有看到陈舟辞。

一种猜测越来越强烈。

她用手指戳了一下玫瑰花瓣,然后又看了看自己穿着睡衣、赤着脚的模样,心想:不行,至少得穿双鞋吧,这么正式的场合。

结果,刚一回头就撞进了一个人的怀里。

就像两个人第一次见面时那样,陈舟辞的声音却没有当年的那份冷淡,反而含着笑:"你是谁?"

温既白稍微一愣，抬眼就看到了陈舟辞清澈的眼眸。

"一个半夜来喝水的陌生人。"温既白也笑了。

陈舟辞抬手揉了揉温既白的脑袋，笑着说："以前是陌生人。"

"嗯。"温既白没有反驳。

他又说："现在不是了。"

温既白突然有些恍惚，她在心中幻想过很多次陈舟辞向她求婚的场景，却还是觉得有些不真实。

直到陈舟辞把戒指戴在她的手上时，感受到了戒指冰凉的温度，她的手指微微蜷了一下，眸光下移，定格在银亮的戒指上。这种内心的不真实感才一点一点地被剥离开来。

然后，她才后知后觉地发现，完了，这么重要的场合中，自己甚至连鞋子都没穿。

"温既白——"

"干什么？"温既白的思绪还停留在自己没穿鞋的事情上，连带着语气也有些不好。

"神奇海螺说，温既白是时候跟陈舟辞结婚了。我们结婚吧，好吗？"

温既白顿了顿，对上陈舟辞黑润的眸子。他的神情总是专注又认真，一如既往。

她说："好呀。可是今天我穿的衣服不好看，可惜了，要是能拍照就好了。"温既白对此格外有意见。

陈舟辞笑："简单呀，那我明天再求一次，换个花样，到外面求。"

温既白心道：你还能这么搞？

然后，她又有些不放心地说："你该不是想像空心树那样摆土味爱心玫瑰花吧……"

陈舟辞故意逗她："嗯，你怎么知道？"

"别！你小心我打你。"温既白急忙说。

"我知道你舍不得打我。"

"反正还没结婚呢,不算家暴,你快过来给我锤两下!"
"你的良心呢?"

番外三

人间烟火

大年初一,云羡和刘城西这两个不负责任的家伙就把他们的儿子小泡泡丢了过来。美其名曰,要去过二人世界了。

阖家团圆的日子,温既白捡了一个三岁的娃。

大雪纷飞,随着开门的动作,雪花裹着寒风往屋里灌。陈舟辞坐在沙发上,垂下去的睫毛末端染着一丝倦怠的神色,神情慵懒,手里拿着一本书,似乎在看。

"回来了?"

"嗯。"温既白犹豫了一下,才小声答道。

好吧,温既白是有些心虚的。她没有事先和陈舟辞打声招呼,直接丢给他一个娃,被迫带了一个上午。难怪陈舟辞会露出这副表情了。

不过……

她偏头看了一眼坐在客厅里安安静静地拼积木的小泡泡,氛围倒是没有她想象得那么糟糕,应该也还行?

没想到,小泡泡还挺听话的,和云羡那个捣蛋鬼的性格倒是一点都不像……

小泡泡看到她回来了,圆溜溜的大眼睛顿时发光,脆生生地喊道:"蓝精灵姐姐回来啦!"

"咳咳咳……"温既白站在玄关处,把换下的鞋子放进鞋柜里,语气温柔地纠正道,"小泡泡,我和你妈妈同岁,怎么能管我叫姐姐呢?"

"可是姐姐很漂亮、很年轻呀。"小泡泡奶声奶气地说,"就像大哥哥一样。我也喜欢大哥哥,他也很漂亮。"

温既白心道:你倒是嘴甜,省得我再去哄陈舟辞了。

"那小泡泡有没有好好听话?大哥哥的脾气不好,没有惹大哥哥生气吧?"

"应该没有。"

温既白松了口气。然而,她还是低估了……

"但是小泡泡不小心把巧克力蛋糕丢到被子上了,大哥哥帮我洗了一上午呢!"

不小心?温既白的心再一次提了起来,心想:小泡泡,你要不要听听你说了什么?你是故意的吧?

完了,看来小泡泡已经把陈舟辞折腾了一个上午了。那她的罪过可大了。

温既白把包轻轻地放在沙发上,小心翼翼地坐在了陈舟辞旁边,整理了一下表情,让自己露出一个标准的笑容,找话题发问:"陈甜甜,看的是什么书呀?"

听到温既白的话,他没有回答,只是懒洋洋地掀了掀眼皮,把手里的书合上给她看了一眼封面——《爱上了一个不归家的人》。

好家伙,看点积极向上的不好吗?这都什么乱七八糟的,我不是才走了一个上午,怎么整得像生离死别似的。

"乖,我们换一本,这本不好看……"温既白的语气完全是在哄孩子了,比刚刚和小泡泡说话的语气还温柔。

温既白和他在一起那么久,早就对哄他这件事得心应手。果然,陈舟辞心情好了许多,眼睛微微一弯,从手边拿起了另一本书。温既白探头一看书名——《深夜的眼泪最值钱》

"再换一本。"她的表情都有些僵硬了,语气也不似刚刚那般轻软。

陈舟辞又拿起了一本——《我是一棵没人要的野草》。

"没收,没收!从哪里找来的书,教坏小孩子!"温既白眼疾手快地把三本书全都抢走了,丢到身后。

"嗯,挺好。想毁尸灭迹。"

温既白硬着头皮说:"我还想杀人灭口呢。"说着,她竟然真的从包里掏出了一把菜刀。

什么?哪家好人随身带着菜刀啊?

"哎,女侠饶命。"陈舟辞依旧不紧不慢地,像是在逗她,服软道,"错了,以后再也不敢了,饶小的一命?"

"嗯,这还差不多。"温既白满意地收起了菜刀,这才解释道,"回家的路上看到这把刀很锋利,想着买回来能给你做菜。你看我对你好吧?"

"敢问蓝精灵女侠擅长做什么菜?"

"煮白开水吧。"温既白想了想,认真地说,"从来没煳过。"

哈,那貌似也不需要菜刀吧?女侠。

温既白不以为意,用手指轻轻地抵住他的嘴角,两边稍一用力,往上一带,便强迫他露出笑容。然后,她自我安慰道:我真厉害,这么快就把我家陈甜甜哄好了。小狗似的,顺毛摸摸头就行了。

陈舟辞的脾气已经够好了,但她也没想到小泡泡这么个小孩子竟然能这么折腾。在这个她不在的这个上午,经历了清洗满是巧克力酱的床单、帮小泡泡拼一千个碎片的拼图并在拼到一半时被小泡泡毁坏、让他在自己手上画画……只是随便想想,就觉得很可怕。

温既白心想:人类幼崽可真可怕。

"没哄好呢。"

"啊?"温既白没反应过来,"什么意思?"

只见陈舟辞神色懒散地换了个姿势,笑着说:"带孩子一千八百元,微信还是支付宝?"

"你抢钱啊?"温既白破罐子破摔地说,"要钱没有,要命一条。"

"倒也不要你的小命。"陈舟辞抬手点了点自己的唇角,尾音很轻,"亲我一下,就抵消了。"

这倒也不是不行,就是……

温既白看了一眼还在沙发前的地毯上自己堆积木玩的小泡泡,顿时觉得有些不合适:"不好吧……这里还有小孩,如果把小泡泡带坏了,云姜能吊死在咱们家门口……"

陈舟辞扬了扬眉:"他们俩大过年的出去度假,就对小孩负责了?"

温既白眨了一下眼睛,问:"先欠着,好吗?"

陈舟辞没有说话,只觉得自己袖子上突然传来了一阵拉力,垂眸一看,便看到温既白的手指小心翼翼地拽着他的袖口,轻轻地往下拉了拉。

温既白的指甲修得圆润漂亮,还能看到小月牙。

又来这套。

温既白现在撒起娇来毫无负担,又给这套万能模板添砖加瓦:"哥哥?"

"又来……温既白,这套不管用了。"

"好吧。"温既白心想:现在的陈舟辞可真是越来越难哄了,还是刚在一起的"陈白甜"好忽悠。

就在这时,巨大的烟花在天幕中炸开,新年的钟声响起,天空亮如白昼,光影染白了半边天。窗外盛大的烟火透过澄亮的玻璃窗照了进来,映在彼此眼中,宛如一簇簇跳动着的小火苗。

小孩儿最容易被这种景象所吸引,小泡泡雀跃地举起手中的积木,赤着脚就往阳台跑,朝着外面伸手,似乎要抓住烟火,抓住新年的尾巴。

温既白见小泡泡已经离开了客厅,便朝着陈舟辞的下巴勾了勾,示意他离得近一些。等到气息都能扑到对方的脸上,能清晰听到彼此的心跳声时,她问:"陈白甜,像不像在偷偷约会?"

"嗯,真挺像。"他漆黑的瞳仁显得越发明亮清澈。

"陈白甜——"

"温白白——"

两个人几乎同时开口叫了对方的名字。

在灿烂的烟火下,两个人相视而笑,谁也不知道笑点是什么。陈舟辞慵懒地靠回到沙发上,神色散漫而放松:"温同学,要不要和我偷偷约会?"

"咱俩这年龄,还约什么会啊……"

陈舟辞笑而不语。

"不过。"温既白的手勾上了陈舟辞的颈侧,指尖点了点陈舟辞的耳垂,就像以前陈舟辞做的,"我们可以偷偷接个吻,算是刚刚的补偿。"说着,她趁陈舟辞不备,忙在他的唇角啄了一下。她又看向阳台上小泡泡的方向,故作忧愁地说,"哎,以后有了孩子,亲你还要躲起来。"

"这倒是。"

"所以,陈舟辞——"温既白问,"你是不是不喜欢小孩啊?有没有觉得小泡泡很烦?"

"没有。"陈舟辞眼睛稍弯,低头亲了亲她,"我还挺喜欢小孩的。"

温既白总觉得他话中有话。

"温白白——"

"嗯。"

"新年快乐!又长了一岁。"

"你也是。"

"想要什么新年礼物?"

"哇,还有新年礼物啊?"温既白跟逗小孩似的,说话也轻轻软软,一字一顿,"你能给我什么新年礼物?你自己吗?"

"俗……"陈舟辞笑道,"不过,只要我有的,都可以给你。"

"那我想以后每年除夕,身边都有你。"

"这个不算。"

温既白以为他要反悔,还坐直了些。刚想出言反驳,就听到陈舟辞轻声在她的耳边说:"温白白,这是我的新年愿望。我每年许的都是这个愿望,你不能抢我的愿望呀。"

"骗鬼呢?"温既白故意鸡蛋里挑骨头,"你小时候不认识我之前,也是许这个愿望吗?"

陈舟辞当真思考了一会儿,温既白抬手碰了一下他的睫毛。

四目相对,又一轮烟火在空中炸开。烟火在他的眼中跳跃着、闪耀着。

在绚烂的烟花下,陈舟辞低头在她的唇瓣上轻轻地碰了一下:"那就当我每一年的新年,都在期望着与你相遇。"

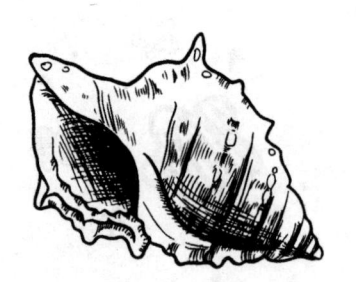